De mannen van Maria

Anneloes Timmerije

De mannen van Maria

Amsterdam · Antwerpen
Em. Querido's Uitgeverij BV
2019

Dit boek kwam tot stand met steun van het Nederlands Letterenfonds.

Nederlands
letterenfonds
dutch foundation
for literature

Omslag Brigitte Slangen
Omslagbeeld Rembrandt van Rijn/
Isabella Stewart Gardner Museum, Boston
Foto auteur Esther Hessing

ISBN 978 90 214 0792 0 / NUR 301
www.querido.nl

Voor Charles

And this is how I would remember it all, if I could.
Julian Barnes, *The Only Story*

Inhoud

Vertrek

4 januari 1625

Vader

We gingen om te baren, verscheept op bestelling van de heren ginds, zeven meisjes die vaak nog niet eens waren gekust. Zelfs ik, volgens moeder te wijs voor mijn achttien jaren, had nooit de smaak van andere lippen geproefd. Daarom was ik die eerste nacht meteen gaan oefenen op mijn rechterhand, duim en wijsvinger gevouwen in een stugge mond, een koude mond. Heel lang kon de voorbereiding op mijn nieuwe leven niet duren, want dan moest die hand ontdooien tussen mijn dijen. Ik wriemelde tot alleen het puntje van mijn muts boven de deken uitstak zodat ik die snijdende kou kon buitensluiten. Daar had ik even rust, want het leek me onwaarschijnlijk dat mannen zouden willen zoenen onder dekens, als die al bestonden waar ik naartoe ging. In die opwarmtijd kon ik een beetje soezen. Slapen deden we geen van allen, met dank aan het bonken en zwaaien en kraken en janken en schuren en gieren van de Mauritius. Daartegen zijn alleen ervaren zeelui bestand, mannen voor wie alle land vreemd land is en slechts kunnen aarden op golven. Mannen die er niet van wakker liggen als het schip zover overhelt dat het lijkt te kapseizen, terwijl wij zeker wisten dat onze tijd was gekomen. Alle zeven gilden we om onze moeders, ook de meisjes die nooit een moeder hadden gekend. En dat terwijl we amper onderweg waren. Het schip had de rede van Wielingen verlaten en zich even na Vlissingen bij de vloot gevoegd die van Texel was vertrokken. De open zee was meteen wild en onberekenbaar en ik dacht dat ik nooit meer zoiets vreselijks zou meemaken. Zelfs nu, bijna vijftig jaar later, blijft die reis me soms bezoeken – vooral als ik droom dat mijn leven nog niet voorbij is – terwijl ik zo langzamerhand wel weet dat het erger kan. Daar staat tegenover dat ik me in die allereerste nacht gelukkig prees met mijn plek in de hoek van het meisjeshok dat speciaal voor de overtocht was getimmerd. Het was twee meter in het vierkant met een doek voor de opening, zodat we waren afgeschermd van de andere passagiers. Ja, behoorlijk bevoorrecht, maar we hadden dan ook een bijzondere positie aan boord: een spiegelretourschip van de Compagnie nam niet zomaar vrouwen mee, zeker geen jonge, ongetrouwde meisjes. Ik had die plek instinctief gekozen en niet omdat ik een haantje-de-voorste was, zoals het meisje uit Middelburg mij voor de voeten wierp. Het bleek een goede keuze, want bij iedere zware deining duwde ik mijn bovenlijf in de hoek en zette ik me schrap met mijn handen op de koude, stroeve planken. Dat gaf een beetje houvast. Soms gleden mijn voeten van de dunne matras en schopte ik, zonder opzet, het meisje tegenover mij dat net als ik half zittend de nacht probeerde door te komen. Een ander lichtpuntje was dat ik immuun bleek voor de zeeziekte die toesloeg zodra we buitengaats waren en gedurende tien, veertien dagen het merendeel van de passagiers degradeerde tot groengele, kronkelende wezens. Ik stelde vast dat mijn Indisch avontuur slechter had kunnen beginnen, en alsof ik werd beloond voor het zien van het goede daalde er een onverwachte kalmte neer. Het schip had stille wateren bereikt en ik kon de bel in de stuurhut horen: het geluid van het gewone, niets aan de hand. Ik sloot mijn ogen en stelde me voor hoe boven mijn hoofd de opperstuurman de Mauritius op koers hield. Naast hem waakte de bootsman over de zandloper, draaide hem om als het glas leeg was en liet de bel klinken om te laten weten dat er weer een halfuur voorbij was gegaan – draaien en luiden, tot zijn wacht er na acht glazen opzat. Ik was maar al te graag in slaap gewiegd, deinend op die bedaarde zee, en dat was ook gebeurd als het schip niet plotseling weer was gaan rollen en bokken. Juist toen moest ik heel nodig plassen. Op zoek naar de nachtspiegel kroop ik met opgetrokken rokken langs zes paar benen naar de smalle gang. Ik stond er al in toen ik in het flauwe, flikkerende schijnsel van een eenzame olielamp zag dat rond de po een rivier van kots en pis klotste.

De eerste dode viel in de derde week. We waren het Kanaal gepasseerd en voeren ongeveer ter hoogte van Cap de la Haye. Dat wist ik toen nog niet – wij, in ons hok, wisten helemaal niets. Wij dachten alleen aan keurig zijn en blijven, en die eerste weken hadden we zelfs daar geen tijd voor omdat we elke minuut van de dag en de nacht bezig waren met overleven en terugverlangen naar huis. Het was Antonio die de koers voor me uittekende toen we zes jaar later teruggingen. Door hem weet ik ook dat een schip meestal langzamer vaart dan je denkt. 'Een dravend paard is sneller,' zei hij. Toni wist veel en dat liet hij graag horen.

Alle opvarenden, nu nog tweehonderdvijfenveertig, verzamelden zich bij zonsondergang voor een plechtig afscheid. Wij, de meisjes voor de Volksplanting, waren links van de officieren neergezet. Ik zag dat de meesten hun ogen gesloten hadden of vroom omlaagkeken naar het pas geschrobde dek, zoals dat van keurige, devote meisjes mag worden verwacht.

'Maria staat natuurlijk vooraan,' zei iemand.

Ja, ik stond vooraan, daar kun je namelijk alles zien. Maar dat was niet de enige reden. Het leek alsof ik toen al wist dat ik hieraan zou moeten wennen. Vooraan is dan de plek waar je je het best kunt wapenen, juist omdat schuilen niet mogelijk is. Mijn blik was gericht op schipper Reinier Pels, voor de gelegenheid in vol ornaat. De panden van zijn lange zeemansjas flapperden in de wind. Het schip denderde door de zee als een paard in rengalop, althans zo leek het voor een meisje zonder houvast. Daar had je het lijk al, liggend op een plank met aan weerszijden drie matrozen. Het was niet de eerste dode die ik in mijn leven zag – bij ons in Steenbergen lagen soms stapels soldatenlijken – hij was wel de dikste. Een koopman, werd gefluisterd, die na twee weken rodeloop nog steeds nauwelijks te tillen was. Ik had hem nooit gezien, waarschijnlijk omdat hij al snel na vertrek ziek was geworden. Nu kon niemand hem meer zien, want benedendeks was zijn lichaam in zeildoek genaaid. De laatste steek ging niet door het doek maar door de neus. Dat hoort op zee, leerden wij die dag, om er zeker van te zijn dat de dode dood is.

Terwijl de ziekentrooster uit de Bijbel voorlas, dwaalden mijn gedachten af naar huis. Zou moeder aan me denken, nu, op dit moment? Zou vader spijt hebben? Omdat ik even was afgeleid, verstond ik de naam van de man niet. Ook later, toen ik zijn papieren met de geringste inspanning had kunnen achterhalen, ging ik nooit op zoek naar wie hij was. En toch zal ik deze dode nooit vergeten, blijft hij voor altijd verbonden met het leven dat ik verloor toen de Mauritius via de Westerschelde en de Wielingen op 4 januari 1625 de ijzig grijze Noordzee opvoer. Toen hij aan stuurboordzijde van de plank gleed, meteen nadat de bootsman 'Laat hem gaan, in Godsnaam' had geroepen, gleed de Maria die ik was geweest met hem mee omlaag. Wat er van mij over was keek door een spleet in de meer dan manshoge reling en zag hoe hij, voeten eerst, lachwekkend gracieus voor zo'n dikke homp, in het water verdween. Ik doopte hem 'de Peperkoopman', omdat de Mauritius, nu onderweg naar Batavia met een lading baarmoeders, nog de geur droeg van de vracht van de laatste retourreis.

Al die negen maanden dat we onderweg waren, en nog een poos daarna, weerklonk in mijn hoofd het krijsen, mijn eigen krijsen, dat langzaam veranderde in huilen en snikken vol snot tot ik geen stem en geen tranen meer had. Gesmeekt had ik, op mijn knieën, handen gevouwen in een bede. Niet tot God, die had er niets mee te maken, tot mijn vader. Het was moeders idee geweest, alleen wist ik dat toen niet. Vader stemde toe en voerde het uit. Hij was het die zei dat mijn toekomst in de Oost lag nu Steenbergen in puin was geschoten door Spaanse kanonnen. Breda was al meer dan een halfjaar omsingeld, dus wie weet wat ons Steenbergenaren nog meer te wachten stond. Mijn moeder, mijn oudere broer, mijn kleine zusje en ik zaten dag na dag opgesloten in ons eigen huis om uit handen te blijven van rondtrekkende krijgsbendes. Vader had het goede met me voor, hij was bang dat ik in die tijd vol geweld geen schijn van kans had op een behoorlijk huwelijk. Hij zei die dingen niet zomaar, hij wist hoe het zat. Daarvan was ik overtuigd, toen.

Ik hield van mijn vader, zo knap en moedig en fier in zijn officiersuniform van het Staatse leger. Hij was mijn eerste liefde, dat durf ik nu wel te zeggen. Onbereikbaar, als in de mooiste verhalen, altijd weg van huis want er was altijd wel een front te bevechten of een oproer neer te slaan.

'Het is een gouden kans.'

Zelfs nu er zoveel jaren zijn verstreken kan ik die woorden nog horen, zie ik zijn gezicht – die donkere, Brabantse ogen.

'In een land mooier dan in je mooiste dromen.'

Natuurlijk vroeg ik hem met wie ik dan zou trouwen. Zijn antwoord was dat ik een van de moeders van Batavia zou worden en wat een grote eer dat was.

Later, veel later pas, ontdekte ik dat het plan voor de Volksplanting al aan het wankelen was toen ik als zo'n moeder in wording vertrok. Ik heb me altijd vastgehouden aan de gedachte dat mijn vader daarvan niet op de hoogte was – ontwikkelingen in de top van de Compagnie hebben tijd nodig om de lagere regionen te bereiken – en dat hij, en velen met hem, werkelijk geloofde in wat hij een prachtplan noemde. Het prachtplan van Coen, de Coen die mijn leven heeft gestolen. In mijn brieven naar huis bleef dat onbesproken, in mijn brieven ging het altijd goed met mij.

Ik heb vader gevraagd of ik in Steenbergen mocht blijven, of hij me niet wilde wegsturen. De naam Berend viel niet één keer, terwijl ik wel kon raden dat de mooie bakkerszoon – een van de weinige jongens in onze stad die niet in het leger zat – ermee te maken had dat ik moest gaan. Ik bleef vragen, smeken: laat me hier blijven. Het antwoord stond in zijn ogen, duidelijker dan letters. Weerwoord duldde hij niet, ik gaf het toch. Ingetogen en beleefd, zoals ik ben opgevoed. Hij zweeg, zonder een spier van zijn gezicht te vertrekken. Dat maakte me verdrietig, machteloos en stil. Ik besloot het even te laten rusten, omdat ik zeker wist dat ik hem op andere gedachten kon brengen, maar toen ik diezelfde middag ontdekte dat alles al in kannen en kruiken was, dat moeder een Indische garderobe had laten maken en dat ik twee weken later scheep zou gaan in het gezelschap van andere nette meisjes van mijn leeftijd – met de nadruk op 'nette' – kon ik alleen maar krijsen. Dat geluid sneed vrijwel dagelijks door mijn gedachten, bij voorkeur als ik bij rustig weer op het halfdek in de zon zat te fantaseren over een man die mij, samen met onze zoon en dochter, bij de eerste gelegenheid mee zou nemen, terug naar huis. Of als ik in gedachten terugkeerde naar die middag en wist dat het allemaal mijn eigen schuld was. Ik had mogen blijven, vast en zeker, als ik het maar niet had laten rusten. Dat heb ik mijzelf verweten: dat ik het op zijn beloop heb gelaten.

Op de tiende dag van de vierde maand op zee passeerden we de klippen van Ambrolhos. De bemanning vierde feest, wij wisten toen nog niet aan welk gevaar we waren ontsnapt. Die nacht wekte de echo van mijn eigen gillen me uit een zeldzaam moment van diepe slaap. Met bonzend hart wachtte ik tot de droom zou vervagen. Een ogenblik later veranderde het gezicht van mijn vader in het gezicht van het meisje dat we in het laatste licht aan het zoute water hadden toevertrouwd. Achttien was ze, net als ik, en de twintigste dode die we te betreuren hadden op de Mauritius. Ik kende haar naam, uiteraard, want ze was het meisje uit Middelburg dat bijna honderd nachten naast me had liggen woelen en zuchten en bibberen en braken en soms heel even had geslapen.

Toch waren de dagen met doden meestal de betere dagen, want dan gebeurde er tenminste iets. Dat klinkt als de redenering van een harde meid, maar dat was ik niet, toen niet. Zo ik al iets was op die heenreis, anders dan een schaap in een hok wachtend op een ram, was ik een officiersdochter. In mij huisde een sterk besef van hoe het hoorde, hoe ik me diende te gedragen. Daarom, en omdat ik me kapotverveelde, ging ik elke ochtend en elke middag naar de preek op het halfdek. Ik zong mee en bad mee. Met Zijn hulp had ik de eerste vier maanden overleefd, was ik niet in een doek van de doodsplank gegleden. Voorgegaan door de ziekentrooster vroeg ik tweemaal daags, samen met de andere leden van het kleine, halfdekse kerkgenootschap, om de rest van de overtocht gespaard te mogen blijven. Tot ik op een zeldzaam zachte middag – de zee diepgroen en kalm, de schepen Kameel en Gouden Leeuw geruststellend dichtbij in formatie – ineens niet meer wist of ik wel wílde aankomen. Want daar wachtte niet het paradijs, zoals vader had beloofd, maar een hete, stinkende plek vol hele en halve wilden waar we ons leven niet zeker zouden zijn. Zo gingen immers de verhalen op de wind, verteld door het matrozenvolk als er even geen meerdere in de buurt was. Geen van ons heeft ooit naar de waarheid willen vragen, terwijl er op het halfdek genoeg officieren en passagiers rondliepen die bekend waren in Batavia. Zo bang waren we voor het antwoord.

Om behoorlijk voor de dag te komen had ik me voorgenomen, als de gelegenheid zich zou aandienen, te pronken met mijn nieuwe jurken. Wist ik veel. Ze lagen in de kist en bleven in de kist. Ik had het altijd zo koud dat ik al mijn gewone kleren over elkaar heen droeg, plus een omslagdoek. Veel mensen aan deze kant van de wereld staan er niet bij stil als je naar een land reist waar het zo warm is dat er peperbesjes en muskaatnoten kunnen groeien, maar je vertrekt in de winter, vanwege de stroming en de wind, en tegen de tijd dat de lente zich zou moeten aandienen zit je al in de winter van die wereld aan de andere kant. Alleen in de buurt van de evenaar was heel het warm – 'de linie' zeggen zeelui. We waren bijna twintig weken onderweg toen de trompetter begon te spelen, meteen na het ochtendgebed. De schipper liet weten dat we op het zuidelijk halfrond waren aangekomen. Omdat de meisjes voor de Volksplanting de enigen aan boord waren die niet eerder de linie hadden gekapt, werden we natgegooid door de andere passagiers op het halfdek. We hebben heel erg gelachen en het was ook verfrissend in die warmte. Daarna voeren we de kou en de mist weer in. Pas tegen het einde van de reis verliezen de seizoenen hun greep op de temperatuur, weet ik nu.

Het halfdek was het enige dek waar wij mochten zijn. Die hoge plek op het schip bood meer dan een mooi uitzicht, omdat het dek alleen toegankelijk was voor betalende passagiers, officieren, de opperkoopman en schipper Pels, die weinig door de vingers zag. Het was er dus veilig, en soms was er vermaak. Bij mooi weer waren er weleens passagiers die gedichten voordroegen of een toneelstukje opvoerden. Daar, in de drukte, onder het kampanjedek waar de manden met kippen en ganzen en eenden stonden die in de loop van de reis in de soep of de stamppot verdwenen, ontdekte ik hoe prettig het was om gezien te worden, al dacht ik toen dat ik me verheugde op de afleiding en op het zingen. Begeleid door de opperkoopman, die bijna net zo mooi luit speelde als mijn moeder, en onder het toeziend oog van zijn echtgenote, zong ik samen met Anna liederen waarin onze stemmen het beste harmonieerden. Dat konden we wel, samen zingen.

Anna, al bijna vijfentwintig, ongetrouwd, mollig en mooi, was meegestuurd als gouvernante. Ik had een hekel aan haar en die afkeer was wederzijds. Zij noemde mij een verwend nest en ik vond dat ze haar werk niet goed deed omdat ze haar aandacht bij voorkeur gaf aan mannen door wie ze zich luidruchtig liet nemen.

Als er geen vertier was zat ik urenlang voor me uit te kijken, gepropt tussen de andere passagiers die ook niks te doen hadden. Ik keek naar de bemanning die voor de mast in de kuil verbleef, naar het lager gelegen overloopdek, ik keek naar de zee waaruit soms vissen met vleugels opstegen, naar de horizon waaraan ik schepen zag opdoemen die door geoefende ogen meteen werden ontmaskerd als een onweersbui. Heel soms zag ik in gedachten de kade van Middelburg, waar moeder stond terwijl ik in de lichter stapte die mij naar de Mauritius zou varen. Nadat ik aan boord was geholpen en wilde zwaaien, had ze zich al omgedraaid.

Dat waren de zwartste uren van de reis. Ook nu kan ik niet opschrijven hoeveel verdriet ik had. Wil ik het niet, dat is beter gezegd. Ik wil niet dat iemand die woorden ziet als ik er niet meer ben.

Ik hecht eraan nog iets te zeggen over Anna: in de loop van mijn leven heb ik dikwijls hoofdschuddend teruggekeken op mijn harde oordeel over haar, want het was niet zo verwonderlijk dat haar werk soms op het tweede plan kwam. Welbeschouwd was het een vreemd clubje meisjes waarvoor ze zorg droeg. Hoe dat zo kwam, heeft ze mij toevertrouwd toen praten haar al moeilijk viel. Het was begonnen met drie officiersdochters: ikzelf, Hendrikje, een bleek, bangig kind van zestien uit Bergen op Zoom, en het overleden Middelburgse meisje. Onze ouders hadden samen haar reis betaald. In ruil daarvoor, plus een kleine vergoeding bij aankomst in Batavia, moest Anna ons helpen met persoonlijke verzorging, dagelijkse lessen in schrijven en naaien en was het haar taak onze eer en goede naam te bewaken. Toen ze dat laatste vertelde hebben we samen nog gelachen, voorzichtig, omdat het haar pijn deed. Gek eigenlijk, dat ik haar pas leerde waarderen toen het al bijna te laat was.

Anna was nog maar net met de takel aan boord van de Mauritius gehesen toen de opperkoopman van de Compagnie haar te verstaan gaf dat ze er vier meisjes bij zou krijgen.

Vijftien jaar waren ze, en ze kwamen rechtstreeks uit een Amsterdams weeshuis van aanzien. Over een bijkomende vergoeding voor het extra werk sprak hij niet. In plaats daarvan boog de opperkoopman, bewoner van het deftige bovendek, officieel de commandeur van de vloot voor de duur van de reis, zich naar haar toe en sprak niet heel luid maar overduidelijk de naam van de man voor wie ze op de vlucht was, de man die zich vrijwel elke nacht toegang verschafte tot haar dromen, haar zwetend en snakkend naar adem aan haar lot overliet zodra ze haar ogen opende, de man die haar zelfs op klaarlichte dag in een onbewaakt ogenblik met een roodgloeiende roe in haar buik wist te steken.

'Zeer goede vrind van mij,' kreeg ze ten slotte te horen. Ook zonder die toevoeging had Anna geweten dat de kaarten geschud waren, vertelde ze. Ze had gedacht dat de knappe Amsterdamse koopman meende wat hij tegen haar zei toen hij haar in zijn bed trok. Het was niet bij haar opgekomen dat hij na drie nachten al op haar zou zijn uitgekeken. Tot ze op de ochtend van hun vierde dag samen zijn andere gezicht zag en hij haar vertelde dat hij vrienden op de juiste plaatsen had. Mond dicht, dat was de boodschap. Ook aan boord van de Mauritius.

Vlak voor vertrek gaf vader mij een dagboek. Hij had het speciaal laten binden in blauw leer. Tijdens die lange overtocht heb ik het vaak in handen gehad, streelde ik de zachte band in mijn lievelingskleur, volgde met mijn wijsvinger de gouden lijnen van mijn initialen op de rug: *MvA*. Uit nijd heb ik er niets in geschreven, op een paar feitelijke aantekeningen na. Daar heb ik nu spijt van. Volgens moeder is met spijt nog nooit een pad geplaveid, waarmee ze bedoelde dat je in het leven goed moet opletten omdat je dingen niet ongedaan kunt maken. Ik kan wel proberen om het goed te maken, nu, met dit verslag van mijn leven. Dus schrijf ik over de bruidspakketjes die uit het vaderland naar de Oost werden verscheept. Niet uit zelfmedelijden, uit plichtsbesef. De meesten van ons hebben immers geen stem meer, die verstomde in het kraambed of in de natte hitte.

Boosheid was niet de enige reden waarom ik het dagboek nagenoeg leeg liet, ik dacht ook dat ik het me kon permitteren mijn pen in de schrijfkist te laten liggen – zo overtuigd was ik dat ik iedere indruk, elke gebeurtenis tijdens de reis van minuut tot minuut zou kunnen navertellen. Uit mijn hoofd, waar mijn leven aan boord was ingebrand. Jeugdige overmoed, denk ik nu, want de moeizame geboorte van de nieuwe Maria moest plaatsmaken voor wat er daarna gebeurde: mijn geheugen bood eenvoudigweg geen plaats meer voor die lange, eentonige dagen aan boord van de Mauritius. Desondanks komt er nu en dan een herinnering binnenwandelen, als een verloren gewaand kind. Dat gebeurt meestal als ik er niet mijn best voor doe. Het kan een stem zijn die het geheugen aanwakkert of een bepaald soort licht. Vaak is het een geur, en dan ben ik meteen weer op dat schip, zelfs nu nog, nu ik een heel leven heb geleefd. Soms heeft het ogenschijnlijk nergens iets mee te maken, zoals die keer dat ik poseerde voor een jonge schilder uit Leiden. Ik hoorde het schurende geluid van de houtskool waarmee hij de eerste schets opzette, bekeek zijn bolle neus, het vlassige snorretje, en dacht aan het bloeden.

Aan het begin van de reis was alles nog bij het oude geweest, daarna waren mijn maandstonden uitgebleven. Het kwam goed uit maar het was ook angstig, alsof we betoverd waren, want ik was niet de enige bij wie zich die raadselachtige verandering had voltrokken.

'De zegen van de zee,' zei de opperchirurgijn.

Hij liep elke ochtend zijn ronde over het schip, voor hij benedendeks aan het werk ging bij de grote mast. Wie iets te vragen had, kon hem aanschieten. Later die dag kwam hij speciaal naar het halfdek om ons allemaal gerust te stellen. Daar kregen we ook bevestiging van de deftige maar aardige eega van de hoogste koopman, door ons Mevrouw de Opper gedoopt, die vertelde dat het de kracht der natuur was.

Anna vormde de uitzondering, zo leek het. Of was het de geur van een geheim wild leven die opsteeg uit haar rokken? Ik stond achter haar in de rij voor het gemak, Anna glimlachte naar twee matrozen die langsliepen met kruiken brandewijn. 'Elke dag een slok door de mond houdt het schip gezond,' had de schipper gezegd toen we voor Vlissingen lagen te wachten op de vloot. Gezond kon je het schip met bijna elke week twee of drie doden nauwelijks noemen, maar daar sprak ik niet over. Met zulke gedachten zou ik het ongeluk over mijzelf en de rest van de opvarenden kunnen afroepen, dus besloot ik dankbaar te zijn voor die dagelijkse mutsjes drank op de nuchtere maag.

'Naar voren kijken,' had moeder op de dag van vertrek gezegd. Zonder uitzicht ben je verloren, was haar stellige overtuiging, dus sprak ze die drie woorden als het geschut van de Spanjaarden achter het huis bulderde, als vader vertrok om zich bij zijn regiment te voegen, als er een onweer boven Steenbergen hing dat maar niet wilde overwaaien, en op de dag dat ze haar oudste dochter weggaf aan de Compagnie.

Met haar stem in mijn hoofd keek ik naar voren en zag ik dat ik na Anna nog twee meisjes te gaan had. De vrouw van de opperkoopman trof je nooit in de rij, die ging natuurlijk op het gemak in de galerij, naast de grote kajuit. Een halfuur later was ik aan de beurt. Ik klom naar boven, naar het galjoen, duwde het hekje open, liep voorzichtig de vier smalle treden van het trapje af – ik kan nóg voelen hoe steil dat was – stapte op het kleine dek vlak achter het boegbeeld dat het luizenplechtje heet, hees mijn rokken omhoog, ging zitten en genoot van de opluchting dat ik het had gehaald en van het gevoel van de warme, dunne brij die mijn lichaam verliet.

Ik had moeten wennen aan al die mensen op het gemak: officieren, bemanning, passagiers door elkaar, elke dag weer, aan een gemak op zee met het mooiste uitzicht, aan het tweede gemak een paar meter verderop dat natuurlijk ook altijd bezet was, aan altijd natte voeten van het sproeiwater. En toch begon ik na een paar weken uit te kijken naar dat ochtendritueel, zeker als het weer goed was. Ik herinner me een ochtend in juni, een stralende maar koude winterdag op het zuidelijk halfrond, toen ik tot mijn verbazing ontdekte dat ik echt kon genieten van die paar minuten zonder mensen om me heen. Als ik te lang bleef zitten, klonk er geschreeuw van het galjoen, wanhopig smeken soms achter het hekje. Dan haalde ik het allemansend binnen – een touw dat aan de reling vastzit, meegesleept en schoongespoeld door het water – veegde mijn billen af met het ijskoude, uitgeplozen uiteinde en gooide het weer terug in zee voor de volgende.

Veel meer dan dat zagen wij niet van het schip. We mochten niet en we durfden niet. Alleen al bovendeks, op de weg van het halfdek naar het gemak achter het boegbeeld, loerde het gevaar van alle kanten. Als de wind je niet te grazen nam, waren het grijpgrage handen die achter de rug van de officieren een weg onder onze rokken probeerden te vinden. Het diepe, inwendige leven van het schip kwam alleen tot ons in schreeuwen en tieren en vloeken en jammeren. Heel soms zagen wij soldaten die even licht en lucht mochten proeven voor ze weer terug moesten naar het koebrugdek waar ze alleen gebukt konden gaan.

Het was Antonio die mij dat vertelde. Wij, de meisjes voor de Volksplanting, wisten nergens iets van. Wij waren alleen maar bang. Vooral als de kanonnen lieten horen dat er een vijandig schip was gezien.

We waren bijna zes maanden onderweg toen ik tijdens het ontluizen merkte dat Anna ziek was. We stonden met z'n zevenen op het luizenplechtje, bovenkleding uit en haren los, klaar voor de wekelijkse beurt. We kamden elkaar en een van ons deed daarna Anna, zo hadden we dat afgesproken. Die keer was het mijn beurt. Anna had al moeite met stilzitten tijdens het kammen, maar het was de geur van zeep die haar deed kokhalzen. Ik had pas een klein deel van haar haren ingesopt toen ze opstond en naar de reling rende om over te geven. Ze haalde het niet, ze viel op haar knieën en bleef spugen tot ze niets meer in haar lijf had.

Ik ontdekte dat er nog iets anders met Anna aan de hand was terwijl ik haar overeind hielp. De doek die ze om haar middel had geslagen gleed weg en liet een donkere vlek zien, vers en nat. Terwijl Anna steunend op mijn arm terugliep naar het meisjeshok benedendeks stroomden er straaltjes bloed langs haar benen op de treden van het trapje. Haar slaapplek was een smalle bedstee in een zijgangetje om de hoek. We pakten haar matrasje en haar spullen, legden haar in ons midden te rusten en waakten bij haar.

Anna had dagen en dagen achtereen vurige koortsen. In haar laatste nacht op deze wereld baarde ze het kind dat ze al die tijd verborgen had gehouden. Het was een levenloos jongetje – misschien wel de zoon van die 'zeer goede vrind' van de opperkoopman. Het praten viel haar zo zwaar dat ze er niet veel over kon zeggen, zelfs als ze dat had gewild.

De volgende ochtend hebben we haar en haar jongetje gewassen en in zeildoek gewikkeld. De zeilmaker naaide het doek bijeen, de chirurgijn stak de laatste steek door Anna's neus: ze was echt dood. Het kind op haar buik ook.

Drie weken later stierf de vrouw van de opperkoopman aan koortsen en een ziekte in de buik. De opperchirurgijn had haar niet kunnen redden. Zelfs al het zilver dat in kisten in de hoogste hut lag te wachten om specerijen en textiel te kopen, zou niet genoeg zijn geweest om haar te redden. De ene dag sprak ze ons nog moed in, de volgende dag konden we haar op het halfdek horen gillen in de hut boven onze hoofden.

Voor de ziekentrooster het woord nam, vertelde schipper Reinier Pels hoe moedig ze was geweest en dat ze, toen de helse pijnen haar lichaam hadden verlaten, rustig en waardig de tocht naar haar Schepper had aanvaard.

Omdat we dicht onder de kust van de Kaap voeren, kreeg Mevrouw de Opper een tijdelijk graf in het ballastzand, helemaal onder in het schip. Een week later werd ze begraven aan de Tafelbaai, terwijl de bemanning vers water insloeg.

* * *

Zonder Anna waren wij op onszelf teruggeworpen. Er was niemand meer die over ons waakte, zei dat we op tijd naar bed moesten, het gevaar op afstand hield. Al luttele uren na haar dood miste ik de stille kracht van de vrouw met wie ik alleen in harmonie was geweest tijdens het zingen, de vrouw die ik op het nippertje had leren kennen en had gemogen. Het drong tot me door dat ik niet had geweten dat die kracht er was, tot zij was vervlogen – opgegaan in de geur van Anna's dood.

Zonder Anna en Mevrouw de Opper, die vanaf het bovendek voornaamheid had uitgestraald maar zich op haar manier om ons had bekommerd, leefden wij te midden van tweehonderd mannen. Ondanks het bikkelharde bewind van de schipper veranderde de stemming aan boord. Meteen. Ik voelde die verschuiving sidderen in mijn botten, alsof er kisten in het vrachtruim waren losgeslagen en tegen de wand van het schip kwakten. Maar dat kon het niet zijn, want het schip lag al dagen vrijwel roerloos in een gladde zee. En juist dát werd ons aangerekend: de meisjes voor de Volksplanting waren een vloek geworden. 'Onheil, onheil,' klonk het benedendeks en binnensmonds. De officieren gedroegen zich zoals hun rang en positie dat vereiste, maar heimelijk dachten ook zij, waarschijnlijk inclusief hun schipper, dat meisjes aan boord nog nooit iets goeds hadden gebracht.

Sommigen zeiden het hardop: 'Een vrouw en een kip zijn de pest voor een schip.'

In de onnatuurlijke stilte klonk het morren en schreeuwen en vloeken van het overloopdek en daaronder, in de krochten van de Mauritius die voor ons onzichtbaar waren, almaar luider. Alsof woede het beuken van de wind moest compenseren.

Antonio is de enige man die mij heeft gevraagd hoe het was begonnen, de anderen hebben het altijd voor lief genomen. Of verkozen onwetendheid van dit deel van mijn leven.

Onschuldig, zo begon het.

Op een ochtend klonk er vlak voor het gebed op het halfdek van een paar meter lager gefluit. Ik draaide me om omdat het opvallend van toon was, anders dan het fluitje van zeelui onder elkaar. Ik keek in het gezicht van een onderofficier, een van de botteliers bleek later, en zag dat hij tevreden was met mijn aandacht.

'Ik heb net gedaan alsof ik het niet hoorde, Toni,' vertelde ik hem. Het was zes jaar later, we voeren op de Deventer terug naar het vaderland. Turend over zee op een windstille dag wilde hij weten hoe mijn reis naar de Oost was geweest – hij wilde het echt weten. Die eigenschap heb ik altijd erg gewaardeerd in hem.

'Ach, die bottelier. Het was niet de eerste keer in mijn leven dat ik werd nagefloten,' zei ik. Met mijn dikke, honingblonde haar en donkere, Brabantse wenkbrauwen boven de blauwe ogen die ik van mijn Zeeuwse moeder heb geërfd, was ik een opvallende verschijning. Dat wist ik.

'Maar nooit eerder op een schip,' zei Antonio, 'dat is verboden.'

In de dagen daarna gebeurde het nog een paar keer. Ik hoorde het fluiten, dat soms werd gevolgd door joelen, lachen, maar ik reageerde niet meer. Omdat het een tijdje stil bleef, trok ik de conclusie dat de lol eraf was. Tot die man mij in het holst van de nacht stond op te wachten terwijl ik onderweg was naar de piespot. Hij greep me bij de keel en stak zijn andere hand tussen mijn benen.

Als ik geen moord en brand had geschreeuwd, was de bottelier waarschijnlijk niet gevlucht voor hij had gekregen wat hij wilde. Dankzij de windstilte, en mijn geoefende stem, was mijn gillen tot voorbij de stuurhut in de kajuit van de schipper te horen geweest. Het tijdstip kon onomstotelijk worden bewezen met zovele getuigen, nu de dader nog.

Bij het eerste licht verordonneerde Reinier Pels de voltallige bemanning, de officieren én alle passagiers. Ik stond rillend op het halfdek en keek om me heen. Ik keek naar alle gezichten tot ik lager, op het grote overloopdek, de ogen van de bottelier herkende. Mijn rechterarm kwam bijna vanzelf omhoog en ik wees met een beschuldigende vinger naar de man die mij had toegefloten.

De bottelier schudde zijn hoofd in verbijstering, schreeuwde dat hij het niet was geweest, dat ik de verkeerde had aangewezen.

Het hielp hem niet, de door de Scheepsraad opgelegde straf werd onmiddellijk uitgevoerd. De provoost bond de linkerhand van de onderofficier op zijn rug en sloeg zijn rechterhand met een vlijmscherp mes aan de mast. Het bot kraakte, de man brulde. Hij schreeuwde, gilde dat hij onschuldig was, tot hij bijna een uur later flauwviel en langzaam langs de mast omlaaggleed terwijl het mes, onwrikbaar in het eikenhout, zijn hand doorkliefde.

Later op de dag zaagde de chirurgijn de gespleten hand

vlak onder de pols af omdat er geen redden meer aan was. Aan het eind van die week stierf de bottelier aan bloedvergiftiging en werd hij met een kort gebed maar zonder ceremonieel toevertrouwd aan de zee: aan bakboordzijde, als een beest.

Terwijl ik zijn lichaam in het water zag verdwijnen, wist ik dat ik een vergissing had begaan. Waarom bleef ik anders zijn ogen zien? Onschuldige ogen, flitste het door me heen op het moment dat ik mijn vinger had uitgestoken. Ik negeerde de stem in mijn hoofd die zei dat ik het niet zeker wist, hield vast aan de overtuiging dat hij het moest zijn geweest in die broeierige nacht. Niks op z'n beloop laten, kordaat zijn. Dat was wat ik dacht.

Niemand weet dit, ook Toni niet, behalve de echte schuldige natuurlijk. Zie het dus maar als een bekentenis. Die arme bottelier is allang vergeten, en het zal niet lang meer duren voordat ik uit ieders hoofd ben verdwenen. Daarom moet het nu gezegd: de man heeft het niet gedaan.

Toen, op het schip, heeft niemand iets aan mij kunnen zien. Integendeel. Misschien was het juist dat stekende schuldgevoel waardoor ik het heft in handen nam en dingen zag die tot dan voor mij verborgen waren gebleven. Misschien had de wind er ook iets mee te maken, want zodra die aantrok en de zeilen weer bol stonden, had de goede luim alle opvarenden van de Mauritius aangestoken.

Na het ochtendgebed riep ik de meisjes bijeen met de mededeling dat het vanaf nu allemaal anders zou worden. Ik had besloten Anna's werk over te nemen. In de dagen na de dood van haar en haar kind, had ik nieuwe lessen uitgedacht en opgeschreven in mijn dagboek – kwam het toch nog van pas. 'Madagaskar voorbij' noteerde ik boven de lessen. Ik weet nog hoe verloren ik me voelde toen de schipper die aankondiging deed op het halfdek. Het kwam door de naam van het eiland: zo vreemd en tegelijkertijd zo mooi van klank.

De eerste dag onder mijn leiding begon ik met voorlezen, zoals mijn moeder jarenlang had gedaan. 'Lezen is leren,' hoorde ik haar zeggen, al was ik honderden zeemijlen van haar vandaan. Gepropt in een hoekje van het halfdek, nadat de ziekentrooster en een deel van zijn gehoor benedendeks waren gegaan, vertelde ik over de vos die Reinaert heet. De zinnen die ik sprak waren moeders zinnen. Zij las nooit voor, zij vertelde over Reinaert, Bruin, Tibeert en Nobel op haar eigen manier.

> De opkomst was groot. Zoals ieder jaar trouwens. Voor de meesten betekende het een verzetje, zo'n hofdag. Iedereen ziet iedereen, nieuw in het vel, nieuw in de veren, lekker pinksterzonnetje, fris kruid, volop te eten overal, en je hoort weer eens wat: die en die is dood, en wat zijn jouw kinderen groot, en heb je het laatste al gehoord van –

Ik vertelde uit mijn hoofd. Kende alle rustpunten en klemtonen zonder de woorden op papier te hoeven zien. Ik wist ook wanneer ik moest stoppen, namelijk op het moment dat de meisjes in koor riepen door te gaan. Later op de dag, toen er na de thee niet veel te doen was op het halfdek, las ik voor uit een geschrift dat vader me had meegegeven. Het was van de hand van een man die hij zeer bewonderde: Jacob van Neck, een commandant die al in 1599 de overtocht naar de Oost had gemaakt. Hij schreef op wat hij zag toen hij op de zeestraat Soenda tussen de eilanden Sumatra en Java voer. Die namen waren zonder betekenis voor de meisjes, zoals ze tot voor kort nietszeggend waren geweest voor mij. Hun ogen lichtten pas op toen ik met de woorden van Van Neck vertelde hoe hun nieuwe land eruitzag.

'Gracieus geplante bomen vol vogelgekwetter en kluchtig gebuitel van smalneusapen. Zilverachtige watervallen en geurige kruiden en planten.' Van Neck, die toch al veel van de wereld had gezien, schreef dat hij tijdens die reis geen wellustiger plek had kunnen ontdekken.

Ik las zijn woorden heel bewust voor, om de nare verhalen van het matrozenvolk te overstemmen.

'Wat is een smalneusaap?' vroeg Hendrikje uit Bergen op Zoom.

Daar kon ik geen antwoord op geven, net zomin als mijn vader dat kon toen ik diezelfde vraag stelde.

Later op de dag liet ik mijn klasje een brief naar huis schrijven, ook een taak die Anna had laten versloffen. Door haar toestand, wist ik toen, en ik nam haar niets meer kwalijk. De vier weesmeisjes hadden uiteraard geen huis, daarom liet ik ze aan de Heren Zeventien schrijven. Dat leverde gegiechel op.

'Die lezen geen brieven van wezen,' zei een van de meisjes. De anderen schudden instemmend hun hoofden.

'O nee? De Heren Zeventien hebben jullie reis betaald en jullie uitzet en bruidsschat.'

De weesjes hadden geen flauw benul. Ze keken me ongelovig aan toen ik vertelde wat ik van mijn vader had gehoord. Dat de bewindhebbers van de VOC kapitalen staken in het bevolken van Batavia. En wat een eer het was een van de moeders van de nieuwe stad te mogen worden. Ja, ik weet het. Ook ik moest inwendig lachen om die woorden uit mijn mond te horen. Zij merkten er gelukkig niets van.

'Wat jullie meekrijgen als jullie trouwen, ligt dáár.' Ik wees omhoog. 'Veilig opgeborgen op het bovendek, de hut van de opperkoopman, in een van de kisten met handelszilver.'

Voor mijzelf en de andere officiersdochter lag het iets anders: onze reis en bruidsschat was door onze ouders betaald. Daarom hadden wij een andere, betere, positie aan boord, al merkten we daar weinig van. Waarin we niet van elkaar verschilden was dat we, eenmaal in Batavia, zo ongeveer werden weggegeven. De bruidsschat, plus nieuwe kleding, grotere rantsoenen en de zekerheid van een dienstbetrekking, was volgens het plan van Coen een lokkertje voor de mannen daar: een gevuld bed en een zak geld toe.

Ik wist toen nog niet dat wij extra lekker gemaakt moesten worden, ik wist niets. Desondanks zette ik de meisjes aan het schrijven en hielp ik ze verder als ze vragen hadden. De grote verrassing was dat ze alle vijf deden wat ik zei, alsof het nooit anders was geweest.

Dat hielp tegen het gillen in mijn hoofd, tegen het gemis van mijn moeder. En 's nachts in ons hok, als de anderen sliepen, zag ik niet langer alleen maar de smekende ogen van de bottelier en de dode ogen van Anna en haar kind. Ik begon me af te vragen wat voor moeder ik zou worden. In mijn dagboek schreef ik, driemaal onderstreept, dat ik, wat er ook gebeurde, nooit mijn dochter zou wegsturen. Zoals ik al zei: ik wist helemaal niets toen. Tegen het einde van de reis – het was bijna augustus – we voeren zo'n tweeduizend zeemijl van de kaap die achttien jaar later mijn naam zou krijgen, besloot ik, zeer bewust en nadrukkelijk, dat ik me niet zomaar zou laten weggeven. Hoe meer ik erover nadacht, hoe sterker ik werd in mijn voornemen dat ik alleen tevreden zou zijn met de beste man.

Het was de eerste keer in mijn leven dat ik een beslissing nam.

De dood was overal om ons heen, net als de hitte. Wie het nooit heeft meegemaakt, kan niet weten hoe warm het is op de Indische Oceaan. Er waren al vijf kooplieden bezweken. Zelfs ervaren Oost-Indiëgangers lagen benedendeks te creperen van de hitte. Om onszelf iets te doen te geven, even af te leiden van de angst de volgende te zijn, hielden we de doden bij in mijn dagboek. De meesten waren matrozen, koksmaten, scheepjongens en soldaten die we voor het eerst te zien kregen als zij dood bovendeks kwamen, in zeildoek genaaid. We luisterden naar de gebeden van de ziekentrooster, keken toe terwijl hun stille lichamen ten afscheid driemaal om de grote mast werden gedragen, wilden niet zien hoe ze voor altijd in het grote niets verdwenen. Ze bleven naamloos, kregen alleen een nummer:

12 augustus – nr. 50
18 augustus, slechte dag – nr. 51, 52, 53, 54
28 augustus – nr. 55
29 augustus – nr. 56
3 september – nr. 57
5 september, een matroos en een hooplopertje zijn beschuldigd van sodomie, worden aan elkaar gebonden en levend in zee gegooid – nr. 58 en nr. 59
6 september – nr. 60 en 61
8 september – nr. 62
9 september – nr. 63
15 september – nr. 64
21 september – nr. 65
27 september – nr. 66

Nummer 67, de laatste dode die te betreuren viel op de Mauritius, was een van de Amsterdamse weesjes. Ze stierf op 3 oktober 1625 in het zicht van de haven, letterlijk. Rodeloop had ze, twee weken lang. Twee weken riep ze om de moeder die ze nooit had gehad. Terwijl het schip op de rede van Batavia het anker liet zakken, werd haar lichaam in een haastig getimmerde kist gelegd. Zij zou als laatste passagier aan wal komen en een graf krijgen op de plek waar haar een leven was beloofd.

* * *

Mijn eerste gedachte toen we aankwamen was: ik wil het weer koud hebben. Ik stond, drijfnat, in een nieuwe jurk, te wachten naast de twee officieren die schipper Pels had aangesteld om ons te begeleiden naar de plek waar we zouden worden opgevangen. Terwijl de anderen zich verdrongen voor een spleet in de hoge reling deed ik als vanzelf een stap achteruit – ik hoefde het nog niet te zien.

Omdat ik min of meer de leiding had, ging ik als laatste in het stoeltje zitten. De takel tilde me omhoog, waar de heerlijkste bries ooit mijn rokken bol blies, draaide van het schip weg, langzaam, zodat zijn vrachtje niet te veel zou wiebelen, en liet me net zo voorzichtig zakken op het dek van een kleine schuit.

Na negen maanden varen, waarin ik weinig anders zag dan water, lucht en verdriet, was daar mijn nieuwe land: een haven met talloze bootjes en daarachter hoge, blauwachtige bergen die vulkanen heten. Ik plofte neer naast de andere meisjes op een ruwhouten bank langs de reling en keek in verwondering naar de bemanning die was uitgedost als struikrovers; een halsdoek voor hun neuzen en monden.

'Geen zorgen,' zei een van de officieren, 'jullie zijn veilig.'

Terwijl de schuit naar de wal zeilde, zag ik vogels in kleuren zo fel dat mijn ogen prikten, bomen als pilaren met een groene kruin van bladeren, en bloemen, overal bloeiden bloemen, precies zoals Van Neck had geschreven. Even later, we waren bijna bij de kade, zag ik mijn eerste Bataviase mannen – mannen die eruitzagen zoals onze mannen thuis. Het waren er zeker honderd, misschien nog wel meer. Vrolijk waren ze, wuifden uitbundig met hun hoeden.

'Ze zwaaien naar ons!' riep ik, en zwaaide terug.

Het onverwacht hartelijke welkom in dit vreemde werelddeel waar ik niemand kende stemde mij vrolijk. Al het ongemak, de eenzaamheid, de uitzichtloze verveling en mijn smerige, zwetende lijf waren voor even verdrongen door de hoop dat ik misschien tóch in een paradijs was aangekomen.

Wat ik niet wist, was dat de mannen aan wal op hun beurt zagen dat het paradijs naar hén was gekomen. Ze verdrongen zich bijkans likkebaardend om te zien welke van die vijf, helaas maar vijf, snoezige vaderlandse snoetjes het mooiste was.

Terwijl de stuurman opdracht gaf het zeil te strijken en de kleine boot begon te wiebelen op de korte golven werd mijn oog getrokken naar de gestalte van een vrouw. Ze stond iets verder weg op de kade, met haar rug naar de haven gekeerd.

Aankomst

3 oktober 1625

Als mijn vader had geweten hoe het in Batavia was, had hij mij nooit weggestuurd. Het voormalige moeras van Jacatra, in 1619 veroverd op Bantam, de westelijke provincie van Java, was een hete puinhoop vol steekmuggen en geweld. Het centrale plein met het hoofdverblijf van de pangeran, de plaatselijke heerser, was met de grond gelijkgemaakt en daarvoor in de plaats werd een stad gebouwd, een westerse stad in een Aziatische samenleving. Tenminste, dat was de bedoeling. Twee jaar voor onze aankomst had Jan Pieterszoon Coen aan de Heren Zeventien laten weten dat hij volk nodig had om de stad te laten groeien – veel volk en dan vooral vrouwen, want daaraan was een schreeuwend tekort. Zonder vrouwen, dat wisten de Heren natuurlijk net zo goed als hij, kon het nooit wat worden met Batavia. Hij schreef een brief op poten, daar was hij goed in, en had ook nog eens de belangrijkste troef achter de hand om zijn verzoek voor een Volksplanting kracht bij te zetten: geld. Als de vestiging Batavia niet tot wasdom zou komen, had de VOC in Azië geen schijn van kans en zou de totale Oost-Indische handel verdampen.

Het was niet zo vreemd dat mijn vader slecht op de hoogte was van de situatie ter plekke. Coen, die ik leerde kennen als een man van vele talenten, kon het allemaal meeslepend opschrijven in zijn brieven naar de Kamer van Amsterdam. Zijn voorstelling van Batavia met haar vruchtbare achterland, zuiver drinkwater en fantastische mogelijkheden was blijkbaar zo overtuigend dat hij zijn eigen bazen in de luren wist te leggen. In het beste geval stelde hij de zaken mooier voor dan ze waren. Geen wonder dus dat de Heren Zeventien en met hen anderen die van doen hadden met de handel en de verankering van de positie in de Oost een vertekend beeld hadden van de werkelijkheid, de werkelijkheid die wij betraden op de ochtend van de derde oktober 1625.

Coen zag iets anders. Hij wilde niet alleen Batavia bevolken met mensen uit de Republiek – die naar zijn mening toch aan de volle kant was en zeker wel honderdduizend onderdanen kon missen – ook Ambon en de eveneens veroverde Banda-eilanden maakten deel uit van zijn plan. Hij wilde veel schepen voor de kust, drukke steden vol Europese mannen met vrouwen en kinderen – allemaal vrije burgers, eerlijke lieden die goed de kost konden verdienen met handelswaar die bijna voor het oprapen lag. Dát zag hij.

Het is niet gebeurd, niet zoals hij het zich had voorgesteld.

Gedurende mijn eerste jaren in de Oost ben ik te weten gekomen dat Coen naar het vaderland voer juist toen wij onderweg naar de Oost waren. Terwijl wij de wal naderden in een wiebelige sloep, zat hij aan tafel bij de Heren Zeventien in het Amsterdamse Oost-Indisch Huis zijn zaak te bepleiten. Net gouverneur-generaal af, maar gloeiend van ambitie om zijn opvolger Pieter de Carpentier van de troon te stoten en een nieuwe termijn te aanvaarden, bouwde hij voor de ogen van zijn bazen met woorden de stad van zijn dromen.

Wij zagen bij aankomst de verhalen van het ruwe scheepsvolk op de Mauritius bewaarheid worden. Al die blije Compagniesdienaren op de kade moesten samen met de gedroomde idylle plaatsmaken voor mannen met geweren en een krioelende, zwoegende menigte. Onderweg naar ons voorlopige onderkomen was het zo druk en chaotisch dat de ossenwagen waarin we zaten herhaaldelijk moest stoppen en wachten. Honderden mannen en vrouwen, kinderen zelfs ook, sjouwden met kisten en zakken op hun rug, sommigen droegen stenen op hun schouders, of dakpannen. Allemaal waren ze onderweg naar de bouw van de muur die de stad moest beschermen tegen aanvallen van vijandige krijgslegers. Soldaten met geweren schoten bij iedere verdachte beweging in het groene gordijn van het oerwoud, in de hoop de krijgers op afstand te houden. Het was hier oorlog, net als thuis.

Ik was negen maanden onderweg geweest naar een betere toekomst om te ontdekken dat de toekomst in Batavia eveneens hooguit een dag lang was, als dat vergezicht je niet werd ontnomen door de wolken muggen, daar muskieten genoemd. En ook deze stad was een puinhoop. Het enige verschil met Steenbergen was dat Batavia werd opgebouwd in plaats van stukgeschoten, maar dat maakte voor de aanblik niet veel uit: kapotte wegen met kuilen vol water, armoeiige huisjes zonder deuren, zonder ramen, vaak zonder daken, nergens lachende gezichten.

Wat ik niet eerder zag waren bruine gezichten, sommige heel donker, met blauwzwart haar. Hun lijven waren ook donker. We konden dat zien omdat ze nauwelijks gekleed waren. Indianen, leerden we. De officier die naast de ossenwagen liep, vertelde dat de meeste mannen, vrouwen en kinderen die we zagen een paar jaar eerder door de Compagnie waren gekocht op de slavenmarkt van Coromandel. Pieter de Carpentier, toen de gouverneur-generaal van Batavia, had ze besteld voor de bouw van de vesting. Ze werden met ruim duizend tegelijk verscheept in het ruim van de

Nieuw Seelant, een spiegelretourschip van dezelfde afmeting als de Mauritius. Dat soort dingen kregen we te horen tijdens die lawaaierige, snikhete tocht van de kade naar ons onderkomen. Niemand van ons zei iets, bang voor dit nieuwe land, bang om van de wagen te vallen en te verdwijnen in de krioelende menigte. Bang ook om aangeraakt te worden door een indiaan. Of door mannen uit China met lange vlechten op hun rug. Die werkten heel hard voor bijna niets, had de officier verteld. Pas in de loop van mijn Bataviase leven leerde ik onderscheid maken tussen Chinezen, Japanners, Portugezen, Javanen, Balinezen, Maleiers, Makassaren, Mardijkers, Siamezen en Cambodjanen.

Op die dag van aankomst had ik geen idee. Ik wilde maar één ding: terug naar huis.

* * *

'Stoofpeertjes! De nieuwe portie gestoofde peertjes is binnen!'

Het duurde even voor die blije tijding door de poort van de school sijpelde. Omdat de toegang tot de stad de eerste weken na onze aankomst hermetisch gesloten bleef, hadden we geen weet van de ophef die we veroorzaakten. Laat staan dat we kennis konden nemen van het Bataviase jargon – dat maakte nou net géén deel uit van de lessen over de Indische zeden en gewoonten die mijn gezusters en ik dagelijks kregen voorgeschoteld. In feite waren we van de ene gesloten wereld overgeheveld naar de andere. Ons nieuwe verblijf dreef weliswaar niet op water en het was er streng verboden voor mannen, voor het overige waren we nog altijd meisjes in een hok. We sliepen op dunne matrasjes op de grond, onder een enkele katoenen lap.

Te midden van de tienduizend dingen die nieuw waren,

kon ik niet ophouden met kijken naar de boom op de binnenplaats van de houten school. Het was een waringin, de grootste en groenste boom die ik ooit had gezien. In de jaren die volgden zag ik vele soortgenoten, sommige nog groter en majestueuzer, maar het was de schoolboom die me zou bijblijven. En die benen.

'Zeebenen,' had de aardige officier gezegd die me ondersteunde omdat ik plotseling moeite had met lopen. Ik was geen dag zeeziek geweest, maar eenmaal aan wal werd ik landziek. Na de tocht door de heksenketel was de binnenplaats van de school een stille, koele oase. Onder de boom hervond ik mijn evenwicht op de vaste grond onder mijn voeten en knapte ik wat op.

'Ik ben juffrouw Qual,' zei juffrouw Qual, hoofd van de school.

We stonden met z'n vijven strak in het gelid tegenover haar: zij aan zij, aflopend van de langste, ikzelf, naar de kleine Hendrikje uit Bergen op Zoom. Zo dienden we ons op te stellen als juffrouw Qual tegen ons sprak. Dat was de eerste les.

Gouvernante Catharina Qual was een ronde vrouw van in de veertig met wat mijn moeder een machtige boezem zou noemen. Ze bewoog verrassend soepel, zoals je wel vaker ziet bij gezette types, en ze had een open, vriendelijk gezicht.

'En dit is juffrouw Cornelia,' zei ze, terwijl ze haar linkerhand sierlijk draaide naar de vrouw naast haar.

Ik schatte haar midden twintig, Anna's leeftijd. Juffrouw Cornelia was alles wat juffrouw Qual niet was: slank, stijf en streng.

Hoe verschillend ze er ook uitzagen, juffrouw Qual en juffrouw Cornelia waren moeder en dochter, kreeg ik de volgende dag ingefluisterd van meisjes die al langer in de school woonden.

'Dit is niet zomaar een school, dit is de Gróte School,' zong juffrouw Qual, alsof het woord 'grote' vier o's had.

En dat was, na het ontluizen en wassen, de tweede les.

Die toevoeging zei niet zozeer iets over de omvang van de daden die er werden verricht, al dacht juffrouw Qual daar misschien anders over, maar over de twee afdelingen. Aan de achterkant was het Vrouwenhof en aan de voorkant de school. Wij werden opgevangen in een kleine kamer in de school.

'Want jullie zijn vast en zeker snel weer weg,' zei juffrouw Cornelia.

Dat was de derde les op de dag van aankomst.

Een andere les, die mij wat later ter ore kwam, was dat je ver van het Vrouwenhof moest zien te blijven. Dat was de plek waar meisjes woonden voor wie alle mannen hun neus ophaalden. Als je daar zat, kwam je er nooit meer uit.

Ons eerste uitje was een wandeling naar de haven – Soenda Kelapa, leerden we onderweg – waar we het laatste schip van de vloot zouden verwelkomen. Ik was er trots op dat onze schipper het voor elkaar had gekregen als eerste voor anker te gaan, dat gaf ons ook een beetje glans. De Kameel had averij opgelopen en was daardoor vertraagd – alle reden dus om de behouden opvarenden blij te onthalen. We liepen volgens voorschrift achter elkaar van groot naar klein, blik omlaaggericht. Juffrouw Qual en juffrouw Cornelia flankeerden ons rijtje.

Het was een stuk rustiger dan op de dag van aankomst. Er stonden hier en daar wel mannen met geweren langs de weg, maar de dreiging die ik toen zo duidelijk had gevoeld in de drukte was verdwenen. Zou ik het me hebben verbeeld? Misschien was het een valse herinnering, ik wist het niet meer. Ik had, net als de anderen, tijdens onze eerste nacht in de school felle koortsdromen gehad omdat mijn lijf nog niet bestand was tegen de intense hitte en mijn maag weer moest wennen aan vers voedsel. Door het lawaai van de nachtdieren deden we geen oog dicht. Misschien zijn daardoor mijn eerste Bataviase schreden verscholen geraakt achter een floers van groenig licht. Dat weet ik nu nog: de ontdekking dat het licht daar zo anders is.

Dichter bij de kade werd het drukker. Daar, bijna pal aan het water, werd het Kasteel gebouwd, aan de rechteroever van de Tjiliwoeng, die ook Grote Rivier wordt genoemd. Daar stonden meer mannen langs de weg, mannen zonder geweren. Blije mannen. Het was die ochtend dat ik voor het eerst iemand 'gestoofde peertjes' hoorde roepen. Want het was geen uitje, het was een optocht: de eerste officiële bezichtiging van de Volksplantingsmeisjes.

Dat besef begon langzaam post te vatten. Hoewel juffrouw Qual niet echt een geheim maakte van het doel van die dag, had ze het wel weten te verpakken in blije, onschuldige woorden, en klampten wij ons liever vast aan het idee dat we met z'n allen een vrolijk uitstapje maakten.

'Sappige stoofpeertjes!'

Er was geen ontsnappen meer aan. Ik begreep voor het eerst ten volle waarom ik was waar ik was. Ik bleef het keurige meisjesrijtje aanvoeren, keek niet naar links of naar rechts, liet niets merken. In mijn hoofd gebeurde er iets anders, in mijn hoofd ging ik ervandoor, steeg ik op uit mezelf, keek ik nog even om en liet ik mijn toekomst achter me. Vastberaden.

* * *

Op de kade roken we het schip voor we het zagen liggen, ver weg in de baai, waar de havenmeester, shahbandar genaamd, de lading controleerde. De wind blies een geur van verrotting over het water. En met iedere lichter of sloep die passagiers, soldaten en vracht naar de wal bracht, kwam die geur dichterbij. Wij stonken dus net zo, dacht ik, en ik begreep ineens waarom de bemanning van de kleine boten hun neuzen en monden bedekt hielden met hun halsdoeken.

Terwijl wij zwaaiden naar de passagiers van de Kameel, draaide juffrouw Cornelia haar rug naar de stank. Zij was het, zag ik nu, in wie ik vlak voor we aan wal gingen de gestalte van moeder herkende, heel even maar, voor ik me realiseerde dat het een zinsbegoocheling was.

Mijn fantasieën over vluchten, over thuis, werden abrupt afgebroken door de piepende wielen van de ossenwagen die ons weer naar de school zou brengen. Het was nog vroeg in de ochtend, maar al te warm om te voet te gaan. Een eindje achter ons liepen de soldaten die op de Kameel waren overgekomen, krom en kreupel na bijna driehonderd dagen op het koebrugdek, naast ons liepen koelies met dakpannen op hun ruggen. De terugweg bleek bijna net zo druk en grimmig als op de dag van onze aankomst, want zo ging het altijd als er een schip uit het vaderland was binnengelopen. Onze wagen kon nauwelijks vooruit in het gedrang en daarom kwamen we veel te laat terug bij de school. Ruim voor de poort in zicht kwam viel de nacht en zagen we niets meer. Toen dacht ik nog dat ik wel zou wennen aan die plotselinge duisternis, dat ik het zomerlicht in het vaderland niet zou missen.

* * *

De volgende dag, in de vroege koelte, meldden de mannen zich bij de poort van de school. Juffrouw Cornelia telde er drieënveertig. Ik, beter in tellen, kwam op achtenveertig. Juffrouw Qual legde uit hoe het in zijn werk zou gaan bij de kennismaking die in de wandeling de 'meisjesmarkt' werd genoemd. Niet door haar en haar dochter, althans niet hardop, want daar waren ze te keurig voor.

Klokslag acht uur ging de poort open en kwam de eerste man de binnenplaats op lopen, hoed in de hand. Ik herkende zijn gezicht. De bravoure die hij de dag daarvoor te midden van zijn vrienden had laten horen, was omgeslagen in verlegenheid. Hij keek naar de grond en sprak zijn naam zo zachtjes dat niemand hem kon verstaan.

Ik was de tweede in een rij van twaalf meisjes. De 'Vijf van de Mauritius', zoals wij inmiddels op school heetten, stonden tussen zeven meisjes die met een eerder schip waren gekomen maar om verschillende redenen nog niet aan de man waren geraakt. Drie van hen hadden een poos aan moeraskoorts geleden, drie anderen waren met hun veertien jaar te jong bevonden door juffrouw Qual en hadden nog een jaartje moeten rijpen onder leiding van een van de gouvernantes uit het Vrouwenhuis, de zevende was tamelijk onooglijk. Willigje was haar naam, ze had vuurrood haar en was zo lief en vrolijk dat je haar lelijke gezichtje al na een paar dagen aanzag voor innemend.

Het was prettig om een keer niet vooraan te staan, aan weerszijden een nabijheid te voelen, niet helemaal alleen te zijn. Dat kleine beetje steun kon ik wel gebruiken nu ik op het punt stond te worden verhandeld. Ik was vaak genoeg op de Steenbergse paardenmarkt geweest om te weten dat het oog wat wilde, maar dat het uiteindelijk altijd draaide om de prijs.

'Meisjes!' Juffrouw Qual klapte tweemaal in haar handen. Dit was het teken om onze achterkant te laten zien.

Bij het volgende klappen gingen we iets uit elkaar staan

en, precies zoals juffrouw Qual dat had voorgedaan, zetten we eerst onze handen in onze zij om onze taille te tonen en trokken we daarna de rokken glad om onze heupen te accentueren. Immers: hoe breder de heupen, hoe kleiner de kans dat een vrouw in het kraambed zou sterven. Zo wilde althans de volkswijsheid, en die van juffrouw Qual.

Mannen willen mij, dat wist ik toen al. Daarom had ik vlak voor het openen van de markt bedacht wat ik zou doen als een man mij wilde maar ik hem niet: krijsen en krabben en bijten. Net doen alsof de duivel in mij was gevaren. Dan zou hij vanzelf een ander kiezen, of meteen de benen nemen. Ik leerde die ochtend dat er ook een andere, meer verborgen manier was om een man van wie ik niet gediend was op afstand te houden. Bij de vijfde had ik het onder de knie. Terwijl hij – mager, rossig haar – vertelde wie hij was, wat hij deed en hoeveel hij verdiende, trok ik mijn lippen in een lieftallig glimlach, precies zoals juffrouw Qual dat had voorgedaan. Daarna dwong ik mezelf te denken aan mijn zwijgende vader en het moment waarop ik ontdekte dat ik weg moest. Het kostte me geen enkele moeite de woede en haat, want dat was het toch echt, opnieuw door mijn lijf te laten daveren. Met die blik keek ik de koopman aan die voor me stond en zag ik de lach van zijn gezicht vluchten.

Misschien was deze wel heel aardig en deed ik hem onterecht vrijwel ongezien in de ban. Zijn probleem was zijn maat: hij was te klein naar mijn smaak, net als de timmerman met het aardige gezicht die zich als tweede kwam melden op de binnenplaats. Bovendien wilde ik geen dienaar van de Compagnie omdat je nooit wist waar die naartoe werden gezonden en of ze nog terug zouden komen.

Op hun beurt mochten de bezoekers van de meisjesmarkt weliswaar hun voorkeur laten blijken, maar konden ze niet meteen tot zaken komen. Dat gebeurde op een later tijdstip tijdens een gesprek met juffrouw Qual waarin alle gegevens werden uitgewisseld. De mannen wilden weten waar ze aan toe waren, want de hoogte van de bruidsschat kon per meisje verschillen, afhankelijk van haar leeftijd en status. Volgens de regels van de Compagnie, en dus die van de Grote School, moest de man in kwestie hoe dan ook kunnen bewijzen dat hij in staat was zijn aanstaande vrouw te onderhouden. Daarna moest hij het meisje van zijn keuze officieel ten huwelijk vragen. In de korte periode tussen de ondertrouw en het werkelijke huwelijk volgde dan de hofmakerij. In de regels stond eveneens dat een meisje niet tot een huwelijk gedwongen mocht worden en dat er bij voorkeur sprake moest zijn van een zichtbare dan wel ontluikende genegenheid tussen de aanstaande echtelieden. Het toezicht daarop was niet erg strikt, weet ik nu, want hoe eerder een meisje trouwde, hoe goedkoper het was voor de Compagnie.

Een stuk of tien mannen later, mijn benen begonnen al op te zetten, kwam er iemand de binnenplaats op lopen die zeker twintig jaar ouder was dan ik. Hij ging staan, maakte eerst een kleine buiging naar moeder en dochter Qual, daarna naar ons en zei: 'Mijn naam is Johan Libener, ik kom vragen om de hand van Maria van Aelst.'

Krap vijf maanden later, in maart van het nieuwe jaar 1626, terwijl de regens van de moesson de stad in aanbouw veranderden in een modderpoel, was ik met hem getrouwd.

Johan

Ook al had hij me volkomen overrompeld met het noemen van mijn naam, ook al leek hij gezond en welgemanierd en was hij niet echt lelijk, ik dacht niet meteen: dát is 'm! Integendeel. Zelfs toen er een stille, maar o zo voelbare golf van jaloezie door het meisjesrijtje trok, twijfelde ik niet aan mijn eerste indruk. Ik vond hem te oud, veel te oud, en daarom was ik me al aan het voorbereiden op mijn ijzige blik toen de man die voor me stond zijn leeftijd vertelde. Hij bleek tien jaar jonger dan ik hem had geschat, een meevaller. Later zei iedereen dat het natuurlijk geen moeilijke keuze was geweest. Makkelijk gezegd. Niemand wist, zelfs Johan niet, dat ik hem niet kon wegjagen met mijn ogen. Dat ik mijn uiterste best deed, en dat er toch geen kwaadheid in mij wilde opborrelen. Gek genoeg hoefde ik helemaal geen moeite te doen om naar hem te blijven glimlachen. Sterker nog: ik kreeg die lach niet van mijn gezicht. En dat was allemaal voordat hij had verteld wat hij deed. Hand op mijn hart.

Johan was een echte Amsterdammer. Hij en zijn broers hadden na de vroege dood van hun vader de leiding overgenomen van Libener & Zonen, leveranciers van specerijen. Reislust was in zijn benen gegroeid sinds hij aan de hand van zijn vader de pakhuizen vol peper, foelie en nootmuskaat in de haven bezocht en zich liet bedwelmen door de buitenissige geuren uit verre werelden terwijl zijn vader de waren keurde op kleur en smaak.

Na een goed gesprek met zijn broers had hij zich aangemeld bij de Heren Zeventien als onderkoopman. Hij wilde zelf zien waar hun handelswaar groeide. En hij wilde naar zee. Hij wilde weten hoe het echt was, hij wilde zelf de verhalen kunnen vertellen, niet langer hoeven luisteren naar mannen die er waren geweest, die stormen en piraten en ziekten hadden getrotseerd, die handel hadden gedreven op het scherp van de snede, soms met gevaar voor eigen leven, en waren teruggevaren met ruimen vol kruidnagelen, peper, zacht glanzende zijde of exotisch porselein, en hem op kantoor in Amsterdam vertelden hoe het was. Daarom had hij geen moment geaarzeld toen de trommelaars van de VOC door de stad trokken om de bemanning te laten weten dat het tijd was om scheep te gaan.

Terwijl het zelfs onder die reus van een waringin warm begon te worden op de binnenplaats van de school vergat ik de straaltjes zweet tussen mijn borsten en de steken in mijn opgezette voeten op het moment dat de man die voor me stond vertelde – zijn verhaal was uitsluitend voor mij bestemd, daar twijfelde niemand meer aan – dat hij bij de Compagnie was opgeklommen naar de rang van opperkoopman (*opperkoopman!*) en dat hij zich na afloop van zijn contract enkele maanden geleden had laten registreren als vrijburger van Batavia.

Dat was het moment waarop er heel hard JA klonk in mijn hoofd. Want waarom zou ik genoegen nemen met een ondermaatse timmerman die vooral lonkte naar mijn bruidsschat als ik een gewezen hoge dienaar van de Compagnie kon krijgen die geld van zichzelf had en mij ook nog aan het lachen kon maken?

Zodra het kon stelde ik de vraag die in mijn buik brandde. Omdat ik niet zeker wist of ik hem nu al op die manier mocht aanspreken, besloot ik voorzichtig te werk te gaan. Het was een week later, Johan Libener en ik liepen naast elkaar door de tuinen van de school, achter ons liep een van de gouvernantes van het Vrouwenhuis als oppas. Ik vertelde, op zijn verzoek, over vader en moeder, over mijn broer Arend en mijn kleine zusje Anna, over Steenbergen en de Spaanse legers. Berend liet ik onbesproken.

Tot mijn verrassing wist Libener van alles over het schip waarmee ik was gekomen en over de bemanning.

'Wist je dat er een eerdere Mauritius was?'

Zonder mijn antwoord af te wachten vertelde hij, handen op zijn rug gevouwen, alsof hij even geen ander onderwerp voor conversatie kon bedenken, over die eerste Mauritius – wat een geweldig en beroemd schip het was omdat het met de allereerste vloot over de zuidelijke route naar de Oost was gevaren, voordat ik was geboren en zelfs voor zíjn geboorte.

Ik luisterde uit beleefdheid, tot ik niet langer mijn mond kon houden en vroeg mijn aanstaande, mijn ongedurige nieuwsgierigheid zo goed mogelijk wegslikkend, hoe het toch mogelijk was dat hij mijn naam had geweten.

Hij lachte.

'Ken je mijn vader?'

Libener schudde zijn hoofd, glimlachte geheimzinnig.

'Mijn oom in Amsterdam?'

'Ik heb niet het genoegen gehad.'

Ik ging nog wat familieleden af, Libener bleef zijn hoofd schudden.

'Het was een droom,' zei hij, toen ik op het punt van ontploffen stond, 'jouw naam is me ingefluisterd tijdens een droom,' zei hij.

Natuurlijk was het geen droom en het was ook geen fluisteren. 'Al te mooie verhalen geloof ik niet,' zei ik.

Johan, die me even aankeek alsof hij plots bedenkingen had, moest lachen en zei: 'Ik weet het goed gemaakt: je krijgt het antwoord op je twintigste verjaardag.'

Die belofte maakte hij niet waar.

* * *

In de dagen die volgden op de eerste meisjesmarkt dienden zich nog meer dan twintig trouwlustige mannen aan. Alle meisjes kregen een aanzoek, ook de bruiden in spe die een jaar eerder waren verscheept, met uitzondering, alweer, van Willigje. Misschien hebben die afwijzingen haar vrolijkheid geknakt, of vreesde zij haar dagen te moeten slijten in het Vrouwenhuis, want juffrouw Cornelia vond op een ochtend een brief die met een koordje aan een lage tak van de waringin was gebonden. Ze zou haar eigen weg gaan, schreef ze, en bedankte de juffrouwen voor hun goede zorgen.

Niemand is ooit te weten gekomen welke weg ze koos, terwijl juffrouw Qual haar vlucht uit de Grote School onverwijld had gemeld bij de baljuw van Batavia, die meteen een zoekactie op touw zette. In de kleine, benauwde gemeenschap die de stad in aanbouw toen was, zou een meisje alleen normaal gesproken snel de aandacht trekken. In het jaar van mijn aankomst telde de bevolking hooguit vijfduizend zielen, voor het merendeel de bouwers van de stad: Chinezen en slaven. Er woonden nog geen zeshonderd mensen uit de Republiek en andere Europeanen, voornamelijk mannen. Vrouwen vielen op, meisjes met rode haren des te meer. Willigje wilde niet gevonden worden en dat is haar gelukt.

Liever eenzaam sterven in het oerwoud dan eenzaam leven in het Vrouwenhuis, dat moet haar overweging zijn geweest. Bij het bericht van haar vermissing dacht ik: misschien is ze dood beter af. Pas toen ze niet terugkwam en we begrepen dat ze werkelijk overleden moest zijn, drong het met een schok tot me door dat ik haar gewoon had kunnen vragen met mij mee te gaan, desnoods als dienstmeid. Ik vond haar aardig. Ik had haar in de steek gelaten.

* * *

Ik had het op de Mauritius vaak genoeg gezien bij Anna: rokken omhoog, bukken, ding erin, paar keer stoten, hijgen, onderdrukt kreunen en klaar. Toch viel het me tegen. En dan heb ik het niet over de pijn, die was na de derde keer weggebleven, bovendien was Johan aardig genoeg. Hij had zijn best gedaan mij een mooie bruiloft te geven, tot mijn verrassing liet hij zelfs fijne Chinese zijde komen voor mijn jurk. Onze huwelijksplechtigheid was een kleine gebeurtenis geweest die niet alleen door de zware regenbuien in het water was gevallen, maar ook doordat onze stoet, hoe bescheiden ook, zich slechts met de grootste moeite een weg had weten te banen door de modderstromen in de straten en de drukte van de werkzaamheden onderweg naar de kerk in aanbouw. Goddank zat het dak er al op, dus mijn haar is droog gebleven, maar de zoom van mijn zilverkleurige trouwjurk zat vol natte spatten van de rode Bataviase aarde, alsof ik onderweg in het rijtuig al was ontmaagd.

Ik kende bijna niemand, op juffrouw Qual en haar dochter na, en Hendrikje, ondertussen getrouwd met de timmerman die zelfs kleiner was dan zij. Van Johans kant waren er twee voormalige dienaren van de Compagnie, nu vrijburgers net als hij, en er was een kleine delegatie van de Hoge Regering, eveneens mannen die hij had leren kennen toen hij opperkoopman was. Een van hen, een ronde man met rode wangen, noemde mij een sieraad voor Batavia.

De eerste keer dat ik het huis van Johan Libener had bezocht, onder het wakend oog van juffrouw Cornelia, was ik teleurgesteld, terwijl ik me nauwelijks een voorstelling had gemaakt van hoe het zou kunnen zijn. Het lag aan de Jonkersgracht ten westen van Het Kasteel, zetel en woonplaats van de gouverneur-generaal en de Raad van Indië, samen de Hoge Regering genoemd. Het Kasteel van Batavia was groot en weelderig: twaalfhonderd bij twaalfhonderd Amsterdamse voet. In aanleg, want ook de regeringsgebouwen en de pakhuizen waren verre van voltooid tijdens mijn eerste jaar in de stad in wording. Johans huis, dat uitkeek op verdedigingspunt Nassau, was wel af. Alleen de gracht moest nog worden gegraven. Het bestond uit een soort woonkamer, een werkkamer waar zijn schrijftafel stond, twee slaapkamers, een gesloten binnenplaats met een keuken, het gemak, een wasruimte en een schuurtje waar de meid woonde. Voor het huis was een smalle galerij met stoelen en twee tafels die daar *serambi* wordt genoemd. Ik vond het wat sober voor een gewezen opperkoopman, maar we kwamen per slot van rekening voor de opbouw. Het zou beter worden. Groter, mooier. Vast en zeker.

Die gedachte hield me op de been, terwijl ik me ook realiseerde hoe rijk ik het in Steenbergen had gehad. Alles was daar: huizen, kerken, markten, pleinen. Beschadigd, maar toch. In Batavia was niets, anders dan een opengehakte plek in het oerwoud die niet bedoeld was voor mensen. En met elke dag die passeerde in mijn nieuwe land, elke stap die ik zette in het kleine huisje aan de Jonkersgracht, drong het tot me door hoelang het zou duren voor we hier een echt leven zouden hebben.

Opmerkelijk was hoe vaak hij me bezocht, dat wil zeggen: hoe weinig. Hendrikjes timmermannetje besprong zijn nieuwe bruid strijk-en-zet 's ochtends en 's avonds, wist ik van Hendrikje. Johan, die zijn bed in zijn werkkamer had gezet en voor mij de grotere slaapkamer had laten inrichten, klopte hooguit twee keer in de maand op mijn deur en viel dan soms al in slaap voor de daad was voltooid. Hoewel ik aan boord van de Mauritius in mijn fantasie behoorlijk bedreven was geraakt in de liefde had ik met een echte man in bed helemaal niets aan die oefeningen.

Wat me vooral tegenviel van het huwelijkse leven was de eenzaamheid. Johan zat in zijn werkkamer, al dan niet in gesprek, en als hij verkoeling zocht verplaatste hij die gesprekken naar de serambi – waar ik bescheiden in de andere hoek borduurde of mijn psalmenboek ter hand nam – of hij was weg. Mijn echtgenoot was vriendelijk, voorkomend, had een prettige, onderhoudende conversatie (als hij niet met een ander in gesprek was), zorgde ervoor dat het mij aan niets ontbrak en kon me nog steeds aan het lachen maken met zijn ontwapenende, jongensachtige oogopslag. Verder was er niets.

In die lege dagen begon ik aan een familieboek – we zouden immers snel met meer dan twee zijn. Ik weet nog wat ik dacht als ik schreef: woorden op papier maken de waarheid. Daarom lees ik nu mooie verhalen die niet meer zijn dan dat. Ze hebben nooit plaatsgevonden. Ik heb ze verzonnen om iets te doen te hebben, om niet steeds te hoeven huilen. Dít is de waarheid: het leven van deze baarmoeder voor Batavia bestond uit niksen en wachten. Wachten tot het ontbijt kwam, wachten op het middagmaal, het avondmaal. Wachten tot mijn jurken gewassen en gestreken in de kast hingen. Wachten tot zou blijken dat mijn man bij mij een kind had gemaakt en ik kon doen waarvoor ik was gestuurd. Er waren dagen, te veel dagen, dat ik de plechtstatige lessen van de school miste. Soms dacht ik zelfs met stiekeme heimwee terug aan de overtocht. Negen maanden – ik wist precies hoelang dat was. In die tijd kon er een kind in mij groeien, ik wist alleen niet waar het vertrekpunt lag; wanneer die negen maanden zouden beginnen. Naar voren kijken, zei mijn moeder in mijn hoofd. Ik keek, zag dat mijn leven met Johan vooral een leven met mijzelf was. Tot er een kind zou komen.

Het huwelijk bracht me niet wat ik ervan had verwacht. Daar kwam nog eens bij dat ik me geen mevrouw mocht noemen. Dat voorrecht genoot alleen de echtgenote van de gouverneur-generaal. Omdat Pieter de Carpentier ongehuwd bleef, was er in die jaren niet één enkele mevrouw in Batavia, terwijl dc jonge stad daar misschien wel van was opgefleurd.

* * *

De man die mij een sieraad had genoemd op de dag dat ik met Johan trouwde, was onder de valse naam Thonis Meeusen acht jaar eerder gevlucht uit Amsterdam, uitgezwaaid door zijn geliefde Elsa Wintgens en zijn goede vriend Boudewijn Cortenhoeff, die hem een aanbevelingsbrief meegaf voor Coen. Net als ik vertrok hij op 4 januari, op dezelfde Mauritius. Hij had aangemonsterd in de rang van matroos met een gage van acht gulden in de maand. Het schip bracht hem heelhuids naar een plek in de wereld waar hij zijn schande en zijn schuldeisers van zich af kon schudden en opnieuw kon beginnen.

Het is een wonder dat Meeusen het heeft gehaald, want de vloot kreeg meteen te maken met fikse tegenwinden die uitgroeiden tot stormen uit het westen en het zuiden. Een maand na vertrek brak de fokkenmast van zijn schip en besloot de schipper uit te wijken naar de Zoute Eilanden voor reparaties. De oppertimmerman en zijn mannen haalden de mast van de grote sloep, die tijdens de overtocht lag vastgesjord op het overloopdek, en versterkten die met planken. Opperkoopman en ontdekkingsreiziger Willem Jansz schreef aan de Amsterdamse kamer van de VOC dat ze op 8 juni de Kaap passeerden. Voortgestuwd door de westenwinden op de Brouwerroute bereikte de Mauritius aan het einde van die maand het onbekende zuidelijke land dat hijzelf elf jaar eerder, in 1606, als eerste Europeaan had ontdekt: terra australis incognita. Net als toen waren er wel menselijke voetsporen te zien maar geen tekenen van leven. En net als toen was er drinkwater. Zonder de kennis van Jansz waren Thonis Meeusen en de rest van de opvarenden waarschijnlijk omgekomen van de dorst. Er gingen evengoed veel mensen dood tijdens die overtocht, vooral onder de bemanning en veelal als gevolg van scheurbuik. Zodra Meeusen in de positie was dat er naar hem werd geluisterd, zorgde hij voor betere omstandigheden en beter voedsel voor de bemanning op de schepen van de Compagnie. Hij begon in 1618 als assistent op de secretarie van Jan Pieterszoon Coen, toen directeur-generaal, maar met zijn benoeming tot gouverneur-generaal reeds op zak. Dat was het startpunt van een bliksemcarrière.

Op het moment dat hij door Johan werd uitgenodigd aanwezig te zijn bij ons huwelijk, bijna acht jaar later, was Meeusen juist benoemd in de Raad van Indië, verdiende hij het fantastische bedrag van tweehonderdvijfentwintig gulden per maand en ging hij alweer een poosje door het leven onder zijn eigen naam: Antonio van Diemen.

De leegte van mijn leven was bodemloos vergeleken bij het zinderende bestaan van Van Diemen. Zelfs mijn eigen echtgenoot, bedaarder en minder ambitieus dan zijn vriend, kwam tijd tekort. Hij was verzekerd van gevulde dagen vol spannende plannen die vaak genoeg tot bloei kwamen. Johan was op weg rijk te worden met de handel in kaneel, textiel en zijde, zittend op zijn favoriete stoel onder het afdak van zijn geliefde serambi.

Soms, om mij te plezieren, nam Johan me mee naar de slavenmarkt – toen nog klein – en als hij een goeie bui had maakten we een ommetje naar de grote muur in aanbouw, de hoognodige verdediging van de stad. Dat waren vrolijke dagen. Verder gebeurde er niets, was er niets. Buiten het Kasteel en de stad in aanbouw was er het Chinezenkwartier, het hoerenstraatje, de markten aan de overkant van de rivier, de nederzettingen, de slavenhuizen, moeras en wildernis. Er gingen weken voorbij dat ik ons huis niet eens uit kwam, dat mijn enige afleiding de zwoegende, roepende slaven waren die voor mijn ogen dieper en dieper zonken in de gleuf die een gracht moest worden. Ik kon niet zomaar onze koetsier opdracht geven mij ergens te brengen. Dat was te gevaarlijk, en alleen al daarom had Johan het mij verboden. Er konden vijandige legers op de loer liggen, of kaaimannen en tijgers die net als de Javaanse krijgers hun geroofde land kwamen opeisen.

'Hij is er altijd,' zei Johan over de tijger van Batavia. 'Hij sluipt op zachte voeten naast je, zonder dat je het merkt. Als je hem ziet, is het te laat.'

Ook daarom bleef ik liever in huis. Bovendien was het rijtuig er alleen voor zaken en als we samen op uitnodiging ergens naartoe gingen, wat zelden gebeurde. Johan was een van de weinige vrijburgers die over zo'n luxe vervoermiddel beschikte, want het bezit van rijtuigen was volgens de nog ongeschreven Bataviase regels voorbehouden aan Compagniesdienaren. Het was te danken aan zijn voormalige hoge functie dat de raden een oogje dichtknepen. En dat hij een vriend had op de juiste plek.

Zelfs als het wel had gekund en gemogen, waar had ik dan naartoe kunnen gaan? Vriendinnen had ik niet, afgezien van de inmiddels hoogzwangere Hendrikje, familie was er niet. Het antwoord op mijn eerste brief naar huis bereikte me pas twee jaar nadat ik in Batavia was aangekomen (de schepen uit het vaderland vertrekken driemaal per jaar: de Paasvloot in maart, de Kermisvloot in september en de Kerstvloot in december). Mijn ouders wisten nog niet van mijn huwelijk, ik wist nog niet dat de vrede eindelijk was weergekeerd in Steenbergen en dat de vesting zo sterk was opgebouwd dat mijn stad de vurigste legers kon weerstaan. Veel anders dan dromen over thuis en wachten was er niet. Leunend op het ritme van de dagelijkse dingen wachtte ik op de serambi tot het wonder zich in mij zou voltrekken. Ik borduurde en deed alsof ik niet luisterde naar de gespreken tussen Johan en zijn zakenvrienden over zijde en een berg met de naam Golkonda.

Zo ging het ook op die middag in september 1627. Het liep tegen vijf uur, Johan en Antonio van Diemen hadden net een overeenkomst bereikt over een lading kleden die onderweg was van de Coromandelkust, een handel waar zowel de Compagnie als hun voormalige opperkoopman goed aan zou verdienen. Zoals wel vaker rond deze tijd van de dag, begon Johan vermoeid te raken. Ik dacht weleens dat ik al beter bestand was tegen de natte hitte dan hij. Omdat ik zag hoe grauw zijn gezicht werd, liet ik thee en zoetigheid komen. Dat deed hem geen goed, hij werd er zelfs zieker door.

'Ik trek me even terug,' zei hij en stond op.

Als Antonio van Diemen niet zo snel had gereageerd, was hij gevallen.

Ik gaf de meid opdracht met spoed de dokter te halen. Antonio, gezond en sterk, pakte zijn vriend op, droeg hem naar zijn kamer en legde hem op bed.

Ik kon niet veel anders doen dan zijn gezicht deppen met een vochtige doek. Terwijl ik dat deed, merkte ik dat Johan niet oververhit was, zoals ik dacht, maar juist koud aanvoelde. Ik pakte de dunne deken en trok die over hem heen. Nauwelijks een halfuur later hoorde ik het doffe ploffen van paardenvoeten. De dokter kwam snel, maar te laat. Onderweg naar het paradijs had ik genoeg doden gezien om te weten hoe een lichaam zonder leven eruitzag.

Anderhalf jaar na mijn huwelijk, nog voor mijn twintigste verjaardag, was ik weduwe.

Willem

Ik zat in het zwart op de serambi. Bezoekers die mij kwamen condoleren hoefden niet van het oplettende soort te zijn om te zien dat ik mijn hoekje had verruild voor Johans prominente plek. Niet alleen zat zijn stoel beter, ontdekte ik, aan de grote tafel was het bovendien makkelijker meerdere bezoekers tegelijkertijd te ontvangen. 'Dank u voor uw medeleven,' zei ik keer op keer tegen de mannen met wie Johan zaken had gedaan. Tegen de paar echtgenotes die uit beleefdheid waren meegekomen, of misschien wel om het mij makkelijker te maken, glimlachte en knikte ik minzaam. Plichtmatig, op het randje van lethargisch. De persoonlijke condoleancebrief van gouverneur-generaal Pieter de Carpentier moest ik terzijde schuiven omdat mijn ogen weigerden woorden te herkennen.

Iets van de stijfheid die in mijn lijf was geschoten zodra ik me weduwe wist had mijn ledematen in de dagen daarna verlaten, toch bewoog ik nog steeds alsof ik bij een onverwachte beweging of aanraking zou kunnen breken.

Zodra de dokter 'hartziekte' als doodsoorzaak had vastgesteld en aan Johans schrijftafel plaatsnam om de officiële akte van overlijden te ondertekenen, zei ik: 'Nu wil ik naar huis.' Pas later hoorde ik dat ik dit de rest van de dag en nacht met wisselende tussenpozen was blijven herhalen. Antonio, die niet van mijn zijde was geweken, wist onmiddellijk wat hem te doen stond. Hij was niet alleen goed in het zien van grote verbanden in de Oost-Aziatische handel, op de vierkante meter, naast het doodsbed van zijn vriend, een voorzichtige hand troostend op mijn schouder, zag hij ook wat ik nodig had: Elisabeth moest komen.

Het gaat misschien wat ver om te zeggen dat hij daarmee mijn leven heeft gered, maar hij redde wel mijn wil om te leven. En mijn toekomst.

* * *

Elisabeth, drie jaar ouder dan ik, roodbruine haren en wenkbrauwen, stevig postuur, had twee jaar daarvoor de overtocht naar Batavia gemaakt om eindelijk weer samen te kunnen zijn met haar man, een slavenhandelaar die vrijwel dag en nacht werkte en desondanks nauwelijks kon voldoen aan de almaar groeiende vraag naar jonge, sterke mannen voor de bouw van de stad en jonge, mooie vrouwen voor in bed. Hij schreef zijn echtgenote dat ze kon komen, liet een huis bouwen en was onderweg naar de haven waar een schip met slaven uit Sumatra en Celebes was aangekomen toen een pijl van een Bantamse krijger fluitend door de lucht sneed en zijn hals doorboorde. Hij leefde nog toen hij achterover van zijn paard viel, tegen de tijd dat er hulp kwam toegesneld was hij gestikt in zijn eigen bloed.

Zo kwam het dat Elisabeth een kleine vier weken later op de kade van Soenda Kelapa te horen kreeg dat ze weduwe was. De rest van de boodschap luidde dat in de weken tussen zijn begrafenis en haar aankomst het mooie nieuwe huis in vlammen was opgegaan, vermoedelijk om de diefstal van het kapitaaltje van de slavenhandelaar te maskeren. Daar stond ze dan, met een kleine kist bezittingen, omdat haar man had beloofd alles nieuw te zullen kopen voor haar. De grond leek onder haar voeten weg te zakken, want net als ik had Elisabeth moeite met vastigheid na maanden van deining, alleen zou voor haar de duizelingwekkende kennismaking met Batavia vele malen langer duren. Net als ik wilde ze slechts één ding: naar huis.

Dat kon zomaar niet. De retourvloot zou pas maanden later weer naar patria zeilen, en ook nog zonder Elisabeth, om de doodeenvoudige reden dat ze de overtocht niet kon betalen. Ze had geen geld, geen goed, geen huis, geen man. Uit barmhartigheid en omdat haar echtgenoot te boek had gestaan als een rechtschapen handelaar kreeg ze onderdak bij juffrouw Qual en haar dochter. Niet in de Grote School, daarvoor was ze met haar tweeëntwintig jaar te oud, maar in het Vrouwenhuis. Hoe zij precies in het huishouden van Antonio van Diemen terechtkwam, geldt nog steeds als een van de best bewaarde geheimen van Batavia – niet minder dan een wonder in een stad waar iedereen over de tong gaat en alles op straat ligt. Elisabeth heeft er altijd beleefd over gezwegen, Antonio sprak eenvoudigweg niet over zulke zaken.

Toen de koetsier van Antonio haar die dag in september kwam halen, was ze al een paar maanden hoofd van zijn huishouding. Zodra ze te horen kreeg waarom haar komst geen uitstel verdroeg, wist ook zij precies wat haar te doen stond.

Dat ik daags na Johans dood in passend zwart op mijn serambi zat en zelfs van jurk kon wisselen als het tijdstip van de dag of de situatie daarom vroeg, was uitsluitend te danken aan Elisabeth, die – nog voor ze iets anders deed – vier naaisters aan het werk had gezet. Dat ik alleen al zat was eveneens te danken aan Antonio's huishoudster, want zodra de doodgravers Johan hadden meegenomen, was ik in bed gaan liggen.

Ik rolde me strak in het laken, bang om uit elkaar te vallen, sloot mijn ogen en dwong mijn gedachten naar de laatste uren van Anna. Ondanks het rumoer in huis – de bedienden die Johans bed verschoonden (voor wie eigenlijk?), Antonio die in de woonkamer sprak met Johans zaakwaarnemer – was ik, gesloopt door de schok, in slaap gevallen. Ik herinner me dat ik half wakker werd van een beweging in het donker van mijn kamer. De duisternis was om zeven uur gevallen, zoals die alleen in dat deel van de wereld echt valt. Ik had meer dan drie uur geslapen.

Weer beweging, geritsel.

'Ben jij dat, Anna?'

'Nee, juffrouw Libener, ik ben Elisabeth.'

'Weet je, Anna heeft het zoveel slechter gehad dan ik,' hoorde ik mezelf zeggen en werd toen pas echt wakker. Van mijn eigen stem, en van de woorden die vaak in mijn hoofd klonken maar nooit waren uitgesproken.

'Meneer Van Diemen heeft me laten halen,' zei Elisabeth, 'u moet iets eten.'

Bij het horen van Antonio's naam wist ik weer waarom ik in bed lag. Ik zei tegen Elisabeth dat ik naar huis wilde. Later heeft ze me verteld dat ik de rest van de nacht nauwelijks had bewogen en ook niet had gesproken, met uitzondering van dat ene zinnetje. Elisabeth was bij me blijven waken, alsof ook ik op sterven lag, en voerde me nu en dan een lepeltje lauwe thee met honing. Bij het eerste licht liet ze de tobbe volgooien en droeg mij, met hulp van de twee bedienden die ons bescheiden huishouden rijk was, naar de wasruimte. Daar zat ik, dampend, in de kilte van de vroege ochtend. Elisabeth waste mij en kneedde de spieren in mijn nek, schouders en armen, zoals ze dat had afgekeken van een Balinese slavin in het huis van haar baas.

'Niet meer zeggen,' zei Elisabeth, 'u kunt voorlopig toch niet weg.'

Ze had gelijk, Batavia is een gevangenis voor vrouwen. Voor een plaats op een retourschip naar het vaderland moet je of geld hebben, of een misdaad hebben begaan. Wie eenmaal in het paradijs was aangekomen, zat er vast.

'Als u het niet meer zegt, verdwijnt het,' zei ze. 'Wees gerust.'

Mijn leven was tergend eenzaam geworden. Het grootste deel van de dag bracht ik door in bed, ingebakerd als de pasgeboren baby die ik niet had en nu wel nooit zou krijgen. Ik stond op als het moest – voor de begrafenis uiteraard, waarvan ik me aan het eind van de dag al nauwelijks meer iets kon herinneren, en voor aangekondigd bezoek. Als ik al at, deed ik dat ook in bed, steunend op mijn linkerarm. Heel kleine hapjes, enkel om de zeurende steken te stillen die ik voor honger hield. Ik werd mager, slap, dof en wezenloos. Tot ik op een ochtend wakker werd en ontdekte dat het niet Johan was die ik miste maar een beter leven. Elisabeth, die me elke middag bezocht, vertelde later dat ze die wil om te leven in mijn ogen zag flikkeren en liet juffrouw Qual komen.

'Hoe kom ik het jaar door?'

Dat was een paar dagen later mijn belangrijkste vraag aan het hoofd van de Grote School nadat ik de thee had ingeschonken en zij in de conversatiestand zat met haar handen in haar schoot.

Juffrouw Qual had erop gestaan dat wij eerst zouden bidden voor Johans ziel, vervolgens een ogenblik stilte in acht zouden nemen en pas daarna konden converseren. Alles op zijn tijd en in de juiste volgorde.

'Liefdadigheid,' zei juffrouw Qual, 'vult de gedachten.'

Ik zag mezelf staan op het halfdek van een retourschip

dat met louter gunstige winden afstevende op de Hollandse kust – dat zou nog eens liefdadig zijn.

'Heeft u al iets voor mij in gedachten?'

Die vraag bracht rode vegen op de mollige wangen van de onderwijzeres. Het duurde even voor ik begreep dat ze bloosde, tot diep in haar hals.

'Daar komen we zo over te spreken,' zei juffrouw Qual, die na elk woord haar keel moest schrapen.

Ze rechtte haar rug, vouwde haar handen onder haar zware borsten, sloot even haar ogen, haalde diep adem en zei: 'Het is hier anders, korter.'

'Anders?'

'De periode van rouw,' zei juffrouw Qual, 'is niet zoals thuis.'

Juffrouw Qual probeerde te zeggen, en slaagde daar na die wat stotterende start heel goed in, dat een weduwe in de Oost aan minder strenge wetten was gehouden. Het jaar in het zwart dat ik vreesde – de meelijwekkend verlaten staat die ik zo vaak had gezien op de gezichten van jonge oorlogsweduwen in Steenbergen – hoefde hier geen jaar te duren.

'Een vrouw alleen is hier zo onbeschermd,' zei de juffrouw.

'En *wij van de Volksplanting* moeten natuurlijk wel doen waarvoor we zijn gehaald,' zei ik. Juffrouw Qual keek naar me alsof ze me het liefst een uitbrander had willen geven voor zoveel brutaliteit. In plaats daarvan schraapte ze opnieuw haar keel en streek ze over haar gezicht alsof ze de rode vlekken wilde wegvegen.

'Nog belangrijker,' zei de juffrouw, 'onder de tropenzon zijn vrouwen heter.'

Nu het heikele punt was bereikt, sprak ze zonder blikken of blozen en begreep ik dat de juffrouw niet het welzijn van een miserabele weduwe voor ogen had, maar dat ze was gekomen, misschien wel gestuurd – per slot van rekening was ze in dienst van de Compagnie – om mij ervan te overtuigen dat een jonge, loslopende vrouw als ik, in de kracht van mijn leven, een te grote verlokking zou zijn voor de mannen van Batavia. Vooral de getrouwde.

* * *

Antonio van Diemen bleef me bezoeken, alsof hij geen regeringszaken aan zijn hoofd had. Ik ging ervan uit dat hij de weduwe van een goede vriend niet in de steek wilde laten. En dat deed hij dan ook niet. Hij kwam vrijwel elke dag, vlak na het noenmaal, en vertrok als ik hem had verzekerd dat ik niks nodig had. Zo'n twee weken na de waarschuwingen van juffrouw Qual was hij in gezelschap van Johans zaakwaarnemer, die kwam vertellen dat ik me over geld geen zorgen hoefde te maken. Het bleek dat Johan de dag voor onze bruiloft zijn testament had herzien en mij tot zijn enige erfgenaam had benoemd.

Ik wilde weten hoeveel er was, hoelang ik ermee toe kon.

'Dat hangt ervan af wat u met het kapitaal gaat doen,' zei de zaakwaarnemer.

'Doen?'

Antonio glimlachte en zei: 'Je bent nu zelf het hoofd van de huishouding, je staat niet langer onder voogdij. Het is jouw geld en je mag ermee doen wat je wilt, zonder iemand toestemming te hoeven vragen.'

Johans zaakwaarnemer knikte ter bevestiging. 'U kunt zelfs de zaken van meneer zaliger voortzetten, mocht u dat willen.'

Het was moeilijk rustig te blijven, om mijn gezicht in de plooi te houden tegenover de mannen aan mijn tafel op de serambi. Het liefst had ik meteen antwoord willen hebben op alle honderdtachtig vragen die in mijn hoofd tolden, maar het leek me verstandiger nog wat te blijven zwijgen.

Die dag stond er alweer een nieuwe Maria op, althans, zo voelde ik dat. In de jaren daarna leerde ik dat die Maria er altijd al was, zij het geketend door de conventies van haar tijd en omstandigheid. Waar ik toen – iets meer dan twee maanden na Johans dood, mijn twintigste verjaardag nog maar een week geleden – geen enkele twijfel over had, was dat vrijheid mij goeddeed. Mijn besluit stond vast – niet dralen, nu, niet even op zijn beloop laten. Dat had mij weinig goeds gebracht. Ik wilde een zelfstandig bestaan leiden, laten zien dat ik geen man nodig had. Nu bleek dat ik geld had, kreeg ik een opening naar een wereld waarvan ik dacht dat die voor mij altijd verboden gebied zou zijn – hier, in Batavia. Ik wilde naar voren kijken, op mijn manier.

'Mag ik op uw hulp en steun blijven rekenen?' vroeg ik de zaakwaarnemer.

Met die vraag nam ik voor het eerst van mijn leven iemand in dienst. Daarna was ik uitgeput en nauwelijks meer tot iets in staat. Mijn vooruitzicht was aanlokkelijk en beangstigend. Ik wist wat ik wilde, ik wist alleen nog niet hoe ik dat doen moest.

Antonio zag het gebeuren en tuitte goedkeurend zijn lippen.

Pas nadat de zaakwaarnemer beleefd had geknikt, mij indringend had aangekeken, zijn hand naar me had uitgestoken, ter bezegeling en ten afscheid, en ik hem op zijn paard over de Jonkersgracht zag wegrijden, durfde ik Antonio te vragen naar zijn naam.

'Middachten,' zei hij, 'Willem Middachten.'

* * *

Het houten weeshuis van Batavia ligt achter het Kasteel, iets voorbij de Utrechtse poort aan de Spinhuisgracht; een zandweg die met een lage muur gescheiden is van het water. Er werd in die jaren nog volop gebouwd in dat deel van de stad, zoals er in de hele stad nog volop werd gebouwd. Het hameren en timmeren door de lijfeigenen van de Compagnie en het schreeuwen van opzichters was voor mij al net zo gewoon als de alom aanwezige zang van vogels, het gillen van apen en krassen van monsters in de nacht.

Ik zat aan een tafeltje onder een groot afdak van gevlochten bamboe. Ik was, het advies van juffrouw Qual volgend, in de liefdadigheid gestapt en beschermvrouw geworden van een meisje van zes. Gesina, in het weeshuis beter bekend als Sinie. Elke dinsdag en donderdag van acht tot elf hielp ik haar met lezen en rekenen. Ineens was ik onderwijzeres, bij gebrek aan beter. Sommige weeskinderen hadden een erfenis of legaat waaruit echte onderwijzers konden worden betaald. Sinie, zonder ouders en zonder geld, moest het met mij doen.

De geschiedenis van haar leven is zo verteld en verre van uniek. Sinies vader was als onderkoopman uit Amsterdam naar de Oost gekomen en leefde in Batavia samen met zijn minnares, een voormalige lichtekooi. Zij stierf bij de geboorte van Sinie, een paar maanden later bezweek hij aan cholera en stond hun kind alleen op de wereld. De Weeskamer, het bestuur van het weeshuis, had onmiddellijk een onderzoek ingesteld naar de familie van de koopman in Holland. Daar was na al die jaren geen antwoord op gekomen. Ze waren er niet, of wilden haar niet.

De eerste keer had Antonio mij gebracht in zijn rijtuig. Hij had de koetsier opdracht gegeven een ronde te maken over het paradeplein van het Kasteel om te laten zien waar hij woonde. Johan had me nooit meegenomen als hij Antonio bezocht. Het waren altijd zakelijke bezoeken geweest en bovendien was het plein toen nog moeilijk begaanbaar. Nu lag er mooi plaveisel en rolde het rijtuig makkelijk langs de huizen waar alle raden van Indië woonden.

'Daar,' zei Antonio, 'is het Gouvernementshuis.'

Hij liet de koetsier even stilhouden voor een breed huis met een deur in het midden, een bordes en een trap aan twee kanten.

Pas daarna reden we naar het weeshuis en stelde hij me voor aan Neeltje, een mestiezin (Antonio zei *mestiça*), die aan het hoofd van het weeshuis stond, en aan de president van de Weeskamer, die, zo bleek later, speciaal was gekomen om mij te begroeten. Gesina, mijn protegee in spe, deed alles volgens het boekje: ze stelde zich keurig voor, ging zelfs lichtjes door de knieën, vouwde haar handen op haar rug en bleef bescheiden naar de grond kijken terwijl ik tegen haar sprak. Gedrild, als de soldaten van mijn vader.

Op weg naar huis vroeg ik Antonio een brief voor moeder mee te nemen, omdat ik wist dat hij later die ochtend naar de haven zou gaan om toezicht te houden op de bevoorrading van de retourschepen. Bijna had ik gezegd: 'Ik ga tóch naar huis, ik breng hem zelf.' Ik deed het niet, ik bleef bij mijn besluit hier in Batavia een nieuw leven op te bouwen. Zelfstandig en onafhankelijk wilde ik zijn, al bleef het vaderland lonken. En juist bij het overhandigen van de brief reed het rijtuig door een kuil, als een waarschuwing voor mijn wankelen. Ik verloor mijn evenwicht, gleed half van de bank. Antonio ving me op. Daardoor viel de brief uit zijn hand. We moesten lachen, als mensen die een verliefdheid voelen aankomen. Terwijl hij mijn brief van de vloer van het rijtuig pakte, gleed zijn eigen post voor het vaderland uit de binnenzak van zijn jas. Ik lachte weer, anders nu, want ik wilde niet laten merken dat ik de naam op de bovenste brief had gelezen: Elsa Wintgens, in Bataviase roddelkringen beter bekend als de Amsterdamse liefde van Van Diemen die weigerde naar Indië te komen.

Na die eerste keer in gezelschap van Antonio, over wie al werd gefluisterd dat hij mijn 'begeleider' was, zorgde ik zelf voor vervoer naar het weeshuis. Omdat het privilege van een eigen rijtuig mij samen met Johan was ontvallen, gaf ik een verhuurder opdracht twee keer per week ruim op tijd klaar te staan met een koets. Ik wist dat het niet verstandig was alleen over straat te gaan en daarom nam ik een van de slavinnen mee die ik op advies van Willem Middachten had gekocht voor twintig rijksdaalders – op den duur goedkoper dan personeel, had hij gezegd en daar was ik het meteen mee eens. De bedienden van Johan ruilde ik in voor twee zussen uit Bali, die ik Zus, de oudste, en Zusje, de jongste, noemde. Ik liet ze dopen en gaf mijn Hollandse meid opdracht ervoor te zorgen dat ze zich volgens onze normen gedroegen. Ze leerden snel, vooral de jongste. Te snel, vond de meid. Ze vertrok naar een nieuwe betrekking en liet mij achter met twee slaven die onze taal nauwelijks machtig waren.

De ritjes naar de Spinhuisgracht, de bezoeken aan Sinie, verzinnen hoe ik het schuchtere weesje kon helpen in het leven, gaven me het idee iets zinvols te doen. Het was niet veel en ik had weinig hoop op een gunstig lot voor mijn leerling, maar het vulde mijn gedachten. Dat wil zeggen: op dinsdag en donderdag. Aan de buitenwacht liet ik zien dat ik me zonder veel omhaal plooide naar mijn nieuwe leven. In de beslotenheid van mijn huis, waar zonder Johans zaken nauwelijks meer bezoekers kwamen – met uitzondering van de wederom zwangere Hendrikje en Willem Middachten, die nu en dan de stand van mijn zaken kwam bespreken – had ik te veel dagen zonder gedachten, zonder iets omhanden. Zelfs het wachten op een kind, mijn voornaamste levenstaak in de afgelopen anderhalf jaar, was opwindend geweest vergeleken bij het wachten op dinsdag en donderdag.

Het was dan ook uit gebrek aan alles dat ik Johans werkkamer in liep, voor de zoveelste keer na zijn dood, en aan zijn tafel ging zitten. Er was niets veranderd sinds twee dagen daarvoor. Over zijn smalle rustbank die ik tegen de muur had laten zetten, lag een kleurige katoenen doek, ongetwijfeld afkomstig uit een lading die hij zelf had ingekocht. Daaronder wist ik een strak laken en twee kussens, snel na zijn overlijden van een nieuwe vulling en schone tijken voorzien om de verspreiding van mogelijke ziekten te voorkomen. Zijn stoel stond werkeloos bij het raam, net als zijn pijp op de kleine tafel ernaast. Ik stond op en deed iets wat ik niet eerder had gedaan: ik ging op zijn bank liggen. Zomaar, uit landerigheid. Pas toen ik weer overeind kwam, voelde ik iets prikken in mijn schouder. Ik stond op, trok de doek weg en vond half onder het kussen een buideltje met daarin een parel aan een gouden ketting en een opgevouwen brief. Vermoedelijk had de meid het onaangeroerd gelaten als een bewijs van haar eerlijkheid, zoals een nette meid dat doet, en gedacht dat ik het na verloop van tijd zelf wel zou vinden. Ik kon het haar niet vragen, want ik wist niet waar haar nieuwe werkhuis was.

Voor het spiegelende raam deed ik de ketting om, voelde hoe de parel zich nestelde in het kuiltje van mijn keel en las.

Aan mijn vrouw Maria van Aelst, op haar twintigste verjaardag

Ik kreeg jouw naam te horen toen ik met de opperkoopman van de Mauritius een goed glas wijn dronk, en daarna nog een en nog een. Ik kende hem, want een paar jaar eerder had ik onder hem gevaren. Zodra het schip dat jou in mijn leven bracht voor anker was gegaan, rolde het bericht door de stad dat de vrouw van de commandeur de overtocht niet had overleefd. Daarom had ik hem uitgenodigd gast te zijn in mijn huis. Al de tweede avond heb ik het gesprek gestuurd naar de meisjes aan boord. Ik was geïnteresseerd in een huwelijk, want ik wist dat mijn toekomst hier lag en niet in Amsterdam. Wat ik je nooit heb verteld, is dat mijn beoogde bruid uit het vaderland een jaar voor jouw komst onderweg naar hier is overleden. Mijn vroegere baas wist dat, hoewel we er nooit over spraken, ook die avond niet. Hij zei wel dat een van de meisjes voor de Volksplanting hem was opgevallen als geschikt materiaal en hij prees haar van harte aan.

'Mooi en moedig,' zei hij, en schreef jouw naam op.

Dat was voor mij voldoende om wat mannen vooruit te sturen naar de meisjesmarkt en hun indrukken aan mij te rapporteren.

Ik denk dat hij nog iets meer had willen schrijven, op een later tijdstip, niet wetende dat later niet meer zou komen. Het was geen droom, zoals ik al dacht, mijn naam was hem niet toegefluisterd maar op een briefje toegeschoven onder een goed glas wijn en nog een en nog een. 'Geschikt materiaal'.

Dat was ik dus. Moest ik mezelf voortaan zo zien, of was die geschiktheid al vervlogen? Zo ja, was dat materiaal dan nog ergens anders goed voor?

Nu oordeel ik wat milder over mezelf dan toen, ik was immers nog een schaap. Ja, ik had me laten inpakken door zijn toneelstukje op de binnenplaats van de Grote School. Vind ik dat erg? Toen wel. Later moest ik toegeven dat ik van onze lading meisjes de beste man had gekozen, precies zoals ik dat met mezelf had afgesproken. Met de mensenkennis die ik in de loop van mijn leven heb opgedaan, zeg ik nu dat Johan Libener voorvoelde dat hij niet oud zou worden en daarom zo zijn best had gedaan een bruid te vinden. Misschien wel uit eenzaamheid en omdat hij wist dat hij de reis terug naar het vaderland niet zou overleven.

De oorzaak van zijn dood had antwoord gegeven op de vraag waarom ik zonder kind was gebleven: zijn hart was te zwak geweest. Om dezelfde reden hadden wij ons nauwelijks gemengd in het Bataviase leven. Het gevolg was dat ik niet alleen weinig mensen had leren kennen, ik had ook niet genoeg kunnen proeven van de omgangsregels in die nieuwe stad en daardoor wist ik niet goed hoe een vrouw in mijn positie en van mijn stand zich in het openbaar diende te gedragen. Bovendien: wat was mijn stand? Officiersdochter liet niets te raden over, Volksplantingsmeisje evenmin. In mijn huwelijk had ik de stand van mijn man gehad en hoefde ik nergens over na te denken. Op mezelf teruggeworpen, in rouw, maar tegelijkertijd bevrijd, wist ik niet wat mijn plaats was.

Ik vroeg het soms na het opstaan aan mijn evenbeeld in

de glimmend zilveren schaal die op zijn kant in de kast stond: Bij wie hoor ik nu? Welk gezicht moet ik trekken? Wat doe ik hier? Batavia was een vreselijk oord: heet, vies en gevaarlijk. In Steenbergen kende ik tenminste de weg, kon ik naar buiten om te spelen als het geschut even stilviel, kende ik de mensen, meisjes zoals ik. In Batavia waagde ik mijn leven bij elk bezoek aan Sinie, aan de kerk. Kon een tijger mij te pakken nemen of een krijger. Als ik bedolven dreigde te worden onder de hitte en de stilte en de leegte klonk in mijn hoofd het antwoord op alle vragen en de oplossing voor alle problemen: *naar huis*, wist ik dan, *ik ga naar huis*. Hoe vaak ik dat ook zei, ik ging niet.

In de laatste maand van het jaar 1627 besloot ik dat ik lang genoeg op de serambi had gezeten. Ik schudde de rouw van mijn schouders en trok mijn lichtblauwe jurk aan. Terwijl ik me klaarmaakte voor de tocht naar het weeshuis, neuriede ik het liedje van moeder: 'Er zat een sneeuwwit vogeltje'. Het kwam er vanzelf uit, in wel zeven coupletten.

Vanaf die dag stelde ik niet langer vragen aan mijn evenbeeld, ik trad op. Voor mezelf, zodat ik wist hoe anderen mij zouden zien. En omdat de woorden er makkelijker uit kwamen.

Goedendag, mijn naam is Maria van Aelst. Ik heb van een goede vriend gehoord dat u in parels handelt. Kunnen wij zakendoen?

Het duurde nog even voor ik die zinnen in het echt kon zeggen.

* * *

Een week na Johans dood keerde Jan Pieterszoon Coen terug in Batavia met een herbenoeming tot gouverneur-generaal op zak. En met een Amsterdamse echtgenote: Eva

Ment. De architect van de Volksplanting gaf zelf het goede voorbeeld, hoewel zijn keuze wel wat ruimer was dan de stoofpeertjes die van Compagnieswege werden verscheept.

Zijn komst ging aan mij voorbij. Ik was doof voor alles wat niet met mij of Johans dood te maken had. Antonio vertelde het me later.

Pieter de Carpentier, Coens opvolger en nu plots ook voorganger, was onaangenaam verrast. De beslissing van de Heren Zeventien uit Amsterdam had hem nog niet bereikt – hij wist niet eens dat Coen onderweg was naar Batavia. Daarin was hij niet alleen, want Coen kwam in het geniep. Zijn naam was op geen enkele passagierslijst te vinden om te voorkomen dat de Engelsen lucht zouden krijgen van wat zij ongetwijfeld als een vlucht zouden zien. Coen was namelijk door de Engelse ambassadeur in de Republiek aangeklaagd voor zijn aandeel, twee jaar eerder, in de zaak van de marteling en terdoodveroordeling van elf Engelse kooplieden op Ambon. Als drukmiddel namen de Engelsen meteen drie retourschepen van de VOC in beslag. Hoewel de bestuurders van de Compagnie opdracht hadden gekregen van de Staten-Generaal om Coen niet naar Indië uit te zenden, lieten ze hem heimelijk gaan. De uitvoering van de grootse plannen in de Oost woog zwaarder dan het risico op een conflict met de Engelsen.

* * *

Bij aankomst in september 1627 kon Coen tevreden vaststellen dat Batavia zich begon te ontwikkelen naar zijn geestesoog: een Hollandse havenstad met kanalen, regeringsgebouwen, een plein, een fort en een hoge, veilige muur. Dat beeld, een wonderlijk souvenir van thuis, bood mij enig houvast als ik in het kleine huurrijtuig over straat ging. Zonder Johan of Antonio aan mijn zijde voelde ik me broos en nog veel verder weg van Steenbergen; was ik een vreemdeling zonder bestemming te midden van honderden mensen die, zo klonk het in mijn oren, honderden verschillende talen spraken waarvan ik er niet één kon verstaan. Niettemin hadden zij één gemeenschappelijk doel: een stad maken. Naast mij, weggedrukt in de hoek van de koets, zat Zusje, die alleen Balisch sprak. Als ik iets wilde, gebaarde ik en noemde het woord. Welbeschouwd was ik ook de onderwijzeres van mijn slavinnen, dacht ik weleens. Ik begon met korte, simpele woorden als thee, was, slaap, eten, bezoek, bad. Woorden die uit hun monden soms anders klonken: tèh, selap.

Stil van verlangen naar de tongval van thuis op een ijzige decemberochtend met berijpte, blauwig-witte velden, liet ik me in de zware hitte naar de kerk brengen. Dezelfde kerk waar Johan en ik waren getrouwd, op de binnenplaats van het Kasteel, met zicht op het stadhuis in aanbouw. Ik wilde niet, ik moest. Van mezelf. Ik hield mijn adem in toen ik onder het zonnescherm dat Zusje boven mijn hoofd hield van het rijtuig over het plein naar de ingang liep. Met mijn bijbel tegen mijn borst geklemd knikte ik naar onbekende kerkgangers, hoopte ik de juffrouwen van de Grote School te treffen, of Elisabeth. Ik was gekomen om mensen te zien en te ontmoeten, maar ik werd ondanks mijn voornemen eropuit te trekken en mezelf te laten zien overvallen door schaamte. Bij wie hoorde ik? Welk gezicht moest ik opzetten?

'Ik zou u graag mijn arm bieden,' klonk het een meter of vijf voor de grote kerkdeur.

Ik herkende die stem, en het bijbehorende hoofd dat links van mij onder het zonnescherm dook: de president van de Weeskamer, Bartholomeus Havickszoon Kunst. Het deed hem genoegen mij hier te treffen, zei hij, en dan ook nog in zo'n goede gezondheid. Hij vroeg of hij me ergens mee van dienst kon zijn, waar ik wilde zitten, of hij me mocht uitnodigen voor het middagmaal bij hem thuis na afloop van de dienst. Er zouden ook goede vrienden met hun echtgenotes van hem aanwezig zijn, zei hij ter geruststelling.

In de koele kerk stelde hij me voor aan die echtparen, iemand uit de Raad van Indië en aan een paar mestieze vrouwen, waarna ik hem kon laten kennismaken met mijn zaakwaarnemer die ik tot mijn verrassing links voor de preekstoel zag zitten. Kunst bracht me naar de voorste rij, wachtte tot ik goed zat en liep na een lichte buiging naar de kerkbank die was gereserveerd voor ouderlingen.

Tijdens de dienst voelde ik de blik van Willem Middachten. Ik keek niet terug. Kunst zat te ver opzij voor oogcontact. Dat maakte hij goed zodra de dienst was afgelopen. Alsof ik dat vaker had gedaan, liep ik aan zijn arm naar zijn gereedstaande rijtuig. Alle ogen van de kerkgangers waren op ons gericht.

Ik heb nooit geweten of het toeval was dat hij kwam of omdat hij vermoedde dat er iets stond te gebeuren – ik heb het hem niet gevraagd. Ik kan alleen zeggen dat ik niet verrast was toen Willem Middachten mij aan het einde van die zondag, er was al bijna geen licht meer in de lucht, een bezoek bracht onder het mom van papieren die ondertekend moesten worden. Dat had ook tot de volgende dag kunnen wachten, of tot later in de week. Hijzelf kon niet wachten, wist ik maar al te goed. Na een glaasje brandewijn pakte hij mijn hand en vroeg: 'Welke kamer?'

Het was zoals wij beiden wisten dat het zou zijn, in onze hoofden hadden we elkaar immers al talloze keren aangeraakt en uitgekleed. Het begon een paar weken na Johans dood, hoewel zijn ogen zelfs op de dag dat ik hem in dienst nam al iets hadden prijsgegeven. Als de zaken besproken waren, en Willem en ik ons door mijn slavinnen lieten verwennen met thee en zoetigheden, streek zijn mouw vaker wel dan niet langs mijn schouder, voelde ik onder de tafel zijn been zo dichtbij dat zijn warmte in mijn huid drong, verliep onze conversatie met horten en stoten omdat we andere woorden spraken dan we dachten.

Omdat hij meer was dan een man die voor Johan had gewerkt, durfde ik het aan. Ik stelde de vraag die ik talloze keren had geoefend: 'Waar kan ik parels kopen?' vroeg ik, toen ik de warmte van zijn arm kon voelen. 'Niet om te dragen.'

Willem begreep het meteen. 'Die contacten heb ik niet, ik weet wel een koopman die in stenen doet.'

Zo begon het.

* * *

Bartholomeus Havickszoon Kunst was net vijfendertig geworden toen hij een eerste glimp opving van de vrouw die zich gedurende de dagen daarna in zijn hoofd nestelde. Of het waar is weet ik niet, maar dat doet niets af aan het verhaal dat hij me vertelde. Aanvankelijk kon hij haar gezicht, of liever gezegd wat hij zich herinnerde van haar gezicht toen hun rijtuigen elkaar kruisten, met een paar keer knipperen van zijn netvlies en uit zijn gedachten krijgen. Tot hij haar weer zag tijdens een soiree in het huis van Antonio van Diemen. Zij en haar man stonden aan de verre kant van de kamer, waardoor hij haar goed kon zien zonder openlijk interesse te tonen. Hij zag verschillende hoofden naar haar draaien, discreet maar niet mis te verstaan. Ze was een opvallende vrouw, vond hij. Niet uitgesproken mooi, wel fascinerend – hij móést telkens weer naar haar kijken. Hij ontdekte die avond dat het vooral haar blik was die hem aantrok. Ze keek en zag en wist, zo leek het, en daardoor voelde hij zich tegelijkertijd beoordeeld en begrepen. Hij had in het beleefde feestgedruis wel wat dichterbij willen komen, maar moest ook zijn voordeel doen met de mannen die in het Bataviase de dienst uitmaakten en allemaal binnen handbereik waren. Dus dat deed hij, zij het wat afgeleid door die ogen.

Kunst kende Johan wel, ze hadden allebei voor de Compagnie gewerkt, allebei goed verdiend en allebei de vrijheid gekozen. Kunst, Alkmaarder van geboorte, was naar de Oost gestuurd om peper in te kopen in Djambi, op Sumatra. Omdat hij ook voor eigen rekening handelde – toen nog toegestaan – kon hij in betrekkelijk korte tijd een flink fortuin verdienen. Zo flink dat hij ontslag nam, zich liet registreren als vrijburger, en zijn tijd verdeelde tussen lucratieve handel en liefdadigheid. Het had hem verbaasd, vertelde hij later, 'en ik was niet de enige', dat uitgerekend de stille Johan Libener er met een stoofpeertje vandoor was gegaan – ook nog de sappigste van die zending.

En ineens stond hij oog in oog met mij.

'Mag ik je voorstellen aan mijn vrouw?' hoorde hij Johan zeggen, nadat die in het gedrang zijn aandacht had gevraagd door kort een hand op zijn rechterschouder te leggen.

Kunst vroeg of ik mij die ontmoeting herinnerde toen hij een paar maanden later zogenaamd toevallig – ook hij – aanwezig was in het weeshuis op het moment dat ik kwam kennismaken.

'Nee,' zei ik, 'er waren die avond zoveel mensen.'

'Ik wist dat mijn tijd zou komen. Kwestie van geduld,' zei hij.

* * *

'Ik zal meer thee laten komen, of heeft u zin in rozensiroop?' vroeg ik aan Kunst.

Hij had een halfuur eerder zijn opwachting gemaakt op mijn serambi, nog geen vijf minuten nadat Willem Middachten de laatste keer mijn tepels had gezoend. Ik lag met mijn armen boven mijn hoofd en benen gespreid om de nooit eerder gevoelde zindering in mijn lijf vrij baan te geven toen een van de zussen op de deur van mijn kamer klopte.

'Be-soek!'

Hebben ze elkaar gezien? Dat was de vraag die door mijn hoofd spookte terwijl Kunst tegenover mij aan tafel zat. Ik was er vrijwel zeker van dat er van mijn gezicht niets viel af te lezen, behalve misschien vermoeidheid, die evengoed een gevolg zou kunnen zijn van de ongewoon zware, drukkende ochtend.

Kunst gaf geen krimp. Hij vertelde over een diner dat later in de week zou worden gegeven. Terwijl Zus siroop inschonk, probeerde ik me voor te stellen hoe de ontmoeting – als er sprake was geweest van een ontmoeting – zich had voltrokken. Ik zag Willem schielijk van de serambi lopen. Misschien was hij in zijn haast om ongezien weg te komen wel tegen Kunst op gebotst. Wat hadden ze tegen elkaar gezegd? Namen ze hun hoed af? Had Willem zijn hoed al op? Wisselden ze veelbetekenende blikken, of hield Kunst, misschien wel net zo door de wol geverfd in liaisons als in handel, net als ik zijn gezicht in de plooi?

'Het zou een grote eer zijn als ik u mag begeleiden,' zei Kunst, zijn ogen – groen, ontdekte ik – zacht in de schaduw van de serambi.

Hij koos zijn woorden zo, dat ik het begeleiden kon opvatten als 'begeleiden naar het diner bij een van de leden van de Weeskamer' waarover hij net had verteld, of dat hij toestemming vroeg mijn 'begeleider' te zijn.

Nadat we drie keer samen naar de kerk waren geweest en ik met Kunst aan mijn zijde twee diners en een soiree had bezocht, vroeg hij, à propos van een kwestie rond de nalatenschap van Johan, of ik tevreden was over Willem Middachten.

'Ik heb nooit eerder een zaakwaarnemer gehad,' zei ik, 'maar hij overtreft mijn verwachtingen.'

Dat ik hem desondanks moest bedanken voor zijn diensten, kwam doordat Kunst mij in de eerste week van het nieuwe jaar 1628 ten huwelijk vroeg. Ik zei ja en voor het einde van de maand, net iets meer dan vier maanden na de dood van Johan, was hij mijn man. Mijn tweede.

Kunst

Thuis zou ik waarschijnlijk als een pestlijder buiten de Steenbergse poort zijn gezet, in Batavia was het gebruikelijk vaart te zetten achter een nieuw huwelijk. Niet alleen deed de tropenzon jonge mannen branden in bed en jonge vrouwen niet minder, zoals zelfs juffrouw Qual wist, er moest per slot van rekening een stad worden bevolkt. Niemand keek er dus van op toen ik voor de tweede keer in nog geen twee jaar tijd mijn jawoord gaf. De bruidsstoet, groter en grootser dan bij mijn eerste huwelijk, trok veel bekijks. Het plein voor de kerk was nu prachtig geplaveid, het regende niet, mijn jurk van goudbrokaat bleef vlekkeloos. Op het feest erna genoot ik aan de arm van Kunst van de ogen van de Bataviase gegoede stand die op ons waren gericht – mijn nieuwe land had me dan toch eindelijk iets goeds gebracht.

Dat geschenk werd me uit handen geslagen toen ik een paar weken later ontdekte dat er geen meisjes meer uit Holland naar Batavia zouden komen. Uit een gesprek tussen Kunst en iemand van de Hoge Regering ving ik op dat ik had behoord tot de laatste zending officiële bruidspakketjes. In mijn leesstoel in de grote kamer, zo geplaatst dat ik kon horen wat er in de werkkamer van Kunst werd gezegd, drong het tot me door dat ik daar niet had gezeten als ik me feller had verzet tegen de beslissing van vader en moeder, als ik mijn smeekbedes niet had laten rusten maar vader ervan had kunnen overtuigen om thuis te mogen blijven. Als ik mijn vertrek met een paar weken had kunnen rekken was Batavia mij bespaard gebleven. Ik staarde naar het borduurwerk in mijn handen, luisterend naar het monotone stemgeluid van de regeringsvertegenwoordiger dat zelfs op dat vroege uur slaapverwekkend zou zijn geweest als zijn boodschap niet zo oorverdovend was.

De grootscheepse Volksplanting die Coen voor ogen had gestaan was uitgedraaid op een mislukking. Er was onvoldoende aanvoer en de meisjes die wel van de schepen kwamen, waren ook nog eens veel te vaak van bedenkelijk allooi. Terwijl Coen in het voorjaar van 1627, samen met zijn eenentwintigjarige bruid Eva Ment, onder een schuilnaam naar Batavia voer om voor de tweede maal gouverneur-generaal te worden, maakten de Heren Zeventien in Amsterdam korte metten met het plan. En ze gingen nog verder dan dat: het hele idee van een vrije burgerij in Batavia werd de nek omgedraaid. Het bestuur was tot de conclusie gekomen dat een samenleving van vrije burgers in Oost-Indië bij nader inzien onwenselijk was. Vrije burgers zouden concurreren met de Compagnie – ze aten immers uit dezelfde ruif. Meer spelers op de markt van het Aziatische handelsgebied betekende minder winst voor de VOC. De Heren Zeventien zwalkten als dronken schippers: ze hadden een knetterende ruzie met de Engelsen geriskeerd door de aanklacht van de ambassadeur én het verbod van de Staten-Generaal aan hun laars te lappen en Jan Pieterszoon Coen te laten gaan, maar hij was koud buitengaats of ze kochten de Engelsen af en gooiden het roer om.

De aangepaste plannen maakten weinig indruk op Coen. Hij bleef regeren naar eigen goeddunken, als de zelfgekroonde onderkoning die hij was. De particuliere handel door vrijburgers kon niet zomaar worden teruggedraaid, die was te zeer verweven met wat er boven de tafel volgens de regels van de Compagnie werd verdiend. Bovendien was hij maar al te goed op de hoogte van de lust naar geld in Batavia, een lust die niet te doven viel, ook niet door een verbod van hogerhand.

⋆ ⋆ ⋆

Met Kunst was het anders dan met Willem, die ook in bed mijn dienende zaakwaarnemer bleef en een opvallende gelijkenis vertoonde met de fantasieminnaar die tijdens de overtocht naast me had gelegen. Het was ook anders dan met Johan, want in tegenstelling tot mijn eerste echtgenoot nam de tweede mij waar en wanneer hij maar kon. Met zijn broek aan was Kunst een vriendelijke, hoffelijke man, met zijn broek op zijn enkels was hij een man op zoek naar een natte gleuf voor zijn harde lid.

Waarom ik ja had gezegd? Op goeie dagen had ik mijn antwoord paraat, wist ik ook mezelf ervan te overtuigen dat het een buitenkans was geweest waardoor ik nu in zo'n bevoorrechte positie verkeerde. Niet langer hoefde ik me af te vragen bij wie ik hoorde, welk gezicht ik moest trekken. Nog belangrijker was het vooruitzicht op een kind. Met zo'n gezonde, sterke man kon ik alvast dromen van het moederschap.

Op mindere dagen, als er geen bezoek kwam, als er geen diner of soiree was om naar uit te kijken en ik me verveelde in het grote huis van Kunst aan de deftige Tijgersgracht, schoot het antwoord op die vraag me niet te binnen. Telkens als ik dacht: ik ben beter af zo – wie zou er nou niet in mijn schoenen willen staan? – dacht ik aan de vrijheid die ik had geproefd, de zelfstandigheid waaraan ik kort, te kort, had geroken. Om daarna weer te denken aan de eenzaamheid die lang genoeg had geduurd.

In de dagen voor mijn tweede huwelijk en de weken erna had ik Willem Middachten nog een paar keer ontvangen. Aan niets was te zien of te merken dat hij zes uur lang mijn minnaar was geweest. Hij speelde het spel goed, te goed naar mijn smaak – ik had op z'n minst een blik van verstandhouding verwacht. Zo deden mannen dat dus. Desondanks gaf ik hem opdracht het huis te verkopen dat Johan mij had nagelaten. Het was mijn eerste grote zelfstandige geldtransactie en meteen mijn laatste. Dat stond in de weg als ik mijn nieuwe ik overzag: de juffrouw Maria van Aelst, echtgenote van de weledele heer Kunst, de welgestelde, voormalig peperkoopman, knap, ondanks zijn prominente neus – nu president van de Weeskamer en ouderling van de Hervormde Kerk – graag gezien in de hoogste Bataviase kringen, omringd door een huishoudster, een naaister, twee slavinnen en een speciale bediende voor de verzorging van haar garderobe en juwelen.

Wederom onder voogdij, niet langer handelingsbevoegd. Dat was de prijs die ik betaalde.

Door mijn huwelijk met Kunst woonde ik in een van de mooiste huizen van de stad. De Tijgersgracht ligt vlak achter de poort naar het Kasteel. Aan het einde van de gracht, de zuidkant, staat het stadhuis, toen nog in aanbouw. Het is een voorname gracht met helder water. Ik stel me voor dat de klapperbomen inmiddels volwassen zijn en voor een mooie aanblik en schaduw zorgen.

Ik woonde ook in een van de grootste huizen van de stad. In het huis van Johan kon ik tien stappen zetten van muur naar muur of van serambi naar de achterplaats, in het huis van Kunst kon ik dwalen. Toch zat ik het liefst in de grote kamer bij het raam dat op de gracht uitkeek. Zo kon ik zien wie er voorbijkwam, terwijl ik luisterde naar de gesprekken die Kunst had in zijn kamer. Zelfs als hij zijn deur gesloten hield, weerklonken de stemmen in mijn hoek van de kamer, alsof de mannen naast mij zaten. Ik heb nooit geweten hoe dat kon, Kunst heeft nooit geweten wat ik hoorde.

Daar, in die leunstoel bij het raam, begon het wachten van voren af aan. Niet op de serambi, die hadden we niet. Volgens mijn nieuwe man paste dat niet bij onze stand en was het bovendien gezonder het huis gesloten te houden om rondwarende ziekten geen kans te geven. Ik liet alvast twee jurken maken die iets ruimer gesneden waren, en ik nodigde Hendrikje uit. Terwijl Kunst en Hendrikjes timmerman een pijp rookten in de werkkamer en Zusje de kinderen van het gezin onder haar hoede nam, liet ik mijn enige vriendin en voormalig lotgenote de imponerende vertrekken (kamers klinkt te klein) van het huis zien, gaf Zus opdracht thee te schenken in de galerijkamer, presenteerde zondagse versnaperingen en vroeg ik hoe ik me het best kon voorbereiden op het moederschap. De woorden daarachter, die Hendrikje uitstekend verstond, luidden: wat is jouw geheim, wat moet ik doen om in verwachting te raken?

'Hoe weet ik dat nou?' zei ze met een enorme glimlach. 'Ik ben al zwanger als mijn Jan naar me kijkt.'

Het was niet zo bedoeld, wist ik, maar ik werd op mijn plaats gezet: twee mannen, groot huis, geld, geen kind.

'Veel aan denken,' zei Hendrikje, die merkte dat haar antwoord verkeerd was gevallen, 'dan komt het vanzelf.' Ze sprak met de overtuiging van een vrouw die weet hoe beginnend leven voelt. En met blijdschap, want er was voor de derde keer iets in haar aan het groeien, vertelde ze, waarmee ze mij deelgenoot maakte van het geheim dat ze nog niet eens aan haar timmerman had toevertrouwd.

'Of een bezoekje aan Si Jagur, natuurlijk.'

Waarom had ik daar zelf niet aan gedacht?

In de koelte van de avond zei Kunst dat we ze niet meer moesten ontvangen. Dat wij ons niet met dergelijke lieden konden verstaan.

Daar was het, dit wilde ik. Geen twijfel meer over wat mijn positie was, waar ik stond in het leven. Desondanks was er iets in mij wat in opstand had willen komen. Het was het begin van een reactie die nog geen tel duurde en net zo snel vervloog. Een opwellende boosheid om het verholen maar o zo duidelijke verbod die omsloeg in een licht satanisch genoegen.

In het jaar dat volgde waren er verschillende gelegenheden om Hendrikje te zien, ik nam ze niet te baat. In antwoord op het geboortebericht van het derde kind van Hendrikje en Jan de timmerman stuurde ik een formele felicitatie op het briefpapier van het echtpaar Kunst, vergezeld van een zilveren rinkelbel. Het bedankbriefje van mijn oude vriendinnetje met de vraag of ik binnenkort op kraamvisite wilde komen liet ik onbeantwoord. Dat kon niet meer in mijn positie.

Ik ging juwelen kopen. Dat was wat Kunst dacht toen de keurige nette koopman Adriaan Metius toestemming vroeg mij te bezoeken. En het was niet eens helemaal gelogen. Uit zijn kist kocht ik een ketting van bewerkt zilver en een paarlen armband. Zodra Kunst de deur uit was, gaf ik de man opdracht stenen te kopen ter waarde van tweehonderd gulden. Zomaar, alsof ik dat dagelijks deed.

'Waar haalt u ze vandaan?' vroeg ik.

'Voornamelijk uit Pontianak,' zei de koopman.

Die naam had ik vaak gehoord uit de mond van Johan.

'Wilt u mijn groeten overbrengen aan Willem Middachten?'

* * *

Het verzoek van Jacomijne Merchijs, de moeder van Johan Libener, bereikte mij begin augustus 1628, een dag voor de belegering van Batavia door de troepen van de Javaanse vorst, de soesoehoenan Agoeng. Er was al eerder, anoniem, een vraag gesteld over het testament. Willem Middachten had mij sindsdien bezworen dat ik me geen zorgen hoefde te maken en daarom had ik er geen aandacht meer aan geschonken. Nu lag er een verzoek van mijn gewezen schoonmoeder om het testament in te zien. Ik was verbaasd, maar besloot een afschrift te laten maken en dat met de eerste gelegenheid naar Amsterdam te sturen. Al was het alleen maar om de vrouw, die ik nooit had ontmoet, te laten zien dat alles keurig volgens de laatste wil van haar zoon was uitgevoerd. Kunst stak daar een stokje voor. Hij had veel ervaring met nalatenschappen door zijn werk voor de Weeskamer en wilde eerst advies inwinnen bij de notaris en er dan zelf nog over nadenken. Nog geen twee dagen later werd heel de stad aan de landzijde omsingeld door Mataramse troepen.

In mijn eerste jaren, de periode van opbouw, was het gebruikelijk dat Europese burgers werden opgeroepen Batavia te helpen beschermen als de situatie daarom vroeg. Ook Kunst moest aantreden. Hij kreeg opdracht zich met een aantal musketiers te melden bij de vluchtschans Punt Gelderland, nog niet zo lang daarvoor gebouwd, om dat deel van de vesting en de omliggende bruggen te verdedigen. Van zeelui en kooplieden die de haven Soenda Kelapa aandeden kon je horen dat het de soesoehoenan Agoeng, vorst van Mataram, ernst was. Hij was Java aan het veroveren met enorme legers, alleen Bantam en Batavia ontbraken nog. Ondanks de afwezigheid van mijn man was ik veilig in het grote huis, omringd door bedienden en de extra bewaking die Kunst voor zijn vertrek had aangesteld. De meeste andere inwoners van Batavia hadden het geluk dat landvoogd Pieter de Carpentier tijdens zijn bewind kosten noch moeite had gespaard om de versterking van het Kasteel en de stad op orde te krijgen.

De belegering duurde twee maanden. In die tijd waren er vrijwel dagelijks aanvallen vanaf de landzijde door krijgers die erom bekendstonden niets en niemand te ontzien, en toch viel het aantal slachtoffers onder de bevolking mee. Dankzij de hoge, sterke muur en de vele soldaten die met hulp van slaven en burgers de aanvallen pareerden met veel krachtiger, westerse wapens.

Ik was doodsbang. Het was niet de vrees van een teer poppetje dat zich dingen inbeeldt, het was de angst van een officiersdochter die de verhalen van het slagveld kent en weet waartoe legers in staat zijn als zij doorstoten, als de muur niet hoog genoeg blijkt. Ik bleef vooral in bed, de zware gordijnen rondom gesloten tegen het gevaar. Daar lag ik te luisteren naar het geluid van de oorlog, doffer maar dreigender dan in Steenbergen, toen een van mijn slavinnen bezoek aankondigde, en daarom duurde het even voor ik toonbaar was.

In de galerij zat Antonio van Diemen. Hij sprong op zodra hij me zag.

'Dit is geen bezoek, ik kom alleen kijken hoe u het maakt.'

Hij wist dat Kunst in Punt Gelderland zat.

'Wat aardig,' zei ik. Zelden had ik iets zo gemeend.

'Het is vooral een kwestie van moed houden,' zei Antonio ter geruststelling. 'De handel over zee ondervindt nagenoeg geen hinder van het beleg.'

Zijn manier om te zeggen dat Batavia niet wankelde.

* * *

In de laatste dagen van september was er ook in de stad nauwelijks meer iets te merken van het beleg. Op 3 oktober kwam het langverwachte bericht: de vijand had de aftocht geblazen, iedereen kon opgelucht ademhalen. Behalve ik. En Hendrikje wellicht, al had zij in haar drukke huishouden vermoedelijk weinig tijd om terug te kijken op die beladen datum. Ik vroeg het haar niet, het contact was verbroken. Kunst had gelijk gehad: standen moest je niet mengen. Toch dacht ik met verwondering, en jaloezie, terug aan het timide meisje op het schip waaruit een oermoeder was gegroeid – het enige stoofpeertje dat had gedaan wat er van haar werd verwacht, die geen hulp nodig had van Si Jagur. Zij en ik waren de overlevenden van de 'Vijf van de Mauritius', de anderen stierven samen met hun nog net niet geboren eersteling. Of maakten hun zonen en dochters moederloos, zoals zij zelf waren geweest.

Voor mij was elke derde oktober een obstakel, een omgevallen boom die ik al van ver op mijn pad zag liggen. Ieder jaar sprongen aan het begin van de oktobermaand de zorgvuldig verstopte herinneringen uit hun schuilplaats en zag ik de bottelier onschuldig aan de mast geslagen worden, zag ik Anna doodgaan en zag ik de lelijkheid van Batavia op de dag van aankomst. Pas de volgende ochtend kon ik weer vrij ademen en ongehinderd mijn weg vervolgen. De derde oktober van 1628 was om twee redenen een blije uitzondering, want terwijl Kunst en zijn vrienden in de grote kamer de aftocht van de vijand vierden, bracht Zusje mij een brief van moeder. De tweede die ik ontving in vier jaar tijd. Thuis spraken wij elkaar elke dag, in Batavia moest ik heel lang teren op veel te weinig woorden. Vroeg ik me af wat ze deed, waar ze was, of ze er nog was. Volgens het ritme van de komende en gaande vloten had ik minstens nog één brief gekregen moeten hebben, maar die was waarschijnlijk verloren gegaan tijdens een storm en lag voor altijd op een donkere zeebodem in het ruim van een Oost-Indiëvaarder, te midden van honderden andere brieven, kisten met handelszilver en aangevreten lijken.

Ik trok me terug en las. Moeder feliciteerde me met mijn huwelijk. Vader had navraag gedaan en was tot de conclusie gekomen dat Johan Libener een goede partij voor me was. De familie verkeerde in goede gezondheid. Steenbergen was rustig en ten langen leste vredig.

Ik dronk de woorden van thuis, gulzig. Het liefst had ik onmiddellijk mijn pen gepakt om te laten weten dat mijn leven er inmiddels heel anders uitzag, dat vader en moeder trots op me konden zijn, én dat ze bij de volgende post konden uitzien naar een heel, heel erg mooi bericht. Ik wilde vooral schrijven waarover ik nog niet kon spreken. Dat zou immers onheil brengen. Uiteindelijk besloot ik zelfs niet te schrijven, uit voorzorg.

Ik kon niet weten dat het onheil al onderweg was.

Het kwam in de gedaante van een deur die dichtsloeg. Dat gebeurde vaker als de bedienden het huis lieten doortochten – deze was anders. Weer een knal, luider. Het was de deur van de kamer van Kunst. Ik ging kijken wat er aan de hand was en trof Zusje in de gang, die net als ik op het lawaai was afgekomen. Mijn slavin trok zich meteen terug zodra ze mij zag, licht gebogen en met afgewend gezicht. Opnieuw een dreun, rinkelend glas. Keer op keer sloeg Kunst de deur van zijn kamer dicht. Ik draaide me om en liep op mijn tenen over de meetrillende vloer naar mijn eigen kamer.

Zijn werkkamer was verboden gebied, net als de zaken die zijn dagen vulden. Kunst sprak nooit over zijn zaken. Als ik zei dat ik wilde weten hoe hij dat deed, hoe hij textiel uit Bengalen en Coromandel kocht en dat ruilde tegen nootmuskaat, of iets anders, kreeg ik geen antwoord. Of hij zei: 'Jij moet doen waar je goed in bent', en dan nam hij me mee naar de slaapkamer. Ik mocht niet laten weten hoeveel ik wist, daarom snuffelde ik in zijn papieren als hij van huis was. Het verbod maakte zijn kamer extra aantrekkelijk. Later in het leven bedacht ik hoe kinderlijk ik was in dat tweede huwelijk: *nee* betekende voor mij *juist wel*. Natuurlijk dwaalde ik door zijn kamer als hij er niet was, raakte ik nadrukkelijk al zijn meubels, geschriften en pijpen aan, las ik de brieven die op zijn schrijftafel lagen en als hij bezoek had speelde ik luistervink. Die dag viel er niets af te luisteren want Kunst was alleen. Wat ik hoorde nadat ik me had teruggetrokken, waren boze voeten onderweg naar mij. Ik hoorde zware ademhaling en het piepen van de deurkruk.

Hij sloot de deur van mijn kamer zachtjes, te zachtjes, pakte mijn arm, trok me van het bed, scheurde het lijfje van mijn jurk in tweeën, kneep in mijn gezwollen borsten, pakte mijn nek, duwde me over de tafel, sjorde, grommend, aan zijn riem en broek, aan mijn rokken, en stootte zo hard en diep in mij dat ik het uitschreeuwde van de pijn.

Bij het eerste licht ging Kunst op tijgerjacht, geweer in de leren schacht voor het zadel. Ik luisterde gespannen tot het snuiven van zijn paard wegstierf en ik zeker wist dat hij was vertrokken. Daarna liet ik Zusje komen. Ze waste mij, smeerde mij in met olie en bracht me naar bed.

Later, toen ik weer kon lopen, hoorde ik van Neeltje, het hoofd van het weeshuis, dat Kunst niet langer president van de Weeskamer was. Het was duidelijk dat iedereen wist wat er was gebeurd, behalve ik. Neeltje had in haar onschuld gevraagd of ik mijn hulp aan Sinie zou blijven voortzetten nu 'de situatie' was veranderd.

'Welke situatie?' vroeg ik.

Neeltje zweeg, bleef zwijgen.

Ik had het antwoord wel uit haar willen schudden. Neeltje zag dat en gaf toe. De president was niet zomaar weg, zei ze, hij was uit zijn functie ontheven. Meer wist ze niet. Ik geloofde haar op haar woord, wenkte Zusje, die de koetsier waarschuwde, en vijf minuten later was ik op weg naar het Kasteel.

Zelfs voor een vrouw in mijn positie was het zeer ongebruikelijk aan te kloppen bij een raad van Indië. Dat ik dat deed zonder begeleiding van mijn man was niet eerder vertoond. Mijn daad was aanvankelijk vooral een impulsieve geweest, eenmaal aangekomen maakte ik bewust gebruik van mijn vriendschap met Antonio van Diemen. Ik liet me aankondigen met de vanzelfsprekendheid van een regelmatige bezoekster, bijna alsof ik in het Kasteel thuishoorde. Antonio, die voldoende van het leven had gezien om niet snel uit het lood te raken, nam mij met gelijke vanzelfsprekendheid mee naar de ontvangstkamer, liet een verfrissing komen, wachtte tot we alleen waren en vroeg of hij kon helpen.

'Weeskamer,' zei ik.

'Ah... eh.'

Antonio had duidelijk een aanloopje nodig om de vrouw die tegenover hem zat te vertellen dat haar echtgenoot in de fout was gegaan. Hij herpakte zich snel.

'Een belangrijke taak van de president van de Weeskamer is het toezicht houden op de uitvoering van nalatenschappen,' legde hij uit. 'Zorgen dat de wezen, al beroofd van een vader en moeder, krijgen wat hun toekomt.'

En juist dat had Kunst niet gedaan. Het bleek dat mijn man had geprobeerd zichzelf vrij te pleiten door erop te hameren dat hij in het belang van de kinderen had gehandeld. Dat was een leugen.

De kwestie was simpel: na het overlijden van een koopman had hij de erfenis niet aan de kinderen uitgekeerd, zoals in het testament was bepaald, maar aan de nieuwe echtgenoot van de weduwe. Pikant detail: die nieuwe echtgenoot was een goede vriend van Kunst. Het was niet alleen een domme zet, want zoiets komt altijd uit, het was ook oneervol. Daarom moest hij het veld ruimen.

Ik wist nu waarom hij zijn woede had gekoeld op de deur van zijn kamer, en op mij. Ik wist inmiddels ook, na twee dagen bloeden, dat hij daarmee het zo kwetsbare begin van leven in mij had vermoord.

* * *

Zoals ik nu berusting vind in het schrijven over mijn leven, vond ik toen alsnog steun bij het dagboek dat vader ooit voor me had laten maken. Het is wonderlijk wat woorden met je kunnen doen: als ik nu lees wat ik destijds schreef, ben ik daar weer, ben ik haar weer – de Maria die ik was maar niet wilde zijn. Na maanden van stilte schreef ik zonder aanloop of introductie, zonder uitleg over het waarom, zonder terug te komen op de karige notities die ik aan boord van de Mauritius maakte, zonder melding te maken van het vergeefse familieboek – het tweede – zonder ook maar een plaats en datum te noteren. In die eerste aantekeningen verzuimde ik zelfs mijn naam te noemen – de vergulde initialen op de leren rug gaven al te veel prijs. Ik wilde niet weten wie de schrijfster van die zinnen was, uit gêne. Ik wilde niet dat iemand wist wat voor soort man ik had, nam het mezelf kwalijk dat ik hem niet had doorzien. Terwijl nooit is gebleken dat hij kwaadwillig was, met uitzondering van die ene keer. Dat was geen liefde en zelfs geen lust, dat was een gewelddaad. Ik leefde met de gevolgen. Kunst wist het en ging de rest van zijn leven gebukt onder berouw.

Zijn tocht door het oerwoud duurde twee weken. Hij kwam terug zonder trofee. Geen tijgerkop waarmee hij een beloning had kunnen innen en in één moeite door zijn gebutste status zou hebben opgevijzeld. Hij kwam terug met lege handen en lege ogen, lopend. Zijn paard was tijdens het drinken gegrepen door een kaaiman. Hij had het dier met een schot tussen de ogen uit zijn lijden verlost en daarna de kaaiman zijn verdiende loon gegeven. Meer heeft hij me niet verteld over die twee weken, terwijl het zo duidelijk was dat er meer dan dat moest zijn gebeurd. Kunst was niet langer zichzelf, hoewel je onder medeouderlingen wel kon horen dat hij na de mysterieuze jacht juist terugkeerde als de man die hij was geweest voor hij in welstand kwam te verkeren – een man die ik nooit had gekend. Ik kende alleen de man die mij op alle uren van de dag en de nacht wilde. Díé man was achtergebleven in het oerwoud, wellicht ten prooi gevallen aan een tijger die het schot voor was. Na zijn thuiskomst heeft die andere Kunst mij nooit meer gewild. Tijdens zijn afwezigheid had ik met mijn bezoek aan Antonio van Diemen bij de Raad van Indië een eerste stap gezet naar mijn nieuwe leven en dat flintertje vrijheid liet ik me niet meer afpakken. Tot mijn opluchting hoefde ik er niet voor te vechten, sterker nog: de ruimte die ik kreeg doordat Kunst hoffelijk afstand hield, deed niet alleen mij goed maar, vreemd genoeg, hem ook.

Wat je zou verwachten is een nette, verzorgde dagboekaanhef: mijn naam, de namen van vader en moeder, broer en zusje, op z'n minst een alinea over die onbegrijpelijke, hartverscheurende beslissing mij naar de Oost te sturen, de dood van mijn eerste echtgenoot, een verklaring van een waarheidsgetrouwe weergave van feiten en gebeurtenissen die in een dagboek niet mag ontbreken, desnoods een lofzang op de wellustige natuur of juist een tirade tegen het verzengende klimaat dat wekelijks slachtoffers maakte.

Niets van dat al. Ik begon mijn dagboek, ook tot mijn eigen verrassing toen ik het herlas, met:

> Mijn voorkeur gaat uit naar lakdozen zoals de Japanners die maken.

Hoeveel tijd er tussen die zin en de volgende verstreek, is onbekend omdat ik weer een datum achterwege liet:

> Sinie is een goed meisje.

Het lijken willekeurige zinnen, oefeningen voor een pas gescherpte pen. Het tegendeel is waar. Met die eerste opmerking dwong ik mezelf aan iets moois te denken. Ik koos de lakdoos die ik ooit op de schrijftafel van Kunst had zien staan en die een week later ineens was verdwenen, verkocht waarschijnlijk. De tweede zin was het resultaat van een overwinning. In mijn nieuwverworven positie in het huishouden – zo zag ik dat graag: ik had ervoor moeten bloeden, letterlijk – nam ik de beslissing mijn pupil Gesina uit het weeshuis te halen. Ze werd geen pleegkind, of een surrogaatdochter, dat niet. Sinie kreeg een slaapplaats achter het huis, waar de bedienden en de slaven woonden, en moest werken voor de kost. Wat haar onderscheidde van het personeel was het onderwijs dat ze in strenge dagelijkse lessen van twee uur door mij kreeg toegediend.

Ik had me tot de tanden gewapend met argumenten toen ik Kunst op een ogenschijnlijk gewone dinsdagmiddag voor het voldongen feit stelde. Het belangrijkste was dat ik niet langer twee keer per week op en neer naar het weeshuis hoefde gaan dat zo dicht bij de vesting stond, in het gevaarlijke deel van de stad. De onuitgesproken woorden, die hij maar al te goed verstond, waren: 'En elke keer als de mensen mij zien gaan, denken ze aan jouw oneervolle ontslag.' Hoewel ik genoot van elk uitje omdat ik opleefde van het kijken naar mensen en, niet onbelangrijk, bekeken en nagekeken te worden, had ik goed in de gaten hoe ik de deuk kon herstellen die onze positie had opgelopen door de misstap van mijn man: doen alsof het niet was gebeurd. Doodzwijgen. Om dat vol te houden moest je de roddelzucht niet blijven voeden. Minder naar buiten, iets naar de achtergrond, maar ook weer niet zo onzichtbaar dat daarover nieuwe verhalen konden ontstaan. Ik had er niet op gerekend dat ik geen argumenten nodig had. Kunst hoorde mij aan, knikte en liep naar zijn kamer.

Nu blader ik vergeefs mijn oude dagboeken door op zoek naar een bewijs van mijn eerste aankoop. Het is er niet. Misschien had ik door alle gebeurtenissen de rust niet kunnen vinden, het kan ook zijn dat toen ik al wist dat opschrijven niet nodig was. Want die eerste ruwe diamant vergeet je nooit. Er is namelijk niks ruws aan. Het steentje dat koopman Adriaan Metius in de palm van mijn hand legde was het mooiste dat ik ooit had gezien. Het woog niets, was kleiner dan een graankorrel, en had de kleur van de schacht van mijn ganzenveer – zacht wit. Zacht glanzend.

'Komt het zo uit de grond?' vroeg ik.

Metius knikte. 'Van heel, heel diep uit de grond.'

Uit een zachtleren buideltje dat aan een koord om zijn nek hing pakte hij nog drie steentjes en legde ze voor mij, uiterst voorzichtig, op een gevouwen stuk papier. Alles om te voorkomen dat een steentje van de tafel zou rollen en tussen de planken van de vloer verdween. Ze waren iets grijzer. Van de vier steentjes was de eerste de lichtste.

'Die,' zei Metius, 'die is de beste.'

De belofte van het mooiste: dat is een ruwe diamant.

Ik betaalde Metius en kocht ook een zilveren chatelaine voor de sleutels van de voorraadkasten en mijn naaigerei. Mijn oude was te eenvoudig voor wie ik nu was, en ik had meteen een zichtbare verklaring voor zijn bezoek, mocht Kunst vragen stellen.

* * *

Ik leefde mijn eigen regels zorgvuldig na en trad de eerste helft van dat jaar weinig in de openbaarheid. Uitnodigingen voor diners, soirees en andere gelegenheden van de langzaam maar zeker groeiende Bataviase verfijnde klasse beantwoordde ik met een beleefde tot-onze-grote-spijtbrief uit ons beider naam. Alleen op zondag lieten we ons zien: Kunst als de vrome ouderling die in de kerkenraad goede werken deed, ik aan zijn zijde in een prachtige jurk. De wandeling over het plein van het rijtuig naar de kerkdeur was bijna een optreden en daar kleedde ik me naar. Ik wilde laten zien dat we er waren, dat ik er was, al leefde ik de rest van de week in een wereld die niet verder reikte dan de omheining rond het huis. Eén keer stapte ik dat jaar uit mijn vrijwillige gevangenis en dat was om bij de hoogste instantie protest aan te tekenen tegen een dwaling in de rechtspraak, een in mijn ogen onmenselijk vonnis.

* * *

Het begon allemaal met Sara, de onwettige dochter van Jacques Specx bij een Japanse vrouw. Specx, opperhoofd in dienst van de Compagnie en stichter van de eerste Japanse handelspost op het eiland Hirado, kwam in 1622 met zijn dochter maar zonder zijn concubine naar Batavia om daar directeur van de Schepenbank te worden. Toen hij in 1627 naar Holland werd geroepen om de Heren Zeventien te informeren over de handel met China en Japan vertrouwde hij zijn dochter toe aan de zorg van zijn vriend Jan Pieterszoon Coen en diens vrouw Eva Ment. Sara, door iedereen Saartje genoemd, woonde in die jaren in het Generaalshuis, in het Kasteel.

Een paar deuren verder woonde Antonio van Diemen. Zijn min of meer permanente huisgenoot was de jonge vaandrig Pieter Cortenhoeff, onwettige zoon van Jacob Cortenhoeff en een Arakanse vrouw. Jacob was het neefje van Van Diemens Amsterdamse vriend Boudewijn – dezelfde die hem in Amsterdam een aanbevelingsbrief voor Coen had meegegeven – en Antonio was in Batavia executeur-testamentair van Jacob geworden en hij had zich eveneens ontfermd over zijn verweesde zoon. Familie en connecties, daar draaide het Bataviase leven op.

Pieter had een oogje op zijn mooie buurmeisje, de beschermelinge van Coen en Eva. Intimi van het Kasteel wisten dat die gevoelens bij Sara wederzijds waren. In de rechtszaak, als je dat zo kunt noemen, kwam naar voren dat de ontluikende liefde duidelijk te zien was geweest. Hoewel het nooit is aangetoond, ligt het voor de hand dat Pieter al eerder heimelijk zijn weg had gevonden naar Sara's slaapkamer. Of het hun eigen onvoorzichtigheid is geweest of dat er, zoals roddeltongen beweerden, verraad in het spel was, hun geheime liefde werd een publieke kwestie toen de twee op een dag in juni samen in bed werden aangetroffen.

Coen ontplofte. Buiten zichzelf van woede door die schandalige vertoning van zedeloos gedrag in zíjn huis wilde hij de jonge geliefden onmiddellijk en zonder proces ter dood laten brengen. De raden van Indië wisten hem over te halen de officiële weg te bewandelen en de zaak aan de Raad van Justitie voor te leggen. Die bood nauwelijks soelaas, aangezien voorzitter Pieter Vlack, getrouwd met Elisabeth Ment, Coens schoonzuster, eiste dat Pieter Cortenhoeff werd opgehangen en dat Sara Specx in een ton zou worden verdronken.

Heel Batavia stond op zijn kop. Zelfs vanaf mijn plek voor het raam kon ik het tumult horen. Het klonk als naderend noodweer. Mannen liepen af en aan in groepjes, spraken met gebaren, soms zelfs zo luid dat bedienden, slaven en koelies hun pas inhielden, hoofd opzij om iets op te vangen van de stampij. Alleen dronkaards bleven onbewogen door de gebeurtenis in het huis van de landvoogd en de wrede reactie van Coen. Hij had natuurlijk ook medestanders, die roerden zich nog luider. Kunst liet zich van zijn beste kant zien met het overhandigen van een verzoekschrift van de kerkenraad aan Coen om clementie te tonen, en er waren meerdere burgers zoals ik die het opnamen voor Sara en Pieter.

Hoezeer het mij aangreep bewijst de aantekening in mijn dagboek, deze keer wel met datum:

> 15 juni 1629
> Coen is helemaal gek geworden, dit mag niet gebeuren! De enige verklaring voor zijn wreedheid: hij heeft natuurlijk zelf een oogje op Saartje.

Ik wilde Coen maar al te graag inpeperen hoe ik over hem dacht. Met voorbedachten rade baarde ik weer opzien, want ik ging, bijna knappend van ingehouden kwaadheid en ondanks tegenwerpingen van Kunst, alleen met de koetsier op pad naar het Kasteel. Het liefst had ik willen zeggen: hier ben ik, het meisje voor de Volksplanting, een van jouw stoofpeertjes, het minste wat je kunt doen is naar me luisteren! Dat deed ik niet, ik liet hem ook niet weten wat ik van hem dacht, ik hield het in het nette. Ik denk dat ik het daarom voor elkaar kreeg mijn schriftelijke smeekbede persoonlijk aan Coen te overhandigen en hem op het hart te drukken dat met onmenselijkheid niemand gebaat zou zijn – een mild vonnis, zo liet ik hem weten, was in deze situatie het enige goede vonnis.

Coen was niet onder de indruk van mij en van andere burgers die hun opwachting maakten, hij trok zich zelfs van de protesten uit de kerk niets aan. Toch heeft het verzet iets geholpen. De Raad van Justitie kwam tot een compromis in een zitting die weinig van doen had met rechtspraak. Het vonnis werd ondertekend door Coen en zijn zwager, voorzitter Vlack. Het derde lid van de Raad, Antonio van Diemen, weigerde zijn handtekening te zetten.

Ziek van gruwel om de dwaling van Coen en zijn eigen falen de jongen die aan hem was toevertrouwd te beschermen, was Antonio in het stadhuis met ruim twintig anderen getuige van de voltrekking van het vonnis in de zaak van de verboden liefde.

Pieter Cortenhoeff werd onthoofd. Hij was zestien jaar. Saartje Specx was pas twaalf jaar oud toen ze onder dwang naar Pieters executie keek en tegelijkertijd werd gegeseld.

Coen had zijn zin gekregen. Met de dood van Pieter was de zonde in zijn huis gewroken. Niemand wist of hij nog naar Saartje had omgekeken. Het meisje was na de terechtstelling weggestopt in een van de vele kamers in het Kasteel, waar een slavin de wonden verzorgde die de zweep had achtergelaten. Het is goed mogelijk dat Coen alleen oog had voor zijn eigen nog ongeboren kind en zijn vrouw. Eva was zes maanden zwanger en angstig, omdat ze haar eerste kind een jaar daarvoor had verloren.

Wat iedereen jaren later nog wel kon navertellen, was dat

Coen zich geschoffeerd voelde door Antonio van Diemen. *Woedend* was hij. Zijn protegé, die hij bijna letterlijk bij de hand had genomen en in korte tijd tot grote hoogten had geleid, was in deze zedenzaak tegenover hem komen te staan. Hij voelde zich verraden. Antonio wist maar al te goed tegen wie hij in opstand was gekomen en wat hij op het spel had gezet. Ik heb het altijd erg moedig gevonden dat hij niet is gezwicht. Hij liet gerechtigheid zwaarder wegen dan persoonlijk belang en daarmee verdiende hij mijn bewondering.

Mijn tocht naar het Gouvernementshuis was de eerste keer in lange tijd dat ik buiten was geweest. Ik miste de ritjes naar het weeshuis, ik wilde kijken en bekeken worden. Dat was onmogelijk geworden in mijn leven met Kunst. Mijn tweede huwelijk had mij stand en weelde gebracht, met tralies ervoor. Hoe wrang het ook klinkt: daar was ik die wrede zomer dankbaar voor. Het lot dat Saartje en Pieter ten deel was gevallen, bleek een inleiding, een kennismaking met wat ons te wachten stond, want in augustus meldde Agoeng de Grote van Mataram zich weer bij de poort. In zijn kielzog volgden bijna honderdduizend krijgers.

Deze keer was het menens. Anders dan bij de belegering van een jaar eerder rukten de troepen snel op. Al een paar weken later waren de Javaanse strijders in hun loopgraven de stadswallen gevaarlijk dicht genaderd. Coen besloot hard terug te slaan. Hij plaatste Antonio van Diemen aan het hoofd van een van de twee groepen die voor de tegenaanval waren ingezet. Dat is opmerkelijk, aangezien Antonio geen enkele krijgservaring had. Ik weet zeker dat Coen het hem betaald wilde zetten, dat hij stille hoop had dat zijn vijand Van Diemen zou eindigen met een Javaanse speer in zijn hart.

Antonio ging en deed zijn plicht – het was, vertelde hij toen alle ellende achter de rug was, zijn eer te na die te verzaken. Hij ging in de wetenschap dat als hij de belegering zou overleven zijn loopbaan in de Oost voorbij zou zijn. Coen zou hem pootje haken en zonder rang of traktement op een retourschip naar huis zetten.

Halverwege augustus werd Sinie ziek. Zus kwam vertellen dat mijn pupil zo misselijk was dat ze niet uit bed kon komen. Omdat het meisje ondanks de zorgen van Zus en Zusje aan het einde van de dag nog zieker leek, liet ik de dokter komen. Die kwam drie uur later, uitgeput door de vele visites die hij moest rijden in de belegerde stad. Dokter Bontius, dezelfde die Johan had doodverklaard, had ook deze keer geen hoopvol nieuws. Hij wees me op de vissige geur die opsteeg uit het ziekbed, afkomstig van de poep die als water uit Sinie sijpelde. Hij vertelde dat het meisje die dag niet zijn eerste patiënt was met dergelijke verschijnselen en vast niet de laatste. Ik kreeg opdracht de uiterste properheid in acht te nemen. Iedereen die in aanraking kwam met de patiënt of zelfs maar in de buurt was geweest, moest goed de handen wassen. De diagnose was duidelijk en dodelijk: cholera. Er waren slechts twee medicijnen: veel drinken en veel bidden.

Gesina haalde het niet. Al twee dagen later kon ze zich niet meer bewegen – cholera is snel als gif. In haar uitgedroogde lijfje hadden vrijwel alle functies het begeven. Toen ik de derde dag van haar ziekbed de vroege wake had genomen, zag ik dat het haar zelfs moeite kostte te knipperen, de ogen diep en droog weggezakt in de kassen. Een klein uur later verliet ze rochelend haar korte, eenzame leven.

De cholera-epidemie die Batavia in augustus en september van het jaar 1629 trof, was door Sinie angstvallig dichtbij gekomen. In mijn herinnering gingen er veel meer mensen dood aan de ziekte dan door speren en pijlen en toch was de belegering de oorzaak van de uitbraak. Ons geroemde en beroemde zuivere water was een schaars goed geworden en verse aanvoer van buiten de vesting werd tegengehouden door de troepen van de soesoehoenan Agoeng. Daardoor was het bijna gelukt – Batavia wankelde. Aan mijn lot overgelaten in het grote, stille huis had ik me er al bij neergelegd dat we deze aanval niet zouden doorstaan en dat mijn leven zou eindigen zoals het was begonnen: in oorlog. Ten einde raad liet Coen de rijstvoorraden van de troepen verbranden. Het was een uitstekende zet van onze landvoogd, dat moet gezegd. Al had ik tegen die tijd geen goed woord meer voor hem over.

Tegen half oktober kon de vorst van Mataram niet anders dan zijn troepen terugtrekken.

Een kleine maand voor het einde van de belegering was Kunst onwel teruggekeerd van het strijdtoneel. Hij was weinig waard op de vestingmuur en kwam naar huis om aan te sterken. De volgende ochtend hoorde ik hem kermen in bed en rook ik de geur van de dood nog voor ik de deur van zijn kamer had geopend. De wederom toegesnelde dokter Bontius gaf me dezelfde adviezen en net zo weinig hoop. Vijf dagen later bezocht hij me opnieuw, deze keer om Bartholomeus, die ik nooit anders had genoemd dan Kunst, officieel dood te verklaren. Mijn tweede man in twee jaar tijd.

Nog voor mijn drieëntwintigste verjaardag keek ik terug op een jaar dat mij verdwaasd had achtergelaten. De dood van

Sinie had mij meer aangegrepen dan het overlijden van mijn man; ik had het verlaten kind een reden van bestaan willen geven, een toekomst. Het huwelijk met Kunst beschouwde ik als mijn eigen schuld. Niemand had mij tot die stap gedwongen, met uitzondering van mijn eigen eenzame, verloren zelf.

De begrafenis was een haastige aangelegenheid, de weinige aanwezigen hadden meer oog voor de stadswal dan voor de kist of de weduwe. Hoewel mannen die het konden weten zeiden dat de pijlen van de Javaanse krijgers zelden over de muur kwamen, klonk 'zelden' in mijn oren angstig regelmatig.

Zodra de plichtplegingen achter de rug waren, heb ik me uitgebreid laten informeren over mijn nieuwe status. Ik was minder hulpeloos nu ik voor de tweede keer een man had verloren, minder verdrietig, en ik had minder medelijden met mezelf. Ik stuurde een van de bedienden naar het Kasteel met een brief voor Antonio van Diemen. Hij stuurde een vertrouweling met een korte aanbevelingsbrief om mij te laten weten dat hij tot zijn grote spijt zelf niet kon komen omdat hij te zeer in beslag was genomen door regeringszaken. Nog voor het eind van het jaar nam ik opnieuw Willem Middachten in dienst. Deze keer als administrateur, in de ruimste zin van het woord, en ik nam me voor nooit meer te trouwen. Veel liever ging ik door het leven zonder man.

* * *

De dood was overal. Sommigen konden schuilen voor pijlen, niemand kon schuilen voor ziekten. Op 21 september, vier dagen na de dood van Kunst, de krijgers nog op volle sterkte aan de andere kant van de muur, overleed Jan Pieterszoon Coen. Antonio van Diemen zat aan zijn sterfbed. Hij was dan wel in ongenade gevallen bij zijn baas, het bleef zijn taak als lid van de Raad van Indië om meneer Generaal bij te staan en een ooggetuigenverslag te schrijven voor de Heren Zeventien.

Coens dood kwam als een sluipmoordenaar. 's Middags was hij nog de koning te rijk. 'Hij was vol energie aan het werk geweest en had zich het eten goed laten smaken,' schreef Antonio in zijn brief naar Amsterdam, 'en rond een uur of zeven was hij even gaan liggen.' Dat 'even liggen' van Coen gaf kennelijk niet meteen reden tot ongerustheid, zelfs niet in een belegerde stad. Zijn afwezigheid bij het avondgebed bracht lichte paniek. Antonio haastte zich van de Raadskamer samen met mederaadslid Johan Raemburch door de lange gangen van het Kasteel naar de woning van de gouverneur-generaal, bang dat er iets was gebeurd met Coens dochtertje dat een paar dagen daarvoor was geboren, of met de jonge moeder. De huishoudster vertelde dat moeder en kind het goed maakten maar vroeg de mannen mee te komen naar de kamer van meneer Generaal.

''t Is slecht,' zei ze.

Antonio en Raemburch vonden hem in bed, inderdaad doodziek, en lieten dokter Bontius komen, plus de dominee.

'Hij zal de ochtend niet halen,' fluisterde de dokter.

Coen kon hem niet verstaan, maar wist precies hoe laat het was. Met een uiterste krachtinspanning, hij was nauwelijks nog tot spreken in staat, liet hij weten dat hij de zorg voor zijn vrouw en dochtertje toevertrouwde aan zijn zwager, Pieter Vlack. Daarna vroeg hij de dominee in een missive aan de Raad van Indië op te tekenen dat hij, gebruikmakend van zijn recht, een opvolger aanwees: dezelfde Pieter Vlack.

Antonio en ik hebben later vaak gesproken over de dood van Coen. Het leek erop dat ook hij ten prooi was gevallen aan cholera – het snelle ziekteverloop en de griezelige staat van apathie waarin hij gedurende zijn laatste uren verkeerde, en de wetenschap dat de epidemie nog niet was uitgeraasd, wezen in die richting. Toch had Antonio een andere verklaring voor zijn plotse dood die net zo goed houtsnijdt. Hij wees me op de combinatie van gebeurtenissen tussen 18 en 21 september van dat jaar. Die 18de september wordt ineens beladen als je weet dat Coen op die dag het bericht kreeg dat Jacques Specx als admiraal van de vloot uit Holland was aangekomen voor de kust van Bantam.

Voor Coen moet dat een enorme schok zijn geweest. Antonio zei, en daarin was hij niet alleen, dat hij zich letterlijk is doodgeschrokken. Het ligt voor de hand dat Specx, nadat zijn schip voor anker was gegaan op de rede van Bantam, onverwijld te horen kreeg wat zijn jonge dochter nog maar twee maanden daarvoor was overkomen. Coen wist donders goed dat Specx als oud-directeur van de Schepenbank goed op de hoogte was van rechtspraak. Hij zou meteen doorzien dat de berechting van Sara en Pieter erdoor was gejast. En bovenal: Specx had het meisje aan hem toevertrouwd – Coen had haar moeten beschermen, niet halfdood laten slaan. Daarom is het geen gekke gedachte dat het hart van de landvoogd een oplawaai kreeg toen het bericht hem bereikte dat de vader van Sara zich op twee dagreizen van Batavia bevond. Het is heel goed mogelijk dat de angst voor een confrontatie met Specx hem uiteindelijk de das om deed.

Wie of wat ook de oorzaak is geweest, Coen was dood. Antonio was erbij, keek ernaar, en deed er het zwijgen toe. Hij lag nog steeds op ramkoers met zijn baas – ook al rustte die in zijn graf – en met alle anderen die aan Coens kant hadden gestaan in de zaak van Sara en Pieter. Dat was precies de reden, gesterkt door de herinnering aan het rollende, bloed spuitende hoofd van zijn jonge vaandrig, waarom Antonio zich met hand en tand verzette tegen de benoeming van Vlack als de nieuwe landvoogd.

Hij pakte het slim aan, want hoewel er vier anderen aan het sterfbed van Coen zaten, onder wie Vlack zelf, die alle vier hadden gehoord dat de gouverneur-generaal Vlack aanwees als zijn opvolger, heeft Antonio er een draai aan kunnen geven die uitpakte in zijn voordeel.

In zijn verslag van Coens dood aan de Raad en de Heren Zeventien beschrijft hij getrouw hoe de stervende gebruik had gemaakt van zijn recht een opvolger aan te wijzen en de aanwezige dominee opdracht had gegeven dit in een officiële brief te vervatten die na zijn overlijden ter hand moest worden gesteld aan alle raden van Indië.

Ik weet dat omdat ik de brief heb gelezen. Uit voorzorg worden alle officiële brieven aan de Heren Zeventien door de pennisten van de Raad tweemaal gekopieerd. Een daarvan is mij een jaar na zijn dood onder ogen gekomen. In zijn brief laat Antonio omstandig blijken dat Coen niet meer bij zinnen was op dat moment, maar dat men uit piëteit besloot er niet tegenin te gaan. Hij schrijft dat Coen 'lust noch kracht' had om zich met wereldse zaken bezig te houden en dat de zieke landvoogd, als de dominee er niet op had aangedrongen, zelfs zijn vrouw Eva niet had laten komen. Omdat die apathische shocktoestand een bekend symptoom is in het laatste stadium van cholera waren de raden bereid om de keuze van Coen kritisch te bezien. Zij konden immers niet zeker weten of de stervende zich nog bewust was van wat hij zei. Het voorstel voor zijn opvolger ging in stemming en het bijzondere was dat de keuze van Coen, normaal gesproken goed voor twee stemmen, nu als een enkele stem meetelde. En zo kwam het dat niet Vlack, maar Jacques Specx de nieuwe gouverneur-generaal werd.

Antonio heeft het goed aangepakt voor zichzelf, en daarmee heeft hij ook voorkomen dat Batavia opgezadeld zou worden met die vreselijke Vlack. Dat alles neemt niet weg dat hij iets heeft verzwegen. Ik wist precies wat er was gebeurd. Zodra het bericht van de dood van Coen mij bereikte, wist ik hoe hij aan zijn eind was gekomen. Ik heb het Antonio zelfs op de man af gevraagd toen de ophef rond Coens plotse dood en zijn opvolging tot bedaren was gekomen en we samen in de koelte van de avond een glas goede wijn uit de voorraad van Kunst dronken voor het open raam in de mooie kamer.

'Het was gif, hè?' zei ik. 'Hij is vergiftigd.'

Antonio lachte, half. Schudde halfslachtig zijn hoofd.

'Ben je naar een gifmengster in het hoerenstraatje gegaan?'

Geen reactie.

'Heb je het zelf gedaan?'

Opnieuw die halve lach door zijn neus, ogen dicht.

Wat moest ik denken van deze man? Hij zat tegenover mij in de grote kamer van het huis aan de Tijgersgracht: geen knappe man, aan de dikke kant, aardige ogen, zesendertig jaar en met Coen uit de weg verzekerd van een mooie toekomst. Het was de eerste keer dat ik me afvroeg wat er achter zijn attenties schuilging. Voelde hij nog steeds een verplichting ten opzichte van zijn overleden vriend, of was er iets gegroeid na die onbedoelde aanraking in de koets? Ik was op hem gesteld geraakt, en besloot te profiteren van zijn aandacht zolang er geen praatjes van kwamen. Ik merkte al wel dat hij veel van me kon hebben. Hij vond het niet vervelend als ik direct was. Daarom vroeg ik nogmaals hoe Coen aan zijn einde was gekomen.

Halve lach, ogen gesloten.

Later, toen hij zeker wist dat woorden gesproken tegen mij niet verder zouden reiken dan de muren van zijn huis, gaf hij datzelfde antwoord.

Ook als ik niet op zo'n goede voet met Antonio had gestaan, zou ik het eens zijn geweest met zijn keuze voor de nieuwe landvoogd. Ik wist genoeg van de man om op eigen kracht tot de conclusie te komen dat Specx veruit te verkiezen was boven Vlack, die Coen veel te hoog had zitten.

Met de dood van de man die verantwoordelijk was voor mijn afgebroken leven kwam er voor het eerst sinds ik als baarmoeder naar Batavia was verscheept rust over me. Er was niemand meer om boos op te zijn, vader en moeder had ik allang vergeven, ik had geld en ik was onafhankelijk: het leven dat me was opgedrongen begon ik schoorvoetend te waarderen. Wat me na de installatie van Jacques Specx vooral blij maakte, was het nieuws dat Saartje haar verwondingen min of meer te boven was gekomen en dat het meisje was verenigd met haar vader in het Gouverneurshuis. Ik besloot vader en dochter een bezoek te brengen om met eigen ogen te zien hoe het arme kind het maakte.

Omdat ik Specx nog nooit had ontmoet, liet ik me een paar dagen tevoren per brief aankondigen. Al de volgende dag kwam de boodschapper van het Kasteel met een antwoord. Het speet meneer Generaal heel erg, stond er in de brief, maar hij kon me op de bewuste dag niet persoonlijk ontvangen wegens dringende zaken betreffende de regering. Hij schreef dat hij uitkeek naar een ontmoeting in de nabije toekomst en maakte graag van de gelegenheid gebruik om mij te informeren dat Jacomijne Merchijs, de moeder van Johan Libener, hem had gemachtigd een overeenkomst te sluiten over de erfenis.

Die vervelende kwestie bleef me achtervolgen.

Ruim voordat die nabije toekomst was aangebroken had Antonio mij voorgesteld aan de nieuwe vrouw van Specx, Odilia Buys, en haar meegereisde jongere zuster: Petronella, rank en rossig haar. Het was tijdens een soiree in het huis van Antonio. Petronella en ik raakten aan de praat. Onwennig in het begin, en dat kwam door mij. Ik was te verkrampt, wilde het te goed doen en was tegelijkertijd bang het verkeerde te doen. Hoewel Petronella door haar zusters huwelijk met Specx tot de juiste stand behoorde, wist ik niet zeker of ik wel tot haar stand behoorde nu ik weduwe was.

Zij zag mijn aarzeling en stak een arm door de mijne. 'Wil je mij alles vertellen over het leven hier?' vroeg ze. 'Odilia en ik weten ons geen raad in deze warmte.'

Zo simpel was het.

In de laatste maanden van dat godvergeten jaar 1629 steeg Antonio van Diemen in de rangen nadat Jacques Specx hem benoemde als opperkoopman. En hij werd ingehaald door zijn verleden: zijn schuldeisers hadden hem dankzij zijn spectaculaire Indische carrière kunnen blijven volgen en roken zijn rijkdom helemaal tot in Amsterdam. Het was bijna onvermijdelijk dat hij moest uitvaren naar het vaderland om zijn zaken eens en voor altijd te regelen.

Toni

Wie in Amsterdam failliet ging, riskeerde de doodstraf: strop om en hangen aan de Nieuwe Brug. De wet, geesteskind van Karel v, was bijna honderd jaar later nog steeds van kracht en werd vaak genoeg toegepast om de jonge koopman Antonio van Diemen in 1616 de gillende angst in zijn lijf te bezorgen toen hij aan de grond kwam te zitten. Zijn schuld was groot, vertelde hij me eerlijk: twaalfduizend gulden, en dat had hij niet.

Antonio was in 1593 als Anthonie geboren in Culemborg, een onafhankelijk graafschap tussen de Linge en de Lek. Hij groeide op in een gegoede familie van gedegen administrateurs. Vader Van Diemen was burgemeester van het iets meer dan tweeduizend inwoners tellende stadje, zijn oudste zoon bezocht de Latijnse school en ontpopte zich als een slimme rekenaar. Al voor zijn zestiende verjaardag ontdekte de zoon dat hij het talent van zijn vader, ooit als wijnhandelaar begonnen, ook bezat. Alleen: wijn vond hij hopeloos ouderwets. Specerijen, dáár lag de toekomst. Hij pakte zijn bullen en vertrok in 1609 – het jaar van de grote wapenstilstand – naar de plek waar de bedwelmende, kostbare handelswaar uit de Oost binnenkwam, naar de immigrantenstad aan het IJ.

In de Warmoesstraat huurde hij een kamer bij een ervaren koopman en leerde het vak van hem en van al die anderen die specerijen inkochten en verkochten – bij mooi weer op de Nieuwe Brug (vlak bij het Rokin, waar in opdracht van het stadsbestuur de Koopmansbeurs werd gebouwd), als het regende onder de luifels van de Warmoesstraat en zo lang het winter was in de Oude Kerk, om de hoek.

Als Anthonie (toen nog) bij zijn leest was gebleven, had hij het met zijn talent kunnen schoppen tot een succesvol koopman. Gelukkig ontdekte hij dankzij zijn compagnon Jan Engels de assurantie, en de spannende wereld van de termijnhandel. Hij speculeerde, sloot weddenschappen af, vormde met andere handelaars en speculanten consortia voor het verzekeren van schepen en hun lading, en gokte zelfs op een daling van het aandeel VOC. Dat pakte nadelig voor hem uit, maar hij kon tegen een stootje. Toen nog wel.

De polis die hoorde bij een slaventransport tussen Angola en West-Indië, ondertekende hij voor het eerst met *Antonio* van Diemen. Er waren veel Portugezen in Amsterdam. Daar deed hij later in de Oost zijn voordeel mee. Hij hield van de melodie van hun taal met de zacht gesproken medeklinkers, en van hun manier van zakendoen: kundig en met zwier. Het waren de Portugese handelaren die hem Antonio herdoopten en dat heeft hij zo gelaten.

Door zijn vele Portugese contacten kon hij zich al snel verstaanbaar maken tegenover de agenten uit Lissabon die assuradeuren zochten voor schepen en ladingen. Dat heeft er waarschijnlijk toe bijgedragen dat hij veel opdrachten kreeg. Te veel, want toen de Engel Gabriël onderweg van Lissabon naar Duinkerken werd gekaapt door zeerovers, kon Antonio de verzekering niet uitbetalen.

Hij heeft het me allemaal verteld. Hij zei: 'Mijn hoofd voor cijfers heeft mij in hoog tempo gebracht waar ik was, mijn overmoed deed me struikelen.' Uitgerekend voor dat schip had hij slechts met één andere assuradeur ingetekend. Hij had beter moeten weten, want de verzekerde som was extra hoog omdat de Engel Gabriël een partij diamanten vervoerde. Had de boodschapper van God hem willen waarschuwen? Speelde de reder onder één hoedje met de piraten? Niemand die het wist, en Antonio was te zeer in beslag genomen om op zoek te gaan naar het antwoord op die vragen. Er stond namelijk nog een schuld uit voor de schade aan een ander Portugees schip, en tegelijkertijd liep er een pijnlijke kwestie van een ongedekte wissel: zijn imperiumpje wankelde. De lijst van tegenspoed was zo lang dat er binnen de kortste keren dertien verzekeringen nietig moesten worden verklaard. Hij ging bankroet.

Nog voor zijn faillissement openbaar werd, nam hij de benen – terug naar de veiligheid van zijn ouderlijk huis. Hij wist precies wat hij deed. In Culemborg gelden andere wetten omdat het een vrijstad is. Daar was hij onbereikbaar voor zijn schuldeisers, en buiten bereik van de strop. Hij vluchtte niet om onder zijn verantwoordelijkheid uit te komen, zo was hij niet opgevoed en zo ken ik hem ook niet. 'Handel is niet alleen maar nemen,' zei hij vaak. Dat heeft die harde les hem geleerd. Vanuit zijn schuilplaats probeerde hij zijn eer en goede naam te redden. Dat mislukte, hij kreeg het geld niet bij elkaar. Antonio heeft nog geprobeerd koopman te worden voor de Compagnie en met zijn verdiensten de schulden af te betalen. In die rang zou hij zijn halve leven moeten werken om twaalfduizend gulden bij elkaar te sparen, zonder zelf een cent over te houden om van te leven. De Heren Zeventien stelden hem teleur: ze wilden niets weten van zijn plan – misschien wel omdat het vrijwel onhaalbaar was. In zak en as kon hij alleen bedenken dat hij weer moest vluchten, veel verder weg deze keer.

* * *

In de tweede week van het nieuwe jaar 1630 vertelde hij mij, nadat ik hem daar nadrukkelijk naar had gevraagd, hoe het zat met Elsa. Hij bloosde, schudde zijn hoofd, lachte schaapachtig: Antonio van Diemen, een van de raden van Indië, lid van de Raad van Justitie, organisator van de praalbegrafenis van Jan Pieterszoon Coen, manipulator in de keuze voor diens opvolger, was ineens verlegen. Natuurlijk wist hij dat ik wist van zijn jeugdliefde, dat was een publiek geheim. Vaker wel dan niet kwam het geroddel hem zelfs goed uit: als mensen daarover kletsten, kletsten ze niet over andere dingen. Soms gaf hij met een enkel woord bewust voeding aan de praatjes, maar hij gaf nooit, helemaal nooit opening van zaken. Tegenover mij deed hij geen moeite de schijn op te houden. Het had geen zin, ik keek dwars door hem heen en dat wist hij.

'Ze heeft een ander gekozen,' was al wat hij zei.

Voor mij was dat genoeg.

Niettemin vertelde hij meer, opgelucht misschien dat het slot van zijn mond was.

We dronken arak in de salon van zijn huis in het Kasteel, waar Antonio mij had uitgenodigd voor een diner. Ik was niet geïntimideerd door de imposante omgeving, ook niet nu ik zijn enige gast was. Langzaam groeide het besef dat ik me kon plooien naar elke situatie. Dat was een van de dingen die hij waardeerde en bewonderde in mij. Hier, op de plek van de Hoge Regering van Batavia, zag hij dat ik genoot. Van de luxe en weelde, maar vooral van de ontdekking mij intens thuis te voelen.

'Boudewijn heeft me geholpen,' zei hij. 'Daarom ging ik terug naar Amsterdam.'

Zodra hij tot de conclusie kwam dat zijn enige uitweg ver weg was, had Antonio een plan gemaakt om in Vlissingen aan te monsteren op een VOC-schip. In Amsterdam was hij zo bekend (en inmiddels in bepaalde kringen waarschijnlijk ook net zo gehaat) dat hij binnen de kortste keren zou bungelen aan de Nieuwe Brug. Zijn vriend Boudewijn Cortenhoeff, contraremonstrant net als Antonio, was een telg uit een regentenfamilie en kende mensen met gezag. Hij stuurde een brief met instructies naar Culemborg.

Zo gebeurde het dat Antonio van Diemen op een gure decemberochtend in 1617 aan de voet van de Montelbaanstoren als Thonis Meeusen, soldaat in de rang van vaandrig, verscholen achter een zwarte baard, aan boord ging van de lichter die hem naar Texel zou brengen, naar de Mauritius.

Hij ging onder valse naam, maar niet helemaal in het geniep. De dag voor vertrek had hij zich bekendgemaakt bij Hendrik Brouwer, bewindhebber van de Amsterdamse Kamer. Hij wilde dat iemand bij de Compagnie wist wie hij was en waarom hij deze heimelijke weg had gekozen. Uit eergevoel, en om zijn innerlijke besef van goed en kwaad niet te verloochenen. Hij vertelde Brouwer naar waarheid dat hij failliet was gegaan, maar dat hem geen enkele blaam trof, dat zijn compagnon Jan Engels hem in die positie had gebracht. Dat was een leugen. Zo zwaar woog dat besef van goed en kwaad nou ook weer niet.

Antonio had die nacht geen oog dichtgedaan. Gesterkt door veel jenever had hij afscheid genomen van Boudewijn, intens dankbaar voor zijn hulp, en van Elsa, die hem beloofde over te komen zodra de kust veilig was en hij van zijn soldij van acht gulden in de maand voldoende had gespaard om haar reis te betalen. Hij keek om, voor de laatste keer, naar zijn meisje en naar zijn vriend. Op zijn hart, veilig onder zijn dikke mantel, voelde hij de aanbevelingsbrief die Boudewijn Cortenhoeff voor Jan Pieterszoon Coen had meegegeven. Antonio had geen flauw vermoeden hoe zijn leven er in Oost-Indië zou uitzien, hij wist wel dat hij kans op een leven had, dankzij zijn vriend. Alleen al daarom was hij meer dan tien jaar later bereid de toorn van Coen en consorten over zich af te roepen terwijl hij probeerde het leven van Boudewijns neefje, Pieter Cortenhoeff, te redden.

Hij had het geluk aan zijn kont hangen toen hij eind augustus 1618 aan wal ging in wat nog Jacatra heette, de loge waar sinds een paar maanden de administratie van de VOC zetelde. Dat geluk heette Jan Pieterszoon Coen, die de gewoonte had kennis te maken met alle opvarenden van schepen uit het vaderland. Bij dat treffen herkende hij onmiddellijk het talent van de jonge Antonio. De brief die de jonge Antonio op zak had zal ook geholpen hebben, net als het gebrek aan goed personeel. Coen, toen directeur-generaal, op weg naar de top, greep zijn kans en benoemde hem, nauwelijks bekomen van de overtocht, met onmiddellijke ingang als assistent op de secretarie.

'Hoe was het hier, toen?' vroeg ik.

'Gevaarlijk,' zei Antonio. 'Waar we nu zitten was moeras. We woonden en werkten in twee huizen bij de monding van de Tjiliwoeng. Daar was het oerwoud iets minder dicht. De Engelsen waren er natuurlijk nog, die hadden hun loge op de linkeroever van de rivier. Een klein stukje stroomopwaarts woonde de vorst van Jacatra. Voor de rest was het groen en heet en nat. Coen zag al hoe het hier moest worden, wij zagen nog niks. Ja, kaaimannen en tijgers en apen, die hadden we. Meer dan mensen.'

Antonio vertelde ook hoezeer hij was meegesleept door Coen en zijn plannen.

'Hij deed grote dingen en ik was erbij.'

Hij was er ook bij toen in december van dat jaar Coen Laurens Reael opvolgde en in de boeken van de Compagnie kwam als de vierde landvoogd van Oost-Indië. En de stichter van Batavia.

Ik zag de glinstering in Antonio's ogen terwijl hij vertelde over de man die zijn held was geweest en ik begreep voor het eerst hoeveel moed hij had moeten opbrengen om zich tegen de gouverneur-generaal te keren. Vooral toen hij me toevertrouwde dat Coen destijds botweg had geweigerd hem terug te sturen, tegen het bevel in van de Heren Zeventien die Antonio's vlucht hadden ontdekt. Dat veranderde alles voor mij. Ik bekeek hem met andere ogen en zag een andere man.

'Laten we dat doen,' zei ik en ik gaf hem mijn rechterhand, zodat hij die kon kussen.

Het was mijn antwoord op de vraag die hij de avond daarvoor had gesteld.

Antonio had zich eerder die dag laten aankondigen. Opmerkelijk, vond ik, voor iemand die ik beschouwde als vriend en die zich ook zo gedroeg – hij bezocht mij wel vaker zonder uitnodiging of bericht vooraf. Die avond ging het anders, die avond maakte hij formeel zijn opwachting en vroeg hij me plechtig om samen met hem een glas wijn te drinken.

Ik vermoedde dat hij afscheid kwam nemen, misschien wel voorgoed. Er ging namelijk al een tijdje het gerucht dat hij met de retourvloot naar het vaderland zou gaan om zijn zaken in Amsterdam op orde te brengen. Ik had het hem kort daarvoor zelfs op de man af gevraagd, maar hij ontkende dat zijn vertrek aanstaande was. En nu verraste hij me weer.

'Ik ga nergens heen,' zei hij.

Deze keer gaf hij tekst en uitleg: hij had al zijn schulden kunnen vereffenen met het salaris dat de Compagnie hem nog schuldig was. Antonio was zijn crediteuren nooit vergeten. Al die jaren had hij veel minder uit de kas genomen dan hem toekwam zodat hij zijn oorspronkelijke plan alsnog had kunnen uitvoeren. De consciëntieuze administrateur in hem had alles vastgelegd en overhandigd aan Pieter de Carpentier, voorganger van Coen en sindsdien bewindhebber voor de Kamer van Amsterdam. Die had ervoor gezorgd dat zijn schuldeisers waren betaald.

'Ik ben vrij,' zei Antonio, 'in alle opzichten.'

Hij hief zijn glas, boog zijn hoofd naar mij, nam een slok, wachtte geduldig tot ik hetzelfde had gedaan en vroeg: 'Zullen we trouwen?'

* * *

Aanzien lijkt op een eik van tweehonderd jaar oud, daar kijk je tegen op. Of, dichter bij huis, de majesteitelijke waringin voor de Grote School, die je volgens Petronella Buys met eerbied moest behandelen omdat hij bovennatuurlijke krachten bezit. Aanzien is soms ook een wensdroom, bijvoorbeeld van een meisje uit Steenbergen met een Zeeuwse moeder en een Brabantse vader. Keurig militair milieu, daar niet van, maar niet geboren om naar op te kijken.

Uiteindelijk was dat, het uitzicht op aanzien, waarvoor ik zwichtte. Ik nam een etmaal om Antonio's aanzoek te overwegen, hoewel ik mezelf al in het Kasteel zag zitten zodra hij mij vroeg. Het was, voor kasteelbegrippen, een bescheiden woning, kleiner dan het huis van Kunst aan de Tijgersgracht. Het was de plek die trok: dáár wilde ik zijn. Ik geef toe dat in mijn achterhoofd het heilig voornemen galmde, welbeschouwd pas drie maanden oud: nooit meer trouwen, zelfstandig blijven. Het verlangen naar meer, mooier, beter klonk luider. Geld speelde geen enkele rol. Ik was op dat moment rijker dan mijn aanstaande, die met het inlossen van zijn schulden een flink gat in zijn zorgvuldig gespaarde vermogen had geslagen.

'Ik wil wel alles weten,' zei ik.

'Ik wil dat je me steunt in mijn geloof,' zei hij.

Als ik het zo opschrijf, lijkt het een ruil, en misschien was het dat ook.

Ik zei ja omdat de poort naar de hoogste kringen lonkte: daardoor wenste ik te gaan. Voor hem was die poort net zo begeerlijk, en dat nam mijn laatste restje twijfel weg.

Het huwelijk zou al op de laatste dag van januari worden voltrokken. Ik ging in vier maanden tijd van rouwend zwart naar jubelend rood. Antonio had prachtig brokaat uit China weten te bemachtigen, in verschillende kleuren, zodat ik kon kiezen. Elisabeth, nog altijd zijn huishoudster, had meteen de beste naaisters aan het werk gezet. Petronella kwam me gezelschap houden in het grote lege Kunsthuis. Ze hielp met de voorbereidingen, met het uitzoeken van de juiste sieraden en schoenen, en vertrouwde mij toe dat ze haar oog had laten vallen op Philips Lucasz, Antonio's oude scheepsmaatje, die na drie jaar als gouverneur van Ambon hard op weg was een mooie carrière te maken.

'Goede keuze!' riep ik.

Even, heel even, was er een steek van jaloezie door mij heen gegaan omdat de lange Philips, een echte Zeeuw, zoveel knapper was dan mijn aanstaande. Dat liet ik uiteraard niet blijken.

Een week voor de grote dag werd het huis dat Kunst mij had nagelaten met vrijwel de complete inboedel verkocht aan de directeur van de Deense Oost-Indische Compagnie voor vijfentwintigduizend gulden. Het was de laatste daad van Willem Middachten, die zijn congé kreeg nadat ik op gepaste wijze afscheid van hem had genomen.

'Ik wil nog één keer vogelen,' zei ik, nadat Willem mij al mijn papieren had overhandigd.

Hij tilde me op – hij was de enige man in mijn leven die dat heeft gedaan – en droeg me naar bed.

Om schoon schip te maken met de moeder van Johan Libener, schreef ik een brief naar Pieter de Carpentier in Amsterdam met het verzoek de erfeniskwestie naar haar tevredenheid op te lossen. En ik stuurde een wissel ter waarde van driehonderd gulden naar vader, zodat mijn familie thuis kon delen in mijn welstand.

Dat geld bereikte hem nooit. Vader overleed terwijl het schip met de geldwissel vier maanden onderweg was naar het vaderland. Pas met de volgende vloot, een jaar later, ontving ik van moeder het bericht van zijn dood.

Goddank wist ik toen nog van niets.

* * *

Antonio was verliefd toen we trouwden, ik een beetje. We waren op een zachte, vanzelfsprekende manier naar elkaar toe gegroeid en verstrengeld geraakt. Antonio had toegegeven dat hij in zijn vrijgezelle jaren weliswaar diverse bijslapen had, maar hij wilde Elsa. En nadat Boudewijn hem schreef dat zij met een ander was getrouwd, wilde hij mij. Hij wilde mij al sinds de dag van mijn eerste huwelijk, de dag dat hij me een sieraad voor Batavia had genoemd. Zijn vriendschap met Johan Libener en zijn belofte aan Elsa Wintgens beletten hem zijn intenties kenbaar te maken. Nu die beletsels waren verdwenen, wilde hij met mij gezien worden. Hij wist zeker dat ik aan de wieg zou staan van de eerste generatie Bataviase kinderen met de juiste achtergrond en beschaving. En hij was ervan overtuigd dat ik zijn succesvolle loopbaan nog verder kon opstuwen. Ik wilde mee, naar waar hij op weg was.

Er was ook sprake van genegenheid. In het dagboek van 1630 noemde ik dat 'diepgevoelde vriendschap', lees ik, en dat vind ik ook nu nog een uitstekende omschrijving van wat wij hadden. Ik schreef niet op dat mijn derde man mijn lelijkste man was. Hoewel, de kwalificatie *lelijk* staat de levendige vriendelijkheid van zijn gezicht in de weg. Antonio had Spaanse trekken: ronde, donkerbruine ogen, een lange, rechte neus en opvallend vurige wangen waardoor hij een bijna kinderlijke vrolijkheid over zich had, terwijl hij toch al zevenendertig was. Het was eerder zijn postuur dat geen schoonheidsprijs verdiende en zo ongeveer het tegenovergestelde was van de minnaar die ik als de maagd Maria op de Mauritius bij elkaar had gefantaseerd, en van mijn Bataviase minnaar Willem Middachten. Klein van stuk en aan de dikke kant deed hij mijn hart niet vanzelf sneller kloppen. Toch waren er vele gasten op het huwelijksfeest, onder wie Jacques Specx zelf, die ons complimenteerden met onze liefde. Antonio en ik waren zielsverwanten. Dat zagen onze gasten, en dat maakte ons een bijzonder paar.

Meteen al de volgende dag moest ik mee in het strakke ritme van een hoge Compagniesdienaar: vijf uur op, werken tot halftwaalf, middagmaaltijd, slapen tot vier uur, werken, zakelijke bezoeken afleggen, tussen zes en negen ontvangsten aan huis, al dan niet met diner, elf uur naar bed.

* * *

Zusje was in verwachting. De bolling van haar buik was niet langer te verhullen met vaardig geplooide Balinese doeken. Mijn slavin boog haar hoofd, was het liefste verdwenen in een spleet in de grond toen ik het gebaar maakte van een moeder die haar kind wiegt.

Ik wist waarom.

'Het kind is natuurlijk van Kunst,' zei ik die avond tegen Antonio.

Mijn nieuwe man trok zijn wenkbrauwen op, wat niet betekende dat hij verrast was. Hoewel hij er nooit naar had gevraagd, deden er genoeg geruchten de ronde om te weten dat de oud-president van de Weeskamer geen voorbeeldige echtgenoot was geweest.

'Ik zal haar doorverkopen als je wilt,' zei Antonio.

Dat wilde ik niet.

'Het zit zo.' Ik haalde diep adem en vertelde hoe ik mijn ongeboren kind was verloren, en dat Kunst me nadien met geen vinger meer had aangeraakt. Ik vertelde hem ook over mijn weggestopte vermoeden dat de zussen daarvoor de prijs moesten betalen, maar dat ik er niets tegen had gedaan.

'Ik wil dat ze blijft, Toni, en haar kind ook.'

Antonio knikte.

Die nacht hield hij me alleen maar dicht tegen zich aan en streelde mijn haar. Dat had nog nooit iemand voor me gedaan.

* * *

Iedereen die in dienst was van de Compagnie en er ook nog een eigen handeltje op na hield, stond een fikse boete, ontslag en een enkele reis vaderland te wachten. Iedereen in dienst van de Compagnie deed het – van de hoogste tot de laagste rang. Nou, bijna iedereen. Het kostte de VOC bakken geld, want bijna niemand werd gepakt. Om een eind te maken aan die verboden praktijken hadden de Heren Zeventien de fiscaal Anthonie van den Heuvel twee jaar eerder met de Prins Willem naar Batavia uitgezonden. Hij moest de overtreders opsporen en voor het gerecht slepen. Zijn Amsterdamse opdrachtgevers hadden hem een vette worst voorgehouden: boven op zijn gage van honderd gulden in de maand mocht hij een derde van de opgelegde boetes in eigen zak steken. Antonio noemde hem een pokkenhond.

Die kwalificatie had Van den Heuvel over zichzelf afgeroepen toen hij Antonio op 6 april 1630 beschuldigde van handel voor eigen rekening: een lid van de Hoge Regering, een van de raden van Indië, vertrouweling van Jacques Specx, zou arak smokkelen naar Banda en kleedjes naar Bantam. Binnen een uur was iedereen die ertoe deed in Batavia op de hoogte.

Antonio was niet het soort man dat met deuren sloeg, anders had hij het met graagte gedaan. Net zoals hij Van den Heuvel het liefst in een kali vol kaaimannen had geduwd.

Ik vond hem in zijn werkkamer, bleek en stil, onzichtbaar voor andere Kasteelbewoners.

'Hij is onbetrouwbaar,' zei hij, 'én slim.'

'Gevaarlijke combinatie,' zei ik.

Er was al een poosje iets aan het smeulen geweest. Vrijwel daags na ons huwelijk merkte Antonio dat de sfeer in de Raad van Indië anders was, afstandelijker. Hij maakte er grapjes over, zei dat hij inderdaad te benijden was met zo'n mooie vrouw aan zijn zijde. Antonio had gelijk, sommige mederaden hadden meer dan eens gezegd dat ze wel met hem wilden ruilen. Petronella wist die dingen, en ik dus ook. Toch was ik niet de oorzaak van de veranderende stemming. Al eerder, bij zijn benoeming tot opperkoopman, was er sprake geweest van een geladenheid en waren hem behalve gemeende felicitaties ook zuinige monden ten deel gevallen. Ach, het hoorde erbij, vond Antonio, de competitie in de top van de Bataviase regering was pittig. Dus dat kon het ook niet zijn. Pas toen hij ontdekte dat Van den Heuvel – de 'schurftige hond' die ook al tegenover hem had gestaan in de zaak van Sara Specx en Pieter Cortenhoeff – niet alleen opereerde, maar dat zijn beschuldigingen werden gesteund door twee leden van de Raad, Pieter Vlack en Pieter Nuyts, begreep hij dat zijn kop moest rollen.

Pieter Nuyts was gouverneur van Formosa, tot Coen hem terugriep omdat hij dermate bot en incapabel opereerde dat de Compagnie haar positie in Japan dreigde te verliezen. Antonio vond hem een braller. Pieter Vlack zou de nieuwe gouverneur-generaal worden na Coen, tot Antonio daar een stokje voor stak.

'Het is niets minder dan een aanval op mijn persoon,' zei hij. 'Vlack wil het mij betaald zetten dat hij geen gouverneur-generaal is geworden en heeft Van den Heuvel voor zijn karretje gespannen met die valse beschuldigingen. Nuyts doet mee omdat hij gewend is onzin uit te kramen en te stom is voor andere dingen.'

Zodra zijn woede was weggeëbd en hij zijn gedachten had geordend, meldde hij zich bij zijn baas, Jacques Specx, en legde hem de zaak voor. Daarna bracht hij een bezoek aan Vlack en Nuyts. Die hadden alles verwacht, behalve dat Antonio dezelfde dag voor hun neus zou staan.

'De lafbekken ontkennen alles,' vertelde hij bij terugkomst.

Hun verweer was dat ze Van den Heuvel slechts hadden aangehoord in hun hoedanigheid als raden van Indië.

Ja, laf.

Ik had getekend voor pracht en praal en kreeg roddel en achterklap. Die bleek onder Kasteelbewoners feller en vileiner dan in de kringen die ik zojuist was ontstegen. In die dagen vol beroering liet ik me daarom zo veel mogelijk zien. Vergezeld door Elisabeth en mijn beide slavinnen bezocht ik de textielmarkt, de groente- en fruitmarkt, het Weeshuis en mijn vriendin Petronella. Ik zat glimlachend in de koets en straalde, waarmee ik zei: ik ben de echtgenote en ik weet dat hij onschuldig is – anders zou ik niet zo zorgeloos rondrijden.

Antonio bleef gepast op de achtergrond en besteedde zijn tijd aan het schriftelijk weerleggen van de beweringen van 'die helse hond' (hij had de nodige variaties op dat thema in voorraad) en consorten. Hij schreef het op voor zijn baas, maar vooral voor de Heren Zeventien in Amsterdam. Antonio trok alles uit de kast om het bestuur van de Compagnie ervan te overtuigen dat hij deze keer van onbesproken gedrag was.

En weer kon hij zich gelukkig prijzen met een goede vriend op de juiste plek, Jacques Specx zelf. Die greep in, vroeg de mannen in een officiële vergadering om uitleg, oordeelde dat de verdachtmakingen ongegrond waren en beschuldigde het drietal van ophitsing en zaaien van tweespalt in de Hoge Regering van Batavia.

Het gevolg: Anthonie van den Heuvel werd op 8 mei uit zijn ambt gezet en Pieter Nuys werd een dag later gearresteerd wegens wanbeleid jegens Japanse handelaren op Formosa en uitgeleverd aan shogun Tokugawa. De man die te pas en te onpas liet weten dat hij niet naar Indië was gekomen om hooi te eten, moest een paar jaar brommen in een Japanse cel op water en brood.

Bladerend door mijn dagboeken kom ik een aantekening tegen die niet onvermeld mag blijven in dit verslag van mijn leven. Ik schreef:

> Zusje is maandag 9 mei bevallen van een dochter. Ik heb het kind Meisje genoemd.
> De eerste keer dat ik haar hoorde had ik moeite het geluid te herkennen. In de voorbije jaren ben ik het huilen van een pasgeboren kind ontwend geraakt. Met uitzondering van de kinderen van Hendrikje – hoelang is dat wel niet geleden? – is er in mijn nabijheid geen stem geweest die zo teer en ongeoefend was en tegelijkertijd zo dwingend.

Meisje huilde nagenoeg nooit, Zusje was een goede moeder. Alleen als ze in de donkerte van de ochtend van het slavenverblijf naar het Kasteel was komen lopen en het kind even in een kistje legde zodat ze het ontbijt voor Antonio en mij kon klaarmaken, protesteerde Meisje weleens met lange uithalen.

Ik zag hoe Zusje haar dochter tijdens de meeste werkzaamheden in een doek dicht tegen haar borst en haar hart droeg. Ik vroeg me af wat ik zou doen als ik in het kind trekken van Kunst zou ontdekken. Antonio had me diezelfde vraag gesteld. Ik wist het niet, zei ik naar waarheid.

* * *

'Ik wil naar Holland,' zei Antonio.

Ik hield mijn adem in en probeerde niet te laten merken dat mijn hart bijna uit mijn jurk dreunde bij de gedachte mijn familie weer te zien, terug te mogen keren naar het lieve vaderland – nog altijd het enige echte thuis. Tegelijkertijd sloeg er in mijn hoofd een luik dicht. De dood van vader, soms al te gemakkelijk te ontkennen in die verre wereld, zou ik weldra voor waar moeten aannemen. Ik haalde een keer diep adem en hield mijn gezicht in de plooi.

'Tuurlijk, Toni.'

Antonio ontvouwde zijn plannen voorzichtig, in de veronderstelling dat hij mij moest overhalen met hem ellendig lange maanden op een retourschip door te brengen. Ik liet hem werken. En, dat moet gezegd, hij pakte het goed aan. Hij legde uit dat een geslaagd huwelijk – nota bene met een meisje dat voor de Volksplanting was gestuurd – bij de Heren Zeventien in Amsterdam een gunstige indruk zou achterlaten. Waarvoor hij die gunstige indruk nodig had, wist ik maar al te goed.

Hij had zelfs oesters gekocht op de Chinese vismarkt en liet de kokkin die avond gestoofde gans met moesappelen en asperges uit de tuinen van dokter Bontius bereiden. Voor we aan tafel gingen, nam hij de tijd om zo goed mogelijk voor de dag te komen. Hij kamde zijn haar, knipte zijn baardje bij en trok frisse, zorgvuldig gestreken kleren aan – alsof het de dag van ons huwelijk was. En daar leek het ook op, moesten we toegeven toen de zon alweer bijna boven de kim kwam.

Onvast op de benen, alsof ik al op zee was, hing ik na te veel glazen wijn aan Antonio's arm op weg naar mijn kamer.

'Wie wil je zijn?' vroeg hij, terwijl hij me zachtjes op bed duwde.

Ik lachte, zo verrassend vond ik de vraag.

'Zeg me: wie wil je zijn?' vroeg hij weer.

Ik sloot mijn ogen, spreidde mijn armen en benen.

'Koningin van Batavia.'

'Komt voor mekaar,' zei hij en begon te friemelen aan de knopen van mijn jurk.

Alles ging uit, ook mijn onderhemd.

Ik vroeg of hij me ooit helemaal naakt had gezien. Of klonk die vraag alleen in mijn hoofd?

Ik zag hem niet eerder zonder kleren. In ons liefdesleven had ik tot dan toe slechts delen wit vlees gezien, behaarde bovenbenen, een broek halverwege zijn kuiten. Die avond liet hij, tegen zijn gewoonte, de olielamp naast mijn bed ongemoeid terwijl hij zijn kleren uittrok. De vlam flikkerde door zijn bewegingen. Wat ik zag beviel me. De bolle buik nam ik voor lief nu ik te zien kreeg hoe groot en stijf zijn lid was. En trilde bij het vooruitzicht op wat er komen ging. Op het laatst had hij alleen nog zijn gabardine kousen aan. Dat maakte hem potsierlijk en toch ook begeerlijk.

Antonio beminde mij die nacht zoals ik bemind wilde worden. Hij was mijn droomminnaar van de Mauritius en mijn zaakwaarnemer in één: een vrijer die ik voor niemand zou willen ruilen. Ik was met hem getrouwd omdat hij een goede, dierbare vriend was en veel aanzien genoot. Zijn uiterlijk had ik voor lief genomen, en wat een goede beslissing was dat geweest.

Dat dacht ik toen ik op mijn zij lag en naar hem keek in het eerste licht.

'Dit was onze huwelijksnacht,' had hij een uur eerder gezegd. Daarna was hij in slaap gevallen.

Ik volgde met mijn wijsvinger de glimlach op zijn lippen. Het kriebelde, hij werd wakker, trok me tegen zich aan, sliep verder. Tot die dag hadden we de liefde bedreven omdat het kon, omdat we in één huis woonden, omdat er een kind moest komen. Na die nacht waren we samen omdat we samen wilden zijn.

Meteen de volgende ochtend stak ik het plein over naar de Amsterdamse poort. Het was de weg naar stad, naar de Tijgersgracht, waar ik met Kunst had gewoond, en naar het Stadhuis. Mijn bestemming lag dichterbij, vlak naast de poort. Daar stond Si Jagur, een kanon dat was achtergelaten door de Portugezen. Ik las het opschrift: *ex me ipsa renata sum.*

De legende wil dat een man genaamd Jagur na zijn dood was getransformeerd in dat grote koperen geschut, vandaar dat het een heilig kanon werd genoemd. Het enige wat nog restte van Si Jagur zelf was zijn vuist, die uit de fraai bewerkte achterkant van het kanon stak. Het was een forse vuist, een rechtervuist, waarvan de duim tussen wijsvinger en middelvinger stak in een gebaar dat in alle talen hetzelfde betekent. Hieraan dankte Si Jagur zijn tweede bijnaam: het vruchtbaarheidskanon – *uit mijzelf ben ik geboren.*

Ik geloofde er maar half in en toch deed ik het: zodra ik zeker wist dat niemand keek, duwde ik mijn buik tegen de vuist.

* * *

Ik wist niet beter dan dat Antonio naar Holland wilde om zijn zaken goed te regelen en zijn contact met de Heren Zeventien te versterken. Hij was al in de positie dat hij het bestuur rechtstreeks kon aanschrijven, en door de gebeurtenissen na de dood van Coen werden zijn ideeën en adviezen zeer serieus genomen. Hij wilde meer. Antonio's sterkste eigenschap, ambitie, was ook zijn kwetsbare plek. Hij brandde van eerzucht – hij moest en zou de volgende gouverneur-generaal worden. Jacques Specx was zijn vriend, tegelijkertijd vond hij hem bij nader inzien niet geschikt voor die zware post.

Dat bewees Specx zelf door niet in te gaan op Antonio's herhaaldelijke verzoeken van alle blaam gezuiverd te worden. Toni vond de straffen die Van den Heuvel en Nuijts hadden gekregen te mild. Specx leek daar niet naar te luisteren, terwijl hij toch moest weten hoe belangrijk een onbevlekt blazoen was op die plek in Batavia. Omdat zijn baas de zaak liet liggen, ging Antonio om hem heen. In een lange officiële brief weerlegde hij de beschuldigingen en stuurde die aan de Raad van Indië. Nu werd hij gehoord, in een zitting die speciaal voor zijn zaak werd uitgebreid met drie leden van de Raad voor Justitie.

Vlack wentelde alle verantwoordelijkheid op Van den Heuvel. Tot ieders verrassing verklaarde Van den Heuvel vervolgens dat hij Antonio nooit had beschuldigd en prees hem de hemel in, de draaikont.

Antonio was niets opgeschoten, toch gaf hij niet op, ooit zou hij het Van den Heuvel betaald zetten. Want, zo zei hij: 'Een hond keert altijd terug naar zijn eigen braaksel.'

* * *

Vijf maanden later, op 8 maart van het nieuwe jaar 1631, gingen we aan boord van de Deventer – een van de zeven schepen van de retourvloot met een lading in haar ruim ter waarde van anderhalf miljoen gulden. Inkoop.

Antonio was geen vluchteling meer, hij voer onder zijn eigen naam en werd benoemd tot commandeur van de vloot – een positie die de hoogste Compagniesdienaar volgens de traditie toevalt. Ik was geen meisje voor de Volksplanting meer, geen baarmoeder. Ik was een rijke vrouw aan de arm van een bemiddeld man op weg naar de hoogste regionen. Ik was, sinds kort, een vrouw met een handspiegel – al bijna een koningin waardig.

In de dagen voor ons vertrek had ik via Elisabeth opdracht gegeven dat onze Hollandse meid Meisje onder haar hoede moest nemen. Ik wilde bij thuiskomst niet nog een krompratende slavin in mijn huishouden.

* * *

Dat ik nog veel kan vertellen over de reis dank ik aan mijn familieboek, het derde dat ik begon in afwachting van het moederschap. Hoe onbetrouwbaar ik ook was in het optekenen van mijn leven, grote gebeurtenissen heb ik niet verloren laten gaan. Toegegeven, soms ben ik geholpen door het toeval. Neem nou deze overtocht. Vlak voor de koets zou wegrijden naar de haven heb ik het nagenoeg lege boek uit de secretaire gegrist. De passagierslijst die een paar dagen eerder was bezorgd, liet zien dat ik de enige vrouw aan boord zou zijn, met uitzondering van onze huishoudster, en op het laatste moment bedacht ik dat ik met het bijhouden van een journaal mijn zinnen zou kunnen verzetten. Dat komt me nu van pas. Als ik die lang geleden woorden lees, ben ik weer op het schip en hoor ik de stem van Frederik van Balen. Anders dan ik had verwacht schreef ik niet tegen de verveling. Ik schreef om iets vast te leggen – een tweede bewijs, voor het geval het eerste verloren zou gaan. Die conclusie trok ik overigens pas veel later, op dat moment was woede mijn enige drijfveer. Het moest eruit en dus deed ik het, al brandden mijn ogen na een doorwaakte nacht.

Aan Antonio had ik niets, die lag achter me te kermen in zijn kooi. Hij was zeeziek, net als de varkens in hun hokken bij de grote mast en het pluimvee boven onze hoofden op het korhoenderdek. Goddank bleek ikzelf ook deze keer immuun voor het stampen en slingeren, anders was ik niet naar het avondmaal gegaan en had ik vermoedelijk van niets geweten. Ik keek van mijn hoge plek op het kampanjedek over de hele lengte van het schip naar de zes andere schepen van de vloot, broederlijk samen zeilend op de zuidoostpassaat, doopte mijn pen in de inkt en schreef over de ondenkbare gebeurtenis die ons ter ore was gekomen en mijn terugreis naar het vaderland markeerde.

Elisabeth was me de dag daarvoor komen halen voor de avondmaaltijd in de grote kajuit, gelegen achter het verblijf van de schipper. Onze huishoudster, na een paar dagen zeeziekte alweer op de been, was mee als mijn verzorgster. Antonio had zijn vaandrig meegenomen, de opvolger van de onthoofde Pieter Cortenhoeff. Ik wierp een laatste blik in mijn spiegel – volgens Antonio een bespottelijk dure aankoop – schikte het buideltje dat ik aan een koord om mijn hals droeg tussen mijn borsten en liet de zieke over aan de zorgen van de jonge onderofficier.

De steile trap naar de stuurhut en het halfdek is niet gemaakt voor vrouwen met rokken, daarom liep Elisabeth voor me uit naar beneden, achterwaarts – het was al bijna een gewoonte geworden. 'Ik vang u op!' riep ze de eerste keer, waar ik zo om moest lachen dat mijn rechtervoet van de smalle tree gleed. Ik viel niet, maar het bijna-ongelukje maakte mij de rest van de lange reis beducht voor het gevaar op die trap.

De eettafel in de grote kajuit, de mooiste plek aan boord, was gedekt met linnen damast, tinnen borden en lepels en kristallen glazen. Ook die avond waren er veertien plaatsen gedekt, uit beleefdheid, want behalve schipper Klaas Jansz Bruin, de opperstuurman en vier officieren kwamen er uiteindelijk slechts drie passagiers opdagen: de welgestelde vrijburger Frederik van Balen, sinds die dag weer op de been, een koopman en ik. De andere passagiers lagen bibberend in bed of hingen kokhalzend over de rand van een po – zelfs de chirurgijn was geveld. Schipper Bruin informeerde beleefd naar Antonio's gesteldheid en zei, met een lachende blik op zijn stuurman, dat de 'draak van de zee' zijn vuile adem in de beste kringen liet ruiken. 'Hij heeft zelfs commandant Van Neck te pakken gehad,' wist hij uit eigen ervaring.

Ik was erg tevreden met mijn exclusieve positie aan tafel. Ik dacht, niet voor het eerst sinds ons vertrek, aan mijn achttienjarige zelf – koud, vies en ellendig, met een bord pap op het halfdek of tegen elkaar aan gepropt in het meisjeshok – en vroeg me af hoe het toch mogelijk was dat mijn leven in zes jaar tijd zo was veranderd. Tegenover mij, op een stoel naast de servieskast, zag Elisabeth erop toe dat mijn disgenoten zich gedroegen, ook als ze door een slok te veel hun manieren zouden vergeten. En ze zou er zijn als ik gebruik wenste te maken van het gemak, dat in de verre hoek van de kajuit schuilging in de galerij, achter een lage – je moest bukken voor je naar binnen ging – maar stevige deur waarachter je helemaal alleen en onbespied kon poepen en plassen. Ook op het secreet had ik een wereld gewonnen ten opzichte van de heenreis.

De mannen aan tafel waren vrolijk en galant, én ze prezen mijn stem. Vlak voor de maaltijd had ik ontdekt dat de opperkoopman viool speelde en ik wist hem over te halen om met mij psalm 130 ten gehore te brengen. Ik zong het anders dan anders, nadrukkelijker – waarschijnlijk omdat er met Antonio meer God in mijn leven was. We hadden geen passender woorden kunnen kiezen, ook al wisten we nog niet dat we die nodig zouden hebben.

Het was overduidelijk dat mijn aanwezigheid in de kajuit de reden was dat Van Balen aanvankelijk beleefd deelnam aan de tafelconversatie, en wachtte met wat hij te zeggen had tot de laatste borden waren weggeruimd. Terwijl de schipper opdracht gaf pijpen en tabak te brengen, wierp Van Balen een blik in mijn richting, leek te aarzelen, en vertelde vervolgens wat hij op zijn hart had.

Zijn getuigenis op de avond van de negentiende maart 1631, toen door mij zo getrouw mogelijk opgeschreven, begon zo:

'François Pelsaert was mijn vriend.'

Ons kleine gezelschap was meteen gegrepen. Het rumoer in de kajuit verstomde, halfvolle glazen werden op tafel gezet en niet meer aangeraakt, pijpen bleven ongestopt, kaarsvlammen staakten het dansen, niets en niemand bewoog. Niet omdat we wisten wat er komen ging. We hadden immers geen notie. Natuurlijk hadden we gehoord van de schipbreuk, maar er waren wel vaker ongelukkigen die de overtocht niet haalden en bovendien waren wij in die maanden natuurlijk in beslag genomen geweest door het vreselijks rond het meisje Sara en Toni's vaandrig Pieter. Nee, in dat stille moment na zijn aankondiging bogen we ons allemaal naar hem toe omdat we door een mysterieuze sfeer, een aanwezigheid bijna, werden gestuurd. We voelden ogenblikkelijk dat hij iets belangrijks te vertellen had.

François en Frederik waren samen opgegroeid in Delft. Ze bezochten de Latijnse school, werkten hard en waren trotse dienaren van de Compagnie. 'Het was een eer zijn vriend te mogen zijn en een droeve plicht aan zijn sterfbed te moeten wachten tot hij het land van God had bereikt,' zei Frederik van Balen.

Daarna stond hij op, keek ons allemaal aan, rechtte zijn rug en sprak luid: 'Ik zeg u, voor ik verderga zeg ik u met klem: Pelsaert was onschuldig!'

Niemand in de grote kajuit bewoog terwijl Van Balen vertelde over het ellendige lot van de Batavia – we wilden alles horen, niets missen. De Batavia was een spiegelretourschip, vernoemd naar de stad die we zojuist hadden verlaten. Ze werd gebouwd op de Amsterdamse Peperwerf en vertrok voor haar eerste reis op 28 oktober 1628 van de rede van Texel met aan boord twaalf kisten zilveren muntgeld en goud ter waarde van tweehonderdzestigduizend gulden, luxe gebruiksgoederen, zilverwerk, laken, wijnen, kaas en kostbare juwelen, waaronder de grootste camee ter wereld, gesneden uit agaat in het jaar 312, die te koop werd aangeboden door een Antwerpse kunstschilder genaamd Peter Paul Rubens. Alles bedoeld voor de handel met Voor-Indië en het paaien van de heerser Jahangir, die verzot is op mooie spullen uit ons deel van de wereld. In het diepste deel van het ruim lagen, bij wijze van ballast, honderddertig blokken bewerkt zandsteen voor de toegangspoort in de vesting van Batavia.

Van Balen vertelde het ons in detail, zodat we wisten hoe kostbaar de lading was die verloren ging. Het schip, welhaast het evenbeeld van de Mauritius waarop Antonio en ik voeren, mocht haar eerste reis niet eens voltooien. Enkel door goddeloze hebzucht en wellust, dat werd duidelijk naarmate de avond vorderde.

Aan boord bevonden zich bij vertrek 322 zielen, merendeels mannen en jongens in dienst van de Compagnie en soldaten. Onder de opvarenden bevonden zich ook negenentwintig vrouwen en kinderen. Commandeur van de vloot en baas van de Batavia was Van Balens vriend, opperkoopman Pelsaert. Onder hem stonden Ariaen Jacobs, schipper, en onderkoopman Jeronimus Cornelis.

'Onthoud die namen!' riep Van Balen en keek ons een voor een indringend aan.

Hij was zichtbaar aangedaan na die uitroep. Hij kuchte, nam een slok wijn, verexcuseerde zich en vervolgde de getuigenis die zijn stervende vriend aan hem had toevertrouwd.

Pelsaert en Jacobs konden niet met elkaar overweg. Tijdens een eerdere gezamenlijke reis waren er blijkbaar al boze woorden gevallen tussen die twee. Onderkoopman Cornelis was, bleek later, een failliete Haarlemse apotheker die naar Indië vluchtte om zijn schuldeisers te ontlopen.

Ik schrok, lezer. De overeenkomst met de jonge Toni kon niet treffender zijn. Was Van Balen op de hoogte van zijn verleden? Hij liet het die avond niet blijken. Hij vertelde over Cornelis, die een aanhanger van Torrentius was. Pas de volgende dag hoorde ik van Antonio dat zijn leer het bestaan van de hel ontkent. Daarom noemde Van Balen Jeronimus Cornelis een ketter van de ergste soort: want wat hij ook in het leven deed, volgens zijn overtuiging zou hij nooit in de hel belanden.

Er waren ongebruikelijk veel vrouwen aan boord van de Batavia, veelal vrouwen die met hun mannen samen reisden, of vrouwen zoals de rijke Lucretia Jans, die samen met haar dienstmeid Zwaantje op weg was naar haar man in Indië. Pelsaert had haar een schoonheid genoemd. 'Misschien wel net zo mooi als u,' zei Van Balen en knikte mij toe. En terwijl die aardige woorden nog naklonken in mijn hoofd, voelde ik de glimlach van mijn gezicht verdwijnen door wat we daarna hoorden. De voorbode had het bij het rechte eind gehad en maakte plaats voor een hand die ons bij de keel greep.

Gijsbert Bastiaensz – ik vertel het in mijn eigen woorden – was de predikant op de Batavia. Hij verzorgde niet alleen de diensten aan boord, hij wilde zich na aankomst in Indië vestigen en daarom had hij zijn echtgenote en hun zeven kinderen meegenomen – de jongste dronk nog van zijn moeders borst.

Ik weet uit eigen ervaring welke invloed de aanwezigheid van vrouwen kan hebben aan boord van een schip. Op de Batavia moet de atmosfeer geladen zijn geweest. Vooral doordat iedereen achter de mast binnen de kortste keren in de gaten had dat de schipper een oogje had op Lucretia. Dat geeft geen pas voor een schipper. Hoe mooi en verleidelijk ook, vrouwen staan net als alle andere passagiers onder zijn hoede. Maar in plaats van haar te beschermen, maakte hij avances. Lucretia ging daar niet op in. De spanning bouwde zich op. Vooral op het halfdek en in de grote kajuit hing een onaangename sfeer als de beide spelers in dit treurspel aanwezig waren.

Ruim vijf maanden na vertrek bereikte de Batavia met de andere schepen van de vloot de Kaap. Terwijl zijn manschappen zorgden voor vers water en voedsel, liet de afgewezen schipper zijn geile blik vallen op Zwaantje, de meid van Lucretia Jans. Hij nam haar mee naar de andere schepen om te feesten, tegen het uitdrukkelijke verbod van commandeur Pelsaert. Alsof hij zich nog niet genoeg had misdragen werd hij door zijn baas betrapt toen hij met Zwaantje stond te vrijen in het afgesloten gemak, nota bene om de hoek van Pelsaerts hut.

'Madame,' zei Van Balen op dit punt van zijn relaas, 'misschien is de rest van deze getuigenis niet geschikt voor uw oren en die van uw huishoudster.'

Ik antwoordde hem dat er met mijn oren niets aan de hand was. Elisabeth keek hem minachtend aan – haar blik vertelde hem dat weinig in het leven haar nog kon choqueren. Frederik van Balen schraapte zijn keel en vertelde dat zijn vriend Pelsaert van leer trok tegen zijn schipper. Hij liet hem met zijn hand op zijn hart beloven dat het nooit meer zou gebeuren, en gaf het commando de reis te vervolgen.

Van Balen viel stil. Het was duidelijk dat hij dingen zag die voor ons onzichtbaar waren. Hij vertelde, en dat viel hem zichtbaar zwaar, dat zijn vriend dit moment had aangewezen als de mogelijkheid die hij liet liggen, het moment van zijn falen: hij had toen veel strenger moeten optreden. Dat is precies hetgeen hem later is verweten. Van Balen was ervan overtuigd dat Pelsaert van meet af aan geen schijn van kans had gehad. Niettemin is hij gestorven in de overtuiging dat hij had kunnen voorkomen wat er is gebeurd en aanvaardde de aanstaande afrekening. Want in tegenstelling tot onderkoopman Cornelis, geloofde zijn vriend dat er een hel was, omdat hij ook in een hemel geloofde.

Helaas raakte de Batavia al snel gescheiden van de andere schepen. Dat gebeurt wel vaker, weet ik zelfs. Toch waren Van Balen, en met hem anderen die het lot van de Batavia hebben onderzocht, ervan overtuigd dat er opzet in het spel was. Waarschijnlijk had schipper Ariaen Jacobs al die tijd al muiterij in zijn hoofd – met zoveel kostbaarheden aan boord en een man met een verderfelijke natuur op zo'n positie ligt die veronderstelling voor de hand. Lees vooral met aandacht de volgende woorden: op de twaalfde mei werd Lucretia Jans door een groep mannen overvallen, aangerand en met stront besmeerd. Of dat uitlokking was of lafhartige vergelding, niemand zal het ooit weten. Belangrijker is dat

Lucretia het overleefde en dat ze een van de daders kon aanwijzen: Ariaen Jacobs.

François Pelsaert had hem het liefst meteen eigenhandig opgehangen. De trieste waarheid is anders: de opperkoopman en commandeur was de baas, maar kon niet zonder zijn schipper. De Batavia voer uit het zicht van de vloot, op ongeveer veertig graden zuiderbreedte, in de westenwindgordel. Al snel moest de koers worden verlegd naar het noorden, anders zouden ze op de westkust van het onbekende Zuidland uitkomen. Pelsaert was een ervaren koopman, maar wist weinig van navigeren – zonder schipper waren alle opvarenden ten dode opgeschreven.

En toch ging het fout. In de vroege ochtend van de vierde juni, de Batavia zeilde op volle snelheid, had de verkenner de indruk dat ze in ondiep water kwamen. Hij waarschuwde de schipper, de schipper nam hem niet serieus. Het was een weerspiegeling van het maanlicht, zei hij, en besloot de koers niet te wijzigen. Even later klapte het schip op een rif.

* * *

'Ik ben er weer.'

Ik was zo geconcentreerd aan het schrijven dat ik Antonio pas opmerkte toen hij naast me stond en sprak. Ik pakte zijn hand en duwde die tegen mijn gezicht. 'Welkom terug.'

Ik vroeg of hij iets wilde eten, hij vroeg me wat ik schreef.

'Ga zitten en luister,' zei ik en las hem voor wat ik zojuist had opgetekend.

'En dit is nog maar het begin, Toni,' zei ik, opkijkend van de regels.

Hij wilde alles weten, spoorde mij aan verder te vertellen. Ik protesteerde: hij zag nog zo wit, was nog zo zwak. En toch legde ik mijn pen en journaal terzijde, sloot de inktpot, vouwde mijn armen om mijn middel – ter bescherming, omdat ik wist wat er komen ging – en hervertelde de woorden van de gouverneur die in mijn gedachten waren gebrand.

'Het eerste wat Pelsaert deed – kende je hem, Toni?'

'Ja, ik weet wie hij was.'

'Het eerste wat hij deed, was het commando geven de opvarenden in een sloep te zetten en naar het nabijgelegen Beacon Island te brengen. Helaas hebben veertig van hen het niet gered, ze sloegen overboord en zijn niet meer teruggevonden. Daarna heeft hij geprobeerd het schip vlot te trekken door een deel van de lading overboord te zetten en te wachten op hoogwater. Dat hielp niet. Het werd al snel duidelijk dat de Batavia niet meer te redden viel. De achtergebleven bemanning haalde de wijnvaten naar boven en zette het op een zuipen, zonder dat Pelsaert er veel aan kon doen.'

'Als je tijd is gekomen op zee, kun je beter dronken verdrinken,' zei Antonio.

* * *

Het is hun tijd nog niet, vindt Pelsaert. Hij slaat de kroezen wijn uit de handen van de gulzigste drinkers, laat de sloep weer onder zeil brengen, zorgt ervoor dat zo veel mogelijk achterblijvers samen met de kostbaarste goederen op naburige eilandjes worden afgezet en gaat met een kleine bemanning van achtenveertig, inclusief de schipper, op zoek naar drinkwater. Hij vindt niets op de eilanden en niets op het vasteland van het onbekende Zuidland.

Door de wind en de stroom is Pelsaerts sloep al zo ver naar het noorden geraakt dat hij besluit door te varen naar Batavia om daar hulp te halen. Vier weken na de schipbreuk, vlak voor de tweede belegering van de stad Batavia, bereiken hij en zijn mannen de haven Soenda Kelapa.

Toen Antonio mij hoorde zeggen dat Coen meteen een schip ter beschikking stelde om de waardevolle lading te bergen en eventuele overlevenden op te halen, verborg hij zijn gezicht in zijn handen. Hij zei, met spijt in zijn stem, dat hij destijds zo in beslag genomen was geweest door zijn eigen naderende schipbreuk dat hij nauwelijks had gedacht aan die van de Batavia.

Nog geen week later is Pelsaert alweer op de terugweg. Zonder schipper Ariaen Jacobs, die liet hij in Batavia achter slot en grendel zetten. Wat er tijdens zijn afwezigheid gebeurde is later, bij stukjes en beetjes, duidelijk geworden tijdens de rechtszaak over de muiterij op de Batavia. Van Balen, die het verslag van Pelsaert aan de rechtbank had overhandigd en mocht getuigen over de laatste uren van zijn vriend, was elke dag aanwezig en hoorde de getuigenissen van alle overlevenden, onder wie dominee Bastiaensz.

Terwijl Pelsaert onderweg was naar Batavia om hulp te halen en zijn schipper in het gevang te gooien, had onderkoopman Jeronimus Cornelis het hoogste gezag. Toen de schamele voorraden water en voedsel bijna op waren, had hij zijn overlevingsplan snel gemaakt. Hij liet groepjes mensen op omringende kleine eilanden afzetten om naar water te zoeken. Hij keerde niet meer terug naar die eilanden, want onderdeel van zijn plan was dat de waterzoekers zouden omkomen van dorst. De rest van de overlevenden liet hij vermoorden. Honderdvijfentwintig mannen, vrouwen en kinderen zijn door de bende van Cornelis afgeslacht. Zeven vrouwen, meisjes nog, mochten blijven leven, op voorwaarde dat zij de moordenaars ter wille waren.

'Ter wille!' Ik gilde die woorden en moest mijn wangen droogvegen, net als de avond daarvoor.

'Weet je, Toni, de oudste dochter van dominee Bastiaensz was een van die meisjes – Judith heette ze. Zijn vrouw en hun zes andere kinderen waren al afgeslacht.'

Ik lees nu wat ik later op de dag schreef in mijn journaal:

> Voor de meeste mannen zijn meisjes net varkens: je kunt ze wegjagen, verkopen, je pik erin steken, of je mes.

* * *

Het was 20 maart, de eenendertigste verjaardag van de Compagnie; niemand aan boord had er enige aandacht voor. Het is me bijgebleven omdat de schipper het de avond daarvoor had aangekondigd. Ik trok me zonder ontbijt terug in onze hut, murw van ontzetting en slaapgebrek. Telkens als ik me voelde wegdrijven in een droom, sleurde de nachtmerrie van de moord op de kinderen mij weer wakker en zag ik hoe de jongste zoon van dominee Bastiaensz in de armen van zijn moeder werd doodgeknuppeld.

Uit diepten van ellende
Roep ik tot u, o Heer
Gij kunt verlossing zenden
Ik werp voor u mij neer

Ik prevelde meer dan dat ik zong, voor hen, voor mij.

Antonio liet zijn jonge vaandrig water en zeep brengen. Grimmig, maar vrij van braakselsporen en in een schoon hemd, hoorde ik hem het steile trapje af lopen om bij de stuurman naar de voortgang te informeren. Dat zou hij elke dag doen. Die keer kreeg hij van de tweede stuurman te horen dat de Deventer rond de vierentwintig mijlen per etmaal maakte – keurig voor die wateren. Hij schreef het in zijn journaal en vertelde het later aan mij. Ook dat zou hij dagelijks doen, zodat ik wist dat er steeds minder water lag tussen mij en thuis.

De slaap kwam niet, de woorden van psalm 130 boden geen troost. Ik stond op en ging het trapje af, groette de stuurlieden, liep de smalle gang door, langs de hut van de schipper die aan het rusten was, en ging de grote kajuit binnen.

Antonio zat aan de lange tafel. Hij keek even naar me toen ik op een stoel in de hoek van de kajuit ging zitten, zag me niet echt. Naast hem stond zijn vaandrig met zijn schrijfkist en een map met papieren. Antonio zei dat hij kon gaan, controleerde de scherpte van zijn pen, legde een vel papier voor zich, doopte zijn pen in de inkt en keek met een naar binnen gekeerde blik door de hoge vensters naar buiten. Hij had kunnen zien dat de lucht geruststellend blauw en zonder wolken was – rustig weer, weinig kans op zeeziekte. Antonio had geen oog voor het weer noch voor mij. Hij zag alleen wat er niet was, namelijk een door de gouverneur-generaal en de raden voltooide en getekende generale missive. Niet eerder in het bestaan van de VOC was een retourvloot zonder die belangrijkste brief van het jaar vertrokken naar de Republiek, had hij me verteld. Hij twijfelde er niet aan dat dit, evenals de muiterij op de Batavia, een symptoom was van rottigheid in de Compagnie.

De generale missive is een jaarlijks overzicht van alle activiteiten en correspondentie van de VOC in haar octrooigebied: Perzië, Voor-Indië, Maleisië, China, Formosa, Japan, de Molukken, Banda en Batavia – de grondslag voor het besturen van de onderneming. Antonio wist het al langer: Jacques Specx was een onbekwaam administrateur, ook op dat punt had hij onvoldoende aandacht voor zijn werk. Hij had hem verschillende keren aangespoord, Specx had nog wel extra tijd gekregen omdat de vloot twee maanden later vertrok dan gewoonlijk. Het had niet geholpen en daarom restte hem geen andere keus dan het werk van zijn baas af te maken.

Daardoor verkeerde hij in een opmerkelijke positie en dat wist hij maar al te goed. Niet alleen zouden de Heren Zeventien in één oogopslag zien dat Antonio het werk van Specx had gedaan, ze kregen ook te lezen wat hij vond van het functioneren van de Compagnie in de Oost. Zonder dat hij daar enige moeite voor had hoeven doen, kreeg Antonio een gouden kans zijn inzichten rechtstreeks over te brengen aan de hoogste bazen in Amsterdam en zich onverholen te presenteren als toekomstig gouverneur-generaal.

'Specx heeft zijn eigen graf gegraven,' zei hij, en daar was hij niet rouwig om.

Antonio wist hoe het wel moest, schreef het op, dag in dag uit. Hij nam tot 7 juni de tijd, trotseerde de stormen bij Madagaskar toen bijna iedereen aan boord, ook de bemanning, op handen en voeten moest lopen om niet te vallen. Vlak voor de Kaap in zicht kwam, zette hij een laatste punt achter vierenzestig aan beide zijden beschreven foliobladen.

Zijn voornaamste kritiek was dat bij tegenslag meteen naar de Portugezen en de Spanjaarden werd gewezen, terwijl hun macht in zijn ogen tanende was. Ook de Engelsen waren geen serieuze concurrenten meer. Hij wist dat de oorzaak binnenin moest worden gezocht en schreef ook dat allemaal op. Hij noemde het de 'kwade kankers' in de VOC: hoge functionarissen die niet berekend waren voor hun taak, de vele koopmannen die liepen te niksen omdat er geen werk was, lieden die eigenbelang boven het algemeen belang stelden. Hij spaarde niemand, zeker zijn vijanden niet. Pieter Vlack kreeg het onder uit de zak, net als Anthonie van den Heuvel. En Pieter Nuyts natuurlijk: 'Was hij maar nooit naar Indië gekomen, wat zou de Compagnie daarmee een voortreffelijke dienst zijn bewezen.'

Omdat Antonio verslag kon doen zonder verantwoording af te leggen, en er niemand over zijn schouder meelas, behalve ik, liet hij eveneens weten dat wij wissels en diamanten ter waarde van vijftigduizend gulden meenamen naar het vaderland. Hij vertelde er niet bij dat de diamanten van mij waren.

* * *

'Cabo da Boa Esperança,' zei hij in accentloos Portugees. Zijn begroeting aan de kustlijn van het verversingsstation had ook iets weg van een heilwens.

Ik keek naar het land en vroeg waarom de berg die naam had.

'Dat weet je meteen als de wolken verdwijnen,' zei Antonio.

'Wat krijg ik dan te zien?'

Antonio negeerde mijn vraag en wees naar de berg ernaast. 'Die heet de Leeuwenberg. Zie je die kop?'

'Heb jij weleens een leeuw gezien?' vroeg ik.

Ikzelf was op de heenreis niet van boord gegaan – dat was de meisjes voor de Volksplanting verboden. De schipper had ons in een zeldzaam moment van spraakzaamheid verteld dat hij een leeuw had geschoten, met hulp van zwarte jagers die aan de Kaap woonden. Het beest, een monsterlijk grote kat, leefde nog toen ze het met touwen vastbonden aan een boom en brulde toen ze hem met speren in zijn bil prikten. Om je ziek te lachen, had hij gezegd.

Het drong tot mij door dat ik het verhaal van Reinier Pels was kwijtgeraakt en nu, nu we hier voor anker lagen op de rede van de Kaap, had teruggevonden.

Antonio gaf weer geen antwoord, ditmaal omdat hij was afgeleid.

'Kijk,' zei hij, 'nu kijken.'

Ik keek en zag de wolken rond de top van de berg verdampen in de zon. De berg had geen top, ontdekte ik, maar een horizontale, platte bovenkant. Net een tafel.

Schipper Bruin had vroeg in de ochtend al de sloep overboord laten zetten. Het wachten was op de branding, zodra die tot bedaren kwam konden we aan wal. Aan het begin van de middag was het zover. Ik liep achter Antonio aan over een wiebelig plankier naar het strand van de Kaap, geflankeerd en ondersteund door twee jonge officieren die tot hun middel in de golven waadden. Ik was zo in beslag genomen door dat vreemde, nieuwe land, dat ik pas merkte dat mijn schoenen en kousen nat waren geworden toen ik naast Antonio bij de poststenen stond. De schipper bukte, haalde de brieven tevoorschijn die waren achtergelaten door schepen op weg naar de Oost, en gaf ze aan Antonio.

Het was de tijd van de kwade moesson, daar zoveel kouder dan in Batavia. De warmte van thuis had me nog even kunnen beschermen voordat de snijdende wind door mijn huid drong. Behalve het ongewone land en de plotselinge kou, waren het de mensen van de Kaap die mijn zintuigen in hun greep hielden: ze waren inderdaad zwart, zoals schipper Reinier Pels van de Mauritius ons toen had verteld. Niet bruin of donkerbruin, zoals ik gewend was, de mensen daar zijn zwart als een maanloze nacht. Zodra Antonio en ik in gezelschap van de schipper, de opperkoopman, vrijburger Frederik van Balen en de chirurgijn voet aan wal hadden gezet, werden we omringd door tientallen geestachtige verschijningen. Naakte lijven, op een schapenvel of de huid van een ander dier na. Antonio had gesommeerd dat niemand zich met de zwarten mocht onderhouden, de staande order volgend van de Heren Zeventien bij het bezoeken van het verversingsstation.

Pas aan het einde van de dag in onze hut op de Deventer, waar ik de natte kousen van mijn benen stroopte, realiseerde ik me dat ik voor het eerst sinds mijn vertrek uit Steenbergen aan Batavia had gedacht als 'thuis'. Ik schreef het op, vlak voor ik in slaap viel.

Twee etmalen later werd ik wakker. Mijn hand reikte uit gewoonte naar het bundeltje tussen mijn borsten. Het was er niet. Een vreemde man naast mijn kooi zei dat ik me geen zorgen hoefde te maken, dat het allemaal voorbij was. Het duurde even voor ik hem herkende als de chirurgijn van de Deventer. Antonio was hem zelf gaan halen nadat hij wakker was geworden door mij. Ik voelde kokendheet aan, vertelde hij, sloeg wild om me heen en was niet bij zinnen te krijgen.

'De kou van de Kaap,' had de scheepsdokter gezegd, die stellig was over de oorzaak van mijn hoge koortsen.

Pas toen hij vertelde dat hij een aderlating had gedaan, merkte ik dat mijn rechteronderarm was verbonden. Hij zei dat ik van geluk mocht spreken dat ik het had gehaald.

Het was een geruststellende gedachte dat ik had kunnen sterven zonder er iets van te merken. Ik herinnerde me slechts flarden: Elisabeth die me liet drinken, zoals ze dat had gedaan na Johans dood, Antonio die mijn hand vasthield en, gek genoeg, het geluid van mijn kermen. Ik wist ook dat ik me, rustig deinend op weg naar de hemel, had afgevraagd hoe Antonio het nieuws van mijn dood aan moeder zou vertellen, en of hij Elsa weer zou opzoeken in Amsterdam. Die vragen hadden door mijn hoofd gespeeld zonder een greintje verdriet of angst, alsof alle antwoorden goed waren. Dat kwam doordat ik me veilig voelde, bedacht ik toen de koortsen waren geweken, er was een omhelzende veiligheid geweest.

Nadat de hoge koortsen waren verdwenen, schreef de dokter dikke kleren en rust voor, vandaar dat Antonio en ik in en bij de hut bleven. Tijdens een bezoek van Van Balen, die zaken kwam bespreken, veinsde ik vermoeidheid en trok ik me terug in de kooi. Door de spleten in de deur van de hut kon ik het gesprek over sitsen uit Bengalen en de aanbevelingen die Antonio deed ter bevordering van de handel in Suratte moeiteloos volgen. Zoals ik al had gevreesd, kwamen de mannen ook snel te spreken over het schip Batavia. Antonio wilde weten of François Pelsaert zijn getuigenis ook voor de Heren Zeventien op schrift had gesteld.

'Woord voor woord,' hoorde ik Van Balen zeggen. 'Mijn vriend overleed een uur nadat hij zijn pen had neergelegd.'

'Uw vriend is nu bij God en bij zijn gezin. Ik hoop dat u daar troost uit kunt putten,' zei Antonio en bood zijn excuses aan voor het feit dat hij niet volledig op de hoogte was van de feiten. Hij vroeg of er, behalve de muiters en de zeven vrouwen, nog meer overlevenden waren geweest.

Commandeur Pelsaert had uiteindelijk nog achtenzestig onschuldige opvarenden van een eiland nabij het wrak kunnen oppikken – een godswonder, volgens Van Balen. De mannen, vrouwen en kinderen die daar door onderkoopman Jeronimus Cornelis waren achtergelaten om te creperen, hadden geheel tegen de verwachting in water en voedsel in overvloed gevonden. Zij waarschuwden Pelsaert voor de bende van Cornelis en hielpen hem, van harte, met het vangen, verhoren, martelen en ophangen van de moordenaars.

Het laatste wat ik opving voor ik insliep, was de belofte van Antonio om de Heren Zeventien te adviseren geen vrouwen meer naar Indië te laten gaan om dergelijke drama's te voorkomen. Ik vroeg me af of ik onder die vrouwen viel en of ik dan in het vaderland zou blijven.

Drie weken later. We waren de hitte van onze hut ontvlucht en lagen naast elkaar op het dek naar de sterren te kijken.

'Ons kan niks gebeuren,' zei Antonio, 'de beelden houden de wacht.'

Hij vertelde op zijn vertrouwde uitlegtoon dat alle beelden op retourschepen zijn gemaakt van het hout van lindebomen. Lindehout is licht, en dat is belangrijk omdat de beelden hoog op het schip zitten – zware beelden zouden het schip in een storm immers doen kapseizen. De scheepsbouwer plaatst ze zo dat alle richtingen in de gaten worden gehouden. Al die ogen samen zien het grote onbekende, het gevaar, zodat de opvarenden rustig kunnen slapen.

'Hoeveel beelden heeft de Deventer?'

'O, wel tweehonderd – ons kan echt niets gebeuren,' zei Antonio.

Hoewel ik wist dat een beetje kaper zich niet door een stel houten koppen liet afschrikken, was ik ervan overtuigd dat we op dat moment, wat er ook zou gebeuren, volstrekt veilig en beschermd waren.

'Weet je, Toni? In die twee koortsnachten heb ik me precies zo gevoeld. Er kon mij niets gebeuren, ik was veilig.'

Antonio pakte mijn hand. 'Dat was de aanwezigheid van God. Hij kwam je halen, maar zag dat het jouw tijd nog niet was.'

Ik hoopte het, maar ik was niet zo rotsvast als Antonio. In mijn hoofd hoor ik mezelf vaak tegen God zeggen dat ik het te moeilijk vind om altijd goed te zijn en het goede te doen. Die koortsen waren een waarschuwing geweest. Ik was te gulzig, te hoogmoedig. Antonio's vertrouwen in barmhartigheid had ik niet, maar dat liet ik nooit merken.

Ik sloeg mijn ogen op naar de ontelbare sterren en dacht aan wat de schipper eerder die avond had gezegd: 'Kijk maar goed, zo zie je ze alleen op het zuidelijk halfrond.'

* * *

17 juli 1631 – Tropicus Capricorni voorbij
De weduwe is mee, ze valt tegen.

Zo uitgebreid en waarheidsgetrouw als ik de schipbreuk van de Batavia had opgeschreven, zo achteloos en zuinig zijn mijn woorden weer na het vertrek van de Kaap. De weduwe die ik noem in die ene zin van 17 juli is Saskia Sloetjes: tot kort daarvoor de echtgenote van een koopman. Na zijn dood had ze niets meer te zoeken in Batavia en besloot terug te keren naar haar familie. Aan boord van de Wassenaar was ze als enige vrouw overgebleven, nadat de echtgenote van een officier plotseling was overleden. De schipper van de Wassenaar kwam op het idee om haar na het verversen onder te brengen op de Deventer. Schipper Bruin had mij goed gezelschap beloofd na ons bezoek aan de wal. Ik was blij met haar, alle afleiding was welkom. Bovendien had de weduwe tijdens het middagmaal in de grote kajuit verteld dat ze fluit speelde, waarop ik meteen voorstelde om samen op te treden. Dat werd een afgang.

De weduwe had een gezang uitgekozen: 'Wilt heden nu treden'. Ik kende het omdat mijn moeder het graag zong, oefende wat in de beslotenheid van de hut en na de thee, op het tjokvolle halfdek, stond ik naast de weduwe Sloetjes klaar voor mijn eerste optreden aan boord van de Deventer.

Gedurende het eerste deel van de reis was iedereen te ellendig of te moe geweest voor vertier op het halfdek. De chirurgijn, een verdienstelijk violist, had zijn instrument niet aangeraakt omdat hij het te druk had met alle zieken. Nu was het zover en alles zat mee. Het schip had de zuidoostpassaat in de zeilen, na het passeren van de Steenbokskeerkring was de warmte teruggekomen, alle ogen waren op ons gericht.

Al bij de eerste noten wist ik dat het mis was: de weduwe zette een heel ander lied in – uit voorzorg, bleek later, omdat ze bang was dat ze het gezang toch niet goed zou kunnen spelen. Het lied ben ik vergeten, ik weet nog wel dat ik probeerde in te vallen, maar telkens als we even in harmonie waren, vonden de vingers van de weduwe de juiste gaten niet en begon ze opnieuw, zonder rekening te houden met mij. Na drie tergend lange minuten stond ze abrupt op, knikte het publiek toe en verdween zo snel ze kon benedendeks.

Om de verbaasde toehoorders af te leiden, zette ik een lied in dat ik zelfs hangend aan de ra zou kunnen zingen, mijn liedje van thuis:

Daar was een sneeuwwit vogeltje
Daar was een sneeuwwit vogeltje
Al op een stekendorentje. Dindon-deine
Al op een stekendorentje. Dindon-don

Och nachtegaal, klein vogelkijn
Och nachtegaal, klein vogelkijn
Wou jij daar mijne bode zijn? Dindon-deine
Wou jij daar mijne bode zijn? Dindon-don
Hoe zou ik uwe bode zijn?

Mijn stem was vast en soepel, het publiek reageerde enthousiast en vrolijk. De eindeloze lessen van mijn moeder waren niet voor niets geweest.

Bij het avondmaal liet de weduwe zich niet zien. De volgende dag, na het ochtendgebed, merkte ik dat Saskia Sloetjes mij negeerde. Ik ging naast haar zitten, vroeg hoe het ging en probeerde haar een hart onder de riem te steken.

'Morgen is iedereen het weer vergeten,' zei ik.

De weduwe Sloetjes beet mij toe dat niemand dit ooit zou vergeten omdat ik de draak met haar had gestoken. In een poging iets te redden van ons optreden had ik precies het verkeerde gedaan, begreep ik. De weduwe voelde zich geschoffeerd omdat ik, in haar ogen, had laten zien dat ik niemand nodig had.

Ik schrok en koos met een geforceerde glimlach een andere plek op het halfdek. Dit lag niet aan mij, dat wist ik zeker. Met Anna, op de heenreis: ja, dat was mijn fout. Ik was gemeen geweest tegen Anna, had in haar iemand gezien die ze niet was. Nu viel mij niets te verwijten – ik was alleen maar aardig geweest.

Saskia Sloetjes stond op, liep langs me naar de trap, dicht langs me, en zei: 'Mij neem je niet in de maling, als je dat maar weet.'

Ik begreep niet waarmee ik haar dan in de maling zou willen nemen. Voor mij was ze vanaf dat moment lucht. Ik ging naar onze hut en begon aan een brief voor Petronella, een echte vriendin. Mijn enige vriendin.

* * *

Op 1 augustus voeren we dicht langs Sint Helena – we gaven negentien schoten voor land in zicht. Even later klonk er luid gejoel op het bakdek: er was een bijzondere vangst gedaan. De matrozen die eerder in de week zo veel vissen hadden gevangen dat iedereen aan boord ervan kon eten, hadden nu iets heel bijzonders aan de haak geslagen. Antonio en ik zaten op ons hoge dek en hadden vrij zicht op wat er aan de andere kant van het schip gebeurde. De mannen waren een groot deel van de ochtend bezig de enorme vis binnen te halen. Hun werk was zwaar en gevaarlijk door een vlagerige wind. Toen het beest eenmaal in de kuil lag, kwam de schipper persoonlijk naar het opperdek om ons te halen.

'Moet u zien,' zei hij.

Vanaf het halfdek zagen we pas goed hoe groot de vis was: langer dan twee volwassen mannen. In zijn bek, opengesperd in een laatste ademtocht, of een ultieme poging van verweer, glinsterden ontelbaar veel vlijmscherpe tanden.

'Haai,' zei de schipper.

Antonio knikte. Hij had erover horen spreken en tekeningen gezien.

Ik vertrouwde het niet, ik was ervan overtuigd dat zo'n monster aan boord niets goeds kon brengen. Starend naar de kuil zag ik tussen de mannen die zich om de vis verdrongen een hoofd omdraaien, ogen die mij zochten. Die blik maakte me duizelig, deed me denken aan de onschuldige ogen van de bottelier.

Naast mij liet de schipper weten dat het vlees van uitmuntende kwaliteit was. Ik wilde weg, Antonio hield me tegen.

'Kijk,' zei hij.

Vanaf het halfdek keken we samen met de andere passagiers toe hoe de kok zich klaarmaakte voor het snijden en villen van de haai. Eerst moesten de ingewanden eruit. Met alle macht stootte de kok zijn vlijmscherpe mes in de buik van de vis en sneed de taaie huid open. Terwijl de ingewanden op het dek gleden, steeg er een geur van verrotting omhoog naar het halfdek. Ik moest moeite doen niet te kokhalzen, en ik was niet de enige. Ik had nu echt genoeg gezien, vond ik, en wilde al naar boven gaan toen ik werd tegengehouden, ditmaal door kreten uit de kuil. Ik pakte Antonio's arm, keek omlaag en zag vier, vijf mannen die zich rondom de haai staande probeerden te houden op het glibberige dek. Een van hen pakte een bezem en veegde de ingewanden, het bloed en de halfverteerde inhoud van de haaienmaag opzij. Pas toen zagen we vanaf het halfdek wat de commotie had veroorzaakt: een voet, met een klein beetje enkel eraan.

De voet van de bottelier, dat kon niet anders. Zes jaar had hij in zee gezworven, roepend dat hij onschuldig was. Misschien zwaaide hij toen hij de Deventer zag naderen, heeft de haai hem op dat moment gepakt, en daalt hij nu op één voet af naar de bodem van de oceaan. Voldaan, omdat hij weet dat zijn andere voet op het dek van de kuil ligt als een boodschap aan mij.

* * *

'Ik had je dit al eerder willen geven,' zei Antonio na het ontbijt. Hij overhandigde mij aarzelend de brief die bij de postboom op de Kaap onder een van de stenen had liggen wachten op onze retourvloot.

'Eerst heb ik gewacht op rustiger vaarwater,' zei hij.

Ik keek hem aan, zei niets, rechtte mijn rug voor wat er komen ging.

'En daarna op een goed moment.'

'Dat heb je nu gevonden?' vroeg ik.

'Nee.'

Ik veegde de broodkruimels van het tafeltje, schoof de borden en de theekroezen aan de kant en legde de brief voor me. We zaten in onze hut, vanwege de regen. De dag daarvoor, bij het passeren van de evenaar, was het prachtig weer geweest. De schipper had een paar schoten laten klinken, maar verder viel er niets te vieren. Iedereen aan boord had al eerder de linie gekapt, er hoefde dus niemand te worden gedoopt.

De brief was gericht aan het echtpaar Van Diemen, maar bestemd voor mij. In het vertrouwde handschrift van mijn moeder las ik dat de familie in goede gezondheid verkeerde en naar Culemborg was verhuisd – weg van de oorlog.

'Wat een verrassing!' Ik pakte Toni's hand.

Ik voelde de lach van mijn gezicht verdwijnen terwijl ik verder las. Moeder was hertrouwd, schreef ze.

Ik liet Toni's hand los, het was geen vrolijke hand meer.

Vader was er niet meer, dat wist ik. Het bericht van zijn dood had mij kort na de geboorte van Meisje bereikt. De brief met moeders verdrietige woorden had wekenlang op de tafel naast mijn bed gelegen. Voor het slapengaan legde ik mijn hand op het papier om mezelf eraan te herinneren dat het waar was. Mijn dromen hadden daar geen boodschap aan. In mijn dromen stond hij voor ons huis in Steenbergen, of op een Amsterdamse kade. Altijd lachend, altijd blij me weer te zien. Die lach droeg ik dan de hele ochtend met me mee.

De nieuwe echtgenoot was Cornelis de Keyser.

Ik keek opzij, waar niets te zien was, en daarna naar Antonio.

'Ik had het liever eerder geweten,' zei ik. 'Ik had het liever later geweten.'

'Hij is van een goede familie,' zei Antonio.

Ik gunde moeder een nieuwe man, net zoals ik mijzelf een nieuwe man had gegund. Ik hoorde Antonio zeggen dat De Keyser burgemeester was geweest van Culemborg, respectabel was. Dat hoorde ik graag. Het tweede huwelijk van mijn moeder bracht veiligheid en zekerheid, ook voor mijn broer en zusje. Daar kon ik alleen maar blij om zijn. Daartegenover stond dat Cornelis de Keyser geen Aelt Jansz van Aelst heette en dat maakte me zo verdrietig. Tegen Aelt Jansz had ik immers kunnen zeggen dat het goed was, dat ik hem had vergeven. Terwijl ik aan vader dacht voelde ik een lach opborrelen, dwars door de somberte heen die deze brief mij had gebracht. Ik lachte omdat ik wist dat ik Aelt Jansz niets had hoeven zeggen, dat hij alleen maar naar mij had hoeven kijken om te weten hoe het zat.

We spraken er niet meer over, de naam Cornelis de Keyser werd gedurende de rest van de reis vermeden en daarmee groeide zijn aanwezigheid. Want bij alles wat Antonio mij vertelde over de stad waar hij vandaan kwam, dacht ik: daar woont moeder nu ook. En telkens opnieuw moest ik mezelf eraan herinneren dat ik Steenbergen niet meer zou zien, vader niet meer zou zien.

'Zo ben je op je mooist,' zei Antonio.

We zaten op het halfdek thee te drinken na het ochtendgebed. Het schip voer rustig, danste niet te veel. De kunst van de stuurman, volgens Antonio. Hij zei dat mijn ogen dieper blauw waren dan anders.

'Ik zie het verdriet om je vader,' zei hij, 'en een wil die zo sterk is dat je mij op mijn knieën kunt dwingen.'

Het was voor hem een onbekende, betoverende combinatie, zei hij waar iedereen bij was. Ik moest lachen en hoopte dat zijn woorden naar zee zouden waaien voor ze andere oren hadden bereikt.

'Ik wil een portret van je laten maken,' zei Antonio.

* * *

We waren ter hoogte van de Vlaamse Eilanden. 'Dik weer, zeer koud,' noteerde ik. De vloot voer al twee dagen in dichte mist. Tamboers kregen geen rust, kanonniers evenmin. Zodra de schippers vermoedden dat de tromslagen niet ver genoeg reikten, gaven ze opdracht tot schieten: let op, hier ben ik, kom niet in mijn vaarwater! De ogen van de beelden staarden blind de grijze soep in, net als de ogen van de uitkijk en de rest van de bemanning. Passagiers en zeelui, hoe ervaren ook, horen in hun bangste dagdromen het geluid van een zekere dood als het schip op een zandbank of rots voor een onzichtbare kust vastloopt. Iedereen bad.

Ik had al mijn kleren aangetrokken en duwde met mijn rechterhand tussen mijn borsten om het buideltje aan te raken – het was een gewoontegebaar geworden. Heel even was ik bang dat ik het was kwijtgeraakt in die nachten vol koorts. Er was zelfs een moment waarop ik dacht dat ik het nooit had gehad, dat de koorts een waanbeeld had achtergelaten. De werkelijkheid was simpeler: Antonio had het koord met het bundeltje van mijn kletsnat-bezwete lijf gehaald en in veiligheid gebracht.

Ik lag in mijn kooi, net als Antonio en de meeste andere passagiers, onder een deken te wachten tot het voorbij was. Soms, als ik beweging wilde, liep ik naar de kleine tafel in onze hut om aantekeningen te maken. De kou is vervelend, schreef ik, en welkom. Het voelde al naar thuis. Net als het lengen van de dagen – tot acht uur 's avonds licht, dat had ik lang niet meer meegemaakt. Ik maak er melding van als de mist optrekt, ik hou soms bij wat we in de grote kajuit voorgeschoteld krijgen, wie er wint op het ganzenbord, wie er welk instrument bespeelt, hoe het weer is, hoeveel kakkerlakken er in mijn scheepskist zitten, dat de ratten ons vaker wel dan niet wakker houden, dat Antonio elke ochtend om tien uur afdaalt naar de stuurhut om te horen hoeveel mijl we hebben afgelegd, dat hij de kaarten bestudeert, met de schipper en de stuurlui spreekt, mij vertelt waar we zijn.

Hoewel ik mezelf probeerde op te beuren met de dik onderstreepte aantekening dat de terugreis door andere stromingen en andere winden twee maanden korter zal zijn dan de heenreis, schreef ik een logboek van verveling.

Iedereen op het halfdek, zelfs Antonio, maakte een vreugdedansje toen we half september bij de breedte van Heijsant de ingang van het Kanaal hadden bereikt. We kochten verse vis van een Franse schuit die langszij kwam. 'Bijna thuis,' schreef ik die dag.

In de namiddag van 9 oktober 1631 passeerden we de drempel bij Den Helder. De Deventer liet eenentwintig schoten horen en ging op de rede van Texel voor anker. Na een slapeloze nacht zat ik vanaf negen uur 's morgens klaar om van boord te gaan. De rest van de passagiers en bemanning moest wachten, Antonio en ik werden verwelkomd door een bewindhebber van de kamer van Amsterdam. Na wat plichtplegingen en het overhandigen van documenten zouden wij op het jacht van de bewindhebber naar Amsterdam worden gebracht.

Voordat ik plaatsnam in de stoel van de takel, knoopte ik mijn omslagdoek stevig dicht en voelde tussen mijn borsten. Ik was nooit eerder in Amsterdam en toch wist ik dankzij Antonio precies waar ik moest zijn. Geschoold op de serambi, door de vele gesprekken van Johan Libener, handelaar in hart en nieren, en zijn agenten, wist ik dat Borneo de belangrijkste leverancier van diamanten was en welke inkoper betrouwbaar en discreet genoeg was om naar de handelsposten Pontianak en Soekadana aan de westkust te sturen. Ik wist zeker dat ik een goede prijs kon krijgen voor de stenen en verheugde me op de spanning van het spel, maar meer nog op een speler te zijn.

Antonio mocht uiteraard niet handelen voor eigen rekening, ik wel.

Het vaderland

1631-1633

* * *

'Ik blijf hier.'

De beslissing viel op de Markt in Culemborg, aan de arm van Arend.

'Dan ga ík wel met Toni mee,' zei mijn broer.

Vanaf het moment dat mijn voeten koude, Amsterdamse grond voelden, was mijn hoofd in tweestrijd. Ik keek naar Arend en dacht: grootspraak. Mijn broer mocht dan twee jaar ouder zijn, ik was wijzer – ik de verstandige, hij de speelse. Zo was het altijd geweest en in de voorbije jaren was daar blijkbaar niets aan veranderd. Ik zag het meteen in zijn ogen toen hij Antonio en mij op de kade onder de Montelbaanstoren stond op te wachten. Gulle ogen, die altijd op lachen stonden. Een mond die voortdurend moest bewegen.

'Miepie is thuis!' riep hij, terwijl ons jacht nog aan het afmeren was.

De klank van mijn koosnaam, waarop Arend het alleenrecht had, maakte mij aan het lachen, schateren zelfs. Antonio keek verrast naar een kant van mij die hij niet eerder zag. Ik schudde mijn Indische jaren af, samen met mijn positie, en tegen de tijd dat Arend mij in zijn armen sloot was ik weer achttien.

'Je mag nooit meer weg,' zei hij, toen, op die stralende, vrieskoude middag in oktober. Nog geen drie weken later kondigde hij aan mij te verlaten om zijn honger naar avontuur, opgewekt door de verhalen van zijn zwager, te stillen.

Gaat vanzelf over, wist ik. Dacht ik te weten. Toch was het juist de wispelturigheid van mijn broer die mijn eigen twijfel voedde. Bij het weerzien met moeder en mijn zusje Anna wilde ik blijven. Na de kennismaking met de man die de plaats had ingenomen van vader had ik het liefst rechtsomkeert gemaakt naar mijn andere leven ver weg, waar ik vader levend kon dromen.

Daar op de Markt, op een steenworp afstand van het nieuwe huis van mijn moeder en stiefvader, terwijl Arend overliep van woorden om mij zo veel mogelijk te vertellen over Culemborg, wilde ik blijven. Vier stappen later twijfelde ik alweer, hoewel ik daar niets van liet merken. In plaats daarvan zei ik: 'Ik denk dat Toni jouw gezelschap erg op prijs zal stellen.'

Arend vroeg me wat hij in Batavia zou kunnen doen.

'Waar je goed in bent.'

Voor het vuur, bij moeder thuis, zat Arend met mijn brieven in zijn hand. Ik moest vertellen. Zijn vrouw Janneke en hun twee kinderen keken mij met grote ogen aan, een beetje onwennig nog. Moeder en Anna kropen tegen mij aan in de grote stoel, stiefvader zat aan tafel met zijn pijp.

Ik hoorde mezelf liegen, net als vader zes jaar eerder deed. Het verhaal van het paradijs is het verhaal dat iedereen die in de Oost was wil vertellen. Ik ook.

Arend wilde geld verdienen en Batavia zien.

'Dan staat niets je in de weg,' zei ik.

Ik zweeg over wat Antonio ter ore was gekomen: een paar uur nadat wij van boord waren gegaan, was de Deventer op een zandbank geslagen en gezonken. Alle ogen van de beelden konden haar en haar opvarenden niet beschermen tegen die grote vijand, storm genaamd. Als je naar Batavia gaat, weet je niet of je aankomt en je weet niet of je terugkomt.

Net zoals ik me had gevoegd naar het leven in de Oost, plooide ik me naar de omstandigheden in het vaderland. Ik genoot van de nabijheid van moeder Aeltje, deed mijn best stiefvader Cornelis aardig te vinden, onderhield contact met de agent die mijn diamanten liet slijpen, regelde via mijn stiefvader (die een beste man was, maar het simpelweg op alle fronten moest afleggen tegen mijn echte) dat Antonio en ik in Culemborg ons testament konden laten opmaken, klaagde niet één keer over de kou, of over de afwezigheid van mijn man die in zijn eentje alle bewindhebbers van de Compagnie van adviezen leek te moeten voorzien, vond een huis voor onszelf aan de Markt omdat het huis van moeder aan de kleine kant bleek, maakte er met hulp van Elisabeth een plek van waar het goed toeven en goed ontvangen was, en leek een jaar later, in oktober 1632, hard op weg mijn leven in Batavia voorgoed achter me te laten. Zonder kind, ik was nog steeds zonder kind.

* * *

Het was de eerste keer in mijn leven dat ik poseerde. Antonio had erop aangedrongen – een portret van ons tweeën was gepast, nu meer dan ooit. Hij had de kunstenaar die hem was aangeraden door Hendrik van Uylenburg de opdracht gegeven, een afspraak gemaakt, maar moest zelf te elfder ure afzeggen omdat hij voor dringende zaken werd verwacht op het Oost-Indisch Huis. Zolang hij er nog was, dronken de bewindvoerders hem leeg. Hij was op dat moment de enige in de Republiek die werkelijk wist hoe het ervoor stond in de Oost. Op zijn advies werd de geëiste peperinkoop voor de volgende jaren stevig verhoogd, gaf het bestuur opdracht zeven bewapende jachten te laten bouwen en had hij een zachte maar o zo doorslaggevende stem in de vervanging van gouverneur-generaal Specx door Hendrik Brouwer. Hij liet zijn bazen drinken, wist ik, om straks het laatste glas op zichzelf te kunnen heffen. Daarom had ik samen met Arend het atelier van schilder Rembrandt van Rijn bezocht toen ik voor mijn eigen zaken in Amsterdam was. De jonge kunstenaar uit Leiden werkte in een ruimte boven de kunsthandel van Van Uylenburg aan de Jodenbreestraat.

Het atelier was veel groter dan ik had verwacht. Er stonden drie ezels met opgespannen doek, bedekt, tegen onze blikken. Vier grote ramen aan de straatkant lieten het koele licht naar binnen. Die ochtend waren leerlingen nog bezig het pigment te wrijven. Met engelengeduld en geoefende, gespierde bovenarmen wreven ze het poeder met een kleine handsteen op een grote, gladde steen door de sliertje voor sliertje toegevoegde lijnolie. Wrijven, voorzichtig meer olie toevoegen, testen met het paletmes, steeds weer, tot het droge poeder de vette olie voorgoed had opgenomen en transformeerde tot een dikke, glanzende substantie die in een puntje rechtop kon blijven staan, als stijfgeklopt eiwit.

De schilder zelf nam de kleding in ontvangst waarin ik wilde worden afgebeeld en vroeg me plaats te nemen op een stoel in de hoek van het atelier bij het raam, vlak naast de turfkachel. Hij zweeg en keek, keek nog eens, en maakte met zwartgevlekte handen van houtskool en inkt een snelle schets. Ik was zo in beslag genomen door het krassen van de kool, de dichte, niet onplezierige geur van lijnolie en door de schilder zelf, dat ik vergat de pose van een vooraanstaande vrouw aan te nemen. In de nabijheid van de schilder voelde ik me onervaren en nietig – een meisje voor de Volksplanting.

'Ik dank u,' zei de schilder veel sneller dan me lief was, en vertrok.

Misschien had hij het gezien en was hij zijn interesse verloren. Ik stelde me voor dat hij liever een trotse vrouw portretteerde dan een schaap dat zich had laten wegsturen.

Ik hoorde zijn voetstappen nog op de trap naar beneden, op weg naar het etsatelier, toen een van de leerlingen kwam vertellen dat zijn meester het portret spoedig zou opzetten met de pasdame en dat hij zou laten weten wanneer ikzelf weer hier werd verwacht zodat hij mijn gezicht en handen kon doen.

Vier weken later was ik beter voorbereid. Arend zei dat ik heel goed kon doorgaan voor de echtgenote van een belangrijke bestuurder van de Compagnie. De schilder, die volgens Antonio zeer in trek was, keek naar me vanachter zijn ezel en vroeg of ik mijn kap af wilde doen.

Ik was even van mijn stuk gebracht. Na een snelle blik op mijn broer in de andere hoek van het atelier gaf ik gehoor aan zijn verzoek.

'En uw kraag ook, alstublieft,' zei hij.

Ik reikte naar de plek in het geplooide batist, bestudeerd rommelig naar de toen geldende Amsterdamse mode, waar ik zonder hulp van mijn huishoudster de haakjes moest zien te vinden. Arend pakte mijn kap en kraag aan en knikte bemoedigend.

Even later, toen de brommende turfkachel mij zo had opgewarmd dat ik me in ons Bataviase huis waande, ontspande ik. Hier had de schilder op gewacht, zo leek het, want nu bracht hij zijn penseel naar het doek. Naar de lege plek boven mijn gevulde zwarte jurk. Hij keek, zweeg, keek.

'Uw haar moet los.'

Ik was bijna weggelopen, ook door de toon waarop hij het had gezegd. Alsof ik zijn bediende was. Maar vooral omdat níémand mij zag met losse haren, *niemand*. Behalve Antonio. In gedachten stond ik op, pakte het doek van de ezel, opende het grote raam, en gooide mijn gezichtloze portret naar buiten. Ik had de kunstenaar bijna stampvoetend laten weten dat zoveel zedeloosheid niet onbestraft zou blijven, toen ik ondanks mezelf moest lachen om zijn brutaliteit. Ik keek opzij, om zeker te weten dat de onderste luiken gesloten waren en niemand van buiten mij kon zien, trok mijn haarband los, waardoor mijn krullen vrijkwamen en sloeg mijn ogen op naar de schilder.

Van Rijn kneep zijn rechteroog dicht en ging aan het werk.

* * *

Het was in het najaar van 1632 dat mijn twijfel verdampte en ik besloot toch mee terug te gaan. Op de dag dat Antonio kwam vertellen dat de Heren Zeventien hem hadden gevraagd om met de Kerstvloot uit te varen in de rang van directeur-generaal, voluit: directeur-generaal van de handel, zette ik zonder mokken mijn kop weer op de Oost.

Het was niet louter Toni's nieuwe rang die de doorslag gaf. Ik wilde mee terug, beter gezegd: weg van daar, door een geheim dat moeder – onbedoeld – onthulde.

Ik was vrolijk, ondanks de kou die november bracht. De wens om bij moeder en mijn zusje Anna te blijven kon ik allang niet meer voor me houden.

'Dan ben ik ook weer een beetje bij vader,' zei ik.

'Kind!' riep moeder. 'Hemel die man toch niet altijd zo op!'

Daarna zei ze iets wat mijn leven veranderde: 'Je móést weg, want Berend was zijn zoon.'

De zoon van de bakker uit Steenbergen. Zijn zoon. Mijn halfbroer.

Ik wist wat me te doen stond: terug naar Batavia. Zonder pruilen, weg van het land dat niet langer mijn vaderland was.

* * *

Het handige van Antonio's promotie was dat hij de vrijheid kreeg de mensen te kiezen met wie hij wilde werken. Van dat privilege maakte hij gretig gebruik. Hij vroeg Arend mee te gaan in de rang van luitenant om te doen waar hij goed in was: soldaten aanvoeren, net als zijn vader dat had gedaan. Ik kreeg het gelijk dat ik niet had gezocht en sprong een gat in de lucht: ik hoefde niet nogmaals afscheid te nemen. De vrolijke Arend zou een gunstig effect hebben op mijn plichtsgetrouwe Toni, die een hang had naar stijve rechtschapenheid. Natuurlijk gingen Arends vrouw Janneke en hun twee kinderen ook mee, plus de zoon van Antonio's oudste zuster, de dertienjarige Bartholomeus de Gruyter. Ik was dol op die wat stille, blonde jongen en die genegenheid leek wederzijds. We hadden een goede band opgebouwd gedurende mijn veertien Culemborgse maanden. Neef Jan van Riebeeck, ook een Culemborger, kon niet meteen mee maar beloofde Antonio zo snel mogelijk te volgen. Anna bleef, iemand moest voor moeder zorgen. Elisabeth, die haar ouders, broer en zusters alleen knielend bij hun graven had kunnen begroeten, ging gewoon weer mee terug.

Pas aan boord van de Amsterdam, op een grauwe ochtend in de laatste week van 1632, terwijl we het Kanaal kruisten en

Antonio mij had gewezen op de vuren van de 'Cingels' voor de Engelse kust, de ondiepten waar zovele schepen hun ondergang vinden, vertelde hij dat de Heren Zeventien hem in de laatste vergadering in de grote zaal van het Oost-Indisch Huis hadden toegezegd dat hij de volgende gouverneur-generaal zou worden.

Ik pakte zijn hand en duwde die tegen mijn wang. Zo stonden we samen aan de reling van het opperdek in de stekende wind te genieten van het uitzicht op ons leven.

'Wanneer?' vroeg ik.

'Over drie jaar.'

Was het een test geweest? Antonio had weken rondgelopen met dit grote nieuws zonder mij iets te zeggen. Wist hij van mijn twijfel? Vond hij dat zijn benoeming tot directeur-generaal voor mij voldoende reden moest zijn om hem weer te volgen? Ik wist het niet, wilde het niet weten en daarom vroeg ik er niet naar. Net zomin als ik hem ooit heb verteld van vader.

Drie jaar wachten tot de termijn van die nieuwe, die Brouwer, erop zat. Dat was goed te doen, dacht ik.

'Wat weet je van die man?'

* * *

De Leidenaar Hendrik Brouwer, bewindhebber en voormalig opperhoofd van de factorij Hirado in Japan, was in maart van dat jaar naar Batavia gestuurd met de Paasvloot. De Heren Zeventien hadden niet lang geaarzeld na het lezen van de generale missive van Antonio. Zijn mondelinge toelichting aan de grote vergadertafel – al een week na onze terugkeer in Amsterdam – over de 'situatie' in de hoofdstad, de stand van de intra-Aziatische handel en het functioneren van de Hoge Regering, waarmee alle aanwezigen zonder het uit te spreken de gouverneur-generaal bedoelden, had het bestuur van de Compagnie gesterkt in zijn beslissing een nieuwe landvoogd aan te stellen.

Antonio had zijn bazen gecomplimenteerd met hun keuze voor de vervanger van Jacques Specx. Brouwer stond bekend als een eerlijke, harde werker met veel ervaring. Bovendien was hij een overtuigd contraremonstrant. In hun strijd tegen de remonstranten, volgens Toni 'ketters die de predestinatie ontkennen', hadden Brouwer en Antonio al een band voordat ze elkaar ontmoetten.

Hij voelde geen wroeging dat Specx vooral door zijn toedoen het veld had moeten ruimen. Vriendschap en de toekomst van de Compagnie waren twee verschillende dingen. Het belang van Batavia stond bij Antonio voorop, tegelijkertijd beschouwde hij Specx nog steeds als zijn vriend. Het kwam ook nog eens toevallig zo uit dat de aankomst van Brouwer in Batavia precies zou samenvallen met het einde van de formele periode van de zittende gouverneur-generaal. Jacques Specx was dan wel ontslagen, maar niemand die dat hardop zou zeggen. Zo ging dat als het even kon. Elegant, vond Antonio.

Ik hield hem tijdens die reis op de Amsterdam uit de wind, ook letterlijk. Hij mocht nu niet ziek worden. Op gezette tijden liet ik weten trots op hem te zijn, waarop hij dan reageerde door niet te reageren. Nadat de vloot ter hoogte van het eiland Wicht de eerste stormen achter de rug had, en hij begon aan zijn eerste reisjournaal als directeur-generaal, kreeg ik wat meer ruimte voor gedachten die ik voor hem verborgen wilde houden. Zodra hij aan het werk ging, sloeg bij mij de somberte toe en vroeg ik me af of ik niet toch de verkeerde beslissing had genomen. Wat voor leven stond mij te wachten in Batavia? Zou ik bekend worden als de vrouw die niet eens een kind kan baren? Bij aankomst zou ik om te beginnen een vriendin minder hebben. Odilia was dan al onderweg naar huis met haar Jacques en zou misschien ook Petronella meenemen naar het vaderland. Ik moest er niet aan denken, behalve als Antonio mij niet kon zien. Dan perste het vooruitzicht op mijn lege Bataviase leven bijkans de lucht uit mijn longen.

'Niet doen,' zei Arend, 'niet kniezen.'

Hij was ongemerkt naast me komen zitten en kon mijn gedachten lezen alsof ze op mijn voorhoofd geschreven stonden.

'Het is al over,' zei ik en kneep hem in zijn arm omdat hij me op een idee bracht.

Antonio zette zich dagelijks aan het schrijven, in onze eigen hut, of in de grote kajuit, bij aardig weer buiten op het halfdek, net zoals het uitkwam. Hij beschreef de vorderingen van het schip en de rest van de vloot, gedetailleerd, met weer en wind en afgelegde mijlen per etmaal, hij beschreef het leven aan boord en de dood. Hij schreef hoe de passagiers op het halfdek en de bemanning in de kuil elkaar hadden gelukgewenst zodra de vloot de zandbanken en klippen van Ambrolus voor de gevaarlijke Braziliaanse kust ongedeerd was gepasseerd en dat schipper Theunis Willemszoon Harnay tijdens het avondgebed in de grote kajuit God de Heer daarvoor had bedankt. Midden op de Indische Oceaan liet Antonio zien dat hij meer kon dan schrijven. De eilandjes Amsterdam en Sint Paul, waar de vloot op zijn aanraden voor anker ging om water te halen, waren nog nooit door iemand uit de Republiek beschreven, wist hij. Bij zijn nauwkeurige verslag maakte hij op mijn aandringen twee mooie tekeningen. Ik was op het idee gekomen toen Arend me kwam opvrolijken. Hij keek net zo naar me als in het atelier van de schilder Rembrandt.

'Het is zo lang geleden dat ik heb getekend,' zei Antonio.

'Je kunt ze altijd weggooien, dan komt niemand het te weten.'

Terwijl de bemanning water insloeg, tekende Antonio, zeer verdienstelijk, het zicht op Amsterdam en Sint Paul en verheugde zich alvast op de complimenten van zijn nieuwe baas.

De volgende ochtend moesten we van de schipper in onze hut blijven. Het schip ging zo tekeer dat we bang werden dat dit het einde zou zijn.

'Ik wil niet sterven in water,' zei ik.

Antonio pakte mijn hand, we knielden en baden.

Zij, die de zee bevaren
Met schepen rijk bevracht,
Zien op de grote baren
Gods wijsheid, gunst en macht;
Daar leren zij de daden
En in de diepe paden
Zijn grote wonderwerken

Hij wekt, met slechts te spreken,
Een stormwind voor hun oog,
Dan beeft het al, dan steken
De golven 't hoofd omhoog.
Nu ziet men 't schip de lucht,
Dan weer de afgrond nad'ren;
Hun hart geeft zucht op zucht,
Hun bloed verstijft in d'ad'ren.

Doch toen zij in 't gebed,
Tot God den Heer zich wendden,
Heeft hen zijn arm gered
Uit angsten en ellenden,
Laat zulken eer bewijzen
Aan 's Heren gunst en macht,
En al zijn wond'ren prijzen
Voor 't menselijk geslacht.

* * *

We hadden nog een week of vier te gaan, als de wind ons goedgezind zou blijven. Antonio sprak over hoe het nieuwe leven met nieuwe verantwoordelijkheden eruit zou zien. Hijzelf zag er al anders uit, zijn blik was gericht op waar hij wilde zijn. Ik wilde met hem mee, negeerde het verlangen naar huis, probeerde niet te veel aan vader en Berend te denken, keek met hem naar voren, zoals moeder mij dat had geleerd.

'Ben je trots op wat je hebt bereikt?' vroeg ik.

Hij keek me aan, glimlachte en zei: 'Trots is een onzinnige gemoedstoestand.'

Hij was het wel, op onverwachte momenten. Bijvoorbeeld toen we vlak na de Kaap vanaf het halfdek de kuil in keken en ik opmerkte hoe goed en gezond de bemanning eruitzag.

'Je hebt gedaan wat je beloofde toen je de eerste keer naar de Oost ging,' zei ik.

Nu er naar Antonio van Diemen werd geluisterd, was er op de vloot onder zijn commando meer en beter voedsel voor de bemanning en de soldaten. Hij zag er persoonlijk op toe dat er ook voldoende vers water was, zodat de mannen niet hoefden te drinken met hun kiezen op elkaar om het wriemelende ongedierte en de glibberige groeisels eruit te zeven. Dat mocht weleens gezegd, dus dat deed ik. En ik was daarin niet alleen. Vooral bij stil weer, als de wind de woorden uit de kuil niet wegblies, kon je het horen: 'Met Van Diemen aan boord heb je minder ellende.'

Twee weken voor we scheep gingen had Antonio toch nog tijd gehad te poseren voor Van Rijn, tijd gemaakt moet ik zeggen. Hij schoof alles en iedereen aan de kant om ons huwelijksportret te laten maken en zo kwam het dat ik nogmaals een bezoek bracht aan de schilder, die met Antonio erbij veel beleefder was – de naarling. Nu ik wist van de belofte van de Heren Zeventien was ik dolblij dat Rembrandt ons samen had geportretteerd. Dit zou het schilderij worden van de gouverneur-generaal van Batavia met zijn vrouw aan zijn zijde.

* * *

De vloot telde die reis slechts acht doden op ruim dertienhonderd man. Daar was Antonio trots op, wat niet betekende dat hij tevreden was. Hij had alweer een volgend doel: limoenen. Er moesten limoenen komen aan boord van VOC-schepen. De Engelsen deden dat al jaren en hadden veel minder zieken en doden te betreuren. Ondanks zijn herhaalde aanbevelingen aan Coen en Specx, en ook aan tafel bij de Heren Zeventien, wilde de Compagnie er nog niet aan. Uit schraapzucht.

Terug in Batavia

1633-1645

* * *

Brouwer is net een dominee.

Het was mijn eerste gedachte toen hij ons tegemoetkwam, dus dat zei ik.

Antonio negeerde mijn opmerking, en mijn aanwezigheid. Hij kon dat, met een licht blazen door zijn neus. Fff... en weg was ik, doorzichtig als glas, terwijl een argeloze toeschouwer niet eens zou merken dat er iets was gebeurd. Het was een teken en een waarschuwing. Ik kende hem inmiddels goed genoeg om te weten dat ik de etiquette had overtreden. Antonio was daarin een echte scherpslijper: wij leven volgens de regels en publiekelijk gedragen we ons zoals het hoort. Alleen als wij het bed deelden kon hij het beleefdheidsjuk van zich afschudden en zeggen wat hij van anderen dacht. Soms. En als iemand onwaarheid over hem of mij verkondigde, dan nam hij evenmin een blad voor de mond. Meer uitzonderingen op de regel stonden zijn manieren niet toe.

Ik had overigens wel gelijk, Hendrik Brouwer zag er op zijn tweeënvijftigste uit als een prediker en niet als de ontdekkingsreiziger die hij ooit was. Twintig jaar eerder was hij op de Rode Leeuw met Pijlen uitgevaren om een nieuwe route naar de Oost te vinden. De bewindhebbers van de Compagnie vonden dat het sneller, goedkoper moest en wisten dat Brouwer de man voor die opdracht was. Dankzij zijn kennis van de cartografie en zijn gevoel voor navigatie vond hij de route die zijn naam kreeg. Hij verlegde de gebruikelijke vaarweg door bij de Kaap zuidwaarts te gaan en langs de vijfendertigste en veertigste breedtegraad in oostelijke richting te zeilen tot voor de westkust van het Zuidland. Bij de Straat Soenda boog hij naar het noorden en was hij er al bijna. Zijn ontdekking verkortte de reis van patria naar Bantam met ruim drie maanden.

'Meneer de Generaal,' zei ik, 'wat een prachtig welkom.'

Het was 20 juli 1633. Brouwer was ons komen begroeten toen de Amsterdam op de rede van Batavia voor anker was gegaan. Zodra de takel ons had neergezet in de privésloep van de gouverneur-generaal, schudde ik de lelijkheid van de overtocht van me af en was ik mijn onberispelijke zelf. Ik beantwoordde de handkus van Hendrik Brouwer en zijn woorden van onthaal, plechtstatig maar gemeend, zo gracieus en vriendelijk mogelijk en vond in hem een man die daar volstrekt ongevoelig voor was. Ik heb echt mijn best gedaan de conversatie gaande te houden. Ver voor de schuit de kade had bereikt, gaf ik het op.

Dan niet. Antonio en ik hadden Brouwer niet nodig. De benoeming voor het hoogste ambt was al geschreven en ondertekend. Daarmee waren wij verlost van vleierij. In plaats daarvan keek ik naar voren, naar de toekomst die in het verschiet lag en naar het naderende land. Hoe anders zag de kade er nu uit. Uit de puinhopen was een prachtig, indrukwekkend kasteel tevoorschijn gekomen. De twee bastions en de toegangspoort lagen vlak aan het water. Op de weg van de haven naar de stad waren zeker zoveel mensen als op de dag dat ik als baarmoeder aankwam, twee levens geleden, er was net zoveel lawaai en de hitte was nog even zwaar. Verder was alles anders. Likkebaardende mannen hadden plaatsgemaakt voor vrijburgers en Compagniesdienaren met hun gezinnen, slovende slaven waren in een ander deel van de stad ingezet, wakende musketiers waren vervangen door een compagnie van zeker tweehonderd glimmend gepoetste soldaten, strak in het gelid. Zo werd de nieuwe directeur-generaal officieel welkom geheten. Philips Lucasz, Antonio's vriend en bondgenoot, stond vlak achter ons. De scheepsmaat die vijftien jaar eerder met 'Thonis Meeusen' was uitgevaren om zijn geluk te beproeven in de Oost, kwam aan als eenvoudig soldaat, klom met Toni mee omhoog en had nu een aanstelling als raad van Indië op zak.

Zodra we aan wal waren, klonken er saluutschoten. *Saluutschoten!* Ik moest moeite doen de grijns van mijn gezicht te houden, daarmee zou ik de ceremonie verstoren en Antonio te kijk zetten. Het lukte mij waardig en toch vriendelijk te zijn: dit was wat ik wilde.

'U bent natuurlijk onze gast,' hoorde ik naast me.

Ik voelde een hand op mijn arm en keek in het zachte gezicht van Cecilia van Dorp, de echtgenote van Brouwer.

'Mijn man zal erop toezien dat meneer Vlack de directeurswoning zo snel mogelijk laat leeghalen,' zei ze.

Twee weken later, toen alle opgeslagen spullen een nieuwe plek hadden gekregen en ons huishouden op orde was, zei ik tegen Antonio dat ik meteen na de welkomstceremonie in staat was geweest rechtsomkeert te maken naar Holland. Om nooit meer terug te komen. Als er een retourschip voorhanden was geweest, zou ik zonder dralen aan boord zijn gegaan, zelfs nu het vaderland minder mijn vaderland was. Ik was immers niet gekomen om bij de gouverneur-generaal te logeren. Ook al was de troon daar tastbaar, ik wilde niet dat hij en ik in het Gouverneurshuis zouden rondlopen als de tovenaarsleerling en zijn wichtje. Ik wilde geen gast zijn in dat huis, ik was geen gast. Antonio was de op een na belangrijkste man in Batavia en ik was zijn vrouw. Toch moesten we bij Brouwer intrekken, we hadden geen keus omdat ons huis nog niet leeg was.

Anderhalve dag na aankomst, mijn lijf had zich inmiddels gevoegd naar het vasteland, werd het me duidelijk dat de troon ver te zoeken was in huize Brouwer. Hij ging schuil onder een laag stof, net als het meubilair. De gastenvertrekken waren fris en schoon, dat moet gezegd. De rest van het huis was sjofel en schimmelig, als een schip na negen maanden op zee. Mevrouw Brouwer hield hier in Indië niet vast aan de properheidsstandaard van thuis. Of ze had slecht personeel.

Ik viel van mijn stoel, letterlijk, toen ik zag dat de tafel voor het avondmaal niet met zilver maar met tin was gedekt – alsof we nog aan boord waren. Het was niet de verbazing over de boerse dis die me aan het wankelen bracht, die kon ik wel verbergen achter een glimlach. Het kwam door een moment van onoplettendheid, zodat ik struikelde over de zoom van mijn jurk, juist toen Antonio mijn stoel wilde aanschuiven. Mijn aandacht was afgeleid door Cecilia, die zelf de soepterrine op tafel zette, gekleed in het soort jurk dat ik het laatst had gedragen in de klas van juffrouw Qual. Gegeneerd schoof ik de ringen van mijn vingers en de armbanden van mijn polsen om het verschil in opsmuk met mijn gastvrouw wat te temperen. Ik stopte de sieraden zo onopvallend mogelijk in het buideltje aan de band van mijn jurk. Dat lukte niet, iedereen had gezien wat ik deed, en daarom keek ik niet waar ik mijn voet neerzette. Antonio kon me nog net opvangen, maar hij kon mij niet behoeden voor gezichtsverlies.

De rest van de avond voelde ik de ogen van alle gasten op mij gericht. Het was alsof ze wilden zeggen: 'Beetje te hoog gegrepen voor zo'n baarmoedertje.'

De andere, mooie kant van onze terugkeer was dat die vreselijke Pieter Vlack uit zijn huis en uit zijn rang werd geknikkerd. Antonio smulde er nog meer van dan ik en dat kwam zijn humeur in die eerste moeizame en vermoeiende weken ten goede. Door zijn toedoen was Vlack niet alleen geen gouverneur-generaal geworden, zodra Antonio voet aan wal had gezet, was zijn vijand alles kwijt. Gerechtigheid.

Na veertien lange dagen kwam Elisabeth vertellen dat het directeurshuis gereed was voor zijn nieuwe bewoners. Ik nam afscheid van mijn gastvrouw, stelde haar als dank een soiree in het vooruitzicht, stapte de voordeur uit, ging de bordestrap af, liep tien meter aan de zijde van mijn huishoudster over het strakke plaveisel van het Kasteel en stapte door de openstaande deur het huis naast de gouverneurswoning binnen.

In de hal hadden de vier bedienden zich opgesteld om mij te begroeten, wat onwennig nog na het vertrek van hun vorige meester. Achter de trap naar boven, verscholen in het donker, stonden Zus en Zusje met beleefd afgewende blik. Naast hen stond Meisje, inmiddels drie jaar oud.

Het kind zakte onwennig maar keurig door haar knietjes en draaide nederig haar hoofdje opzij.

'Goedendag, Iboe,' zei ze.

Ik zag dat ze de neus van haar vader had, een echte Kunstneus.

* * *

Hij was zo door regeringszaken in beslag genomen dat ik hem zelden zag en daardoor duurde het even voor ik het haarscheurtje in ons huwelijk ontdekte. En het kwam in vermomming. Antonio, doorgaans al niet bijster geïnteresseerd in mijn vriendinnen en kennissen, had onder het straffe bewind van Brouwer niet eens meer tijd voor vragen uit beleefdheid. De eerste weken van 1634 had ik weinig anders te doen in het voorname huis dan voorraden inspecteren, nieuwe jurken laten maken, Elisabeth instructies geven voor de opvoeding van slaven en bedienden, bezoekjes brengen aan Janneke en haar kinderen en schrijven aan moeder. In die stille, zinloze dagen viel het op dat Antonio, bij hoge uitzondering een keer thuis voor het avondmaal, zomaar uit het niets vertelde over Catharina van Zevenaar, de vrouw van de president van het Hof van Justitie. Hem was ter ore gekomen dat zij op zoek was naar liefdadigheidswerk. Een paar dagen later noemde hij de naam van de vrouw van een van de raden, Johanna van Schuilenburg, vlak voor hij zich terugtrok in zijn kamer. Ik had zijn zachte wenken verstaan zoals ik dacht dat ze waren bedoeld en bracht beide vrouwen een bezoek. Te voet, met Zusje als zonneschermdraagster, want Brouwer had het gebruik van de Compagnieskoetsen voor dergelijke uitstapjes verboden.

De zuinigheid die bij hem binnen al zo voelbaar was, legde hij ons buitenshuis ook op.

Het waren ongemakkelijke bezoeken geweest. De vrouw van de nieuwe directeur-generaal op bezoek krijgen was niet helemaal hetzelfde als theedrinken met de vrouw van een van de raden van Indië. Ik had in die dagen een zekere roem vergaard door de snelheid waarmee ik was opgeklommen in het Bataviase. Te snel misschien, want ik kwam tot de ontdekking dat ik me in deze situatie niet goed wist te gedragen. Ik kon mijn gastvrouw moeilijk geruststellen omdat ik net zo stroef was als zij. Het kwam erop neer dat de vrouwen die ik bezocht fungeerden als de eerste lessen van alweer een nieuwe leerschool. Ik moest mezelf daarin onderwijzen, aangezien de vrouw van Pieter Vlack, Coens schoonzuster Elisabeth Ment, al bij de kwestie van de opvolging van Coen de oorlog had verklaard aan Antonio en dus ook aan mij. Elisabeth Ment liet liever een arm afzagen dan haar opvolgster wegwijs te maken in haar nieuwe verantwoordelijkheden.

En ik moest nog leren wat ik met al mijn geld niet kon kopen. Dat ik onder alle omstandigheden het juiste zou weten te doen, bijvoorbeeld. Dat was echte stand.

Zelfs als de verhoudingen anders hadden gelegen was het mijn eer te na geweest om mijn heil te zoeken bij de vrouw van Vlack. Wel had ik graag een vriendin gehad om af en toe op te leunen. Die had ik niet meer. De hoop op een weerzien met Petronella Buys vervloog al toen ik vergeefs zocht naar haar gezicht bij aankomst op de kade. In een brief die ze Philips Lucasz in bewaring had gegeven, schreef Petronella dat ze met haar zus en zwager naar patria was gegaan, maar dat ze misschien weer zou terugkeren. 'Misschien, misschien,' stond er. Ik begreep die geheimzinnigheid niet, Philips evenmin.

'Ik ben slechts de bode,' zei hij die dag op de kade.

Hij was veel meer dan dat, bleek later. Toen ik bijna boos werd vanwege zijn geheimzinnigheid en eiste dat hij openheid van zaken zou geven, vertelde Philips dat tijdens onze afwezigheid de liefde tussen hem en Petronella zo was gegroeid dat hij Jacques Specx om haar hand had gevraagd. Specx wilde zijn schoonzuster niet weggeven, wel was hij bereid een officieel verzoek van Lucasz aan de vader van Petronella mee te nemen.

Het stond allemaal in een lange brief die Petronella voor haar vertrek aan mij had gestuurd, net te laat. Want de brief werd bij mijn moeder bezorgd toen Antonio en ik het Kanaal passeerden aan boord van de Amsterdam.

Daarin stond ook wat er was gebeurd met Saartje: Jacques Specx had haar uitgehuwelijkt aan een Duitse dominee. Vijftien was ze toen ze die vijfenveertigjarige zendeling moest volgen naar Formosa. Zo doe je dat met meisjes die je voor de voeten lopen: je geeft ze weg.

* * *

Ik had tot dan toe meebewogen met de wendingen in mijn leven, buigzaam als de bamboe die aan de andere kant van de Bataviase verdedigingsmuur ritselde. Nu ik de tijd neem om mijn leven te overzien, sta ik vaak versteld van de domme dingen die ik heb gedaan, maar ook van de inzichten die mij gegeven zijn. Soms was het alsof ik dit leven al een keer had geleid en wist hoe ik het moest doen – als je lang in Batavia bent, vind je dat soort gedachten niet vreemd. In mijn nieuwe positie was ik degene die de beweging in gang moest zetten. Na die beschamende eerste bezoeken, die alles weg hadden van een klucht voor twee zwijgende vrouwen, realiseerde ik me dat het mijn taak was om te luisteren, om vragen te stellen. Over wat er zoal was gebeurd sinds Antonio en ik ruim twee jaar daarvoor waren uitgevaren naar patria.

* * *

Een aardverschuiving, dat was er gebeurd. In Batavia gromde een aardverschuiving. Die was het gevolg van een enorme dreun op 22 september 1632, de dag nadat de nieuwe gouverneur-generaal voet aan wal had gezet. Rond de tijd dat Antonio in Amsterdam te horen kreeg dat hij Pieter Vlack zou opvolgen als directeur-generaal maakte Hendrik Brouwer bekend, nauwelijks een etmaal nadat hij met veel heisa en vrolijkheid was ingehaald op de kade van Soenda Kelapa, dat de handel door vrijburgers per direct aan banden werd gelegd. Met andere woorden: wie niet in dienst was van de Compagnie kon geen stuiver meer verdienen. Met een enorme klap ging de droom van Coen aan diggelen – ooit met verve gesteund door de Heren Zeventien – én de dromen van alle mannen die naar de Oost waren gekomen om fortuin te maken. Alles aan gruzelementen. In een brief uit Amsterdam lieten dezelfde Heren weten dat er geen misverstand kon bestaan over de opdracht die Brouwer had meegekregen: de Compagnie zou voortaan op de vetste weiden grazen. En inderdaad, iedereen had het goed verstaan. De brief was, zoals het gebruik wilde, hardop voorgelezen in de Raad.

Hendrik Brouwer leek op een dominee omdat hij dat in zijn ziel ook was: een strenge, steile calvinist. Het goede prediken en het kwade bestrijden was de belangrijkste opdracht in zijn leven. Antonio had zijn bazen al eerder gecomplimenteerd met hun keuze voor de nieuwe landvoogd, in een volgende brief liet hij weten onder de indruk te zijn van wat Brouwer in korte tijd had bereikt. Terwijl Batavia in rep en roer was over het strenge beleid stak Antonio juist de loftrompet over die nieuwe wind: eindelijk was er iemand die de handel voor eigen rekening durfde aan te pakken. De Hollandse vestiging in de Oost had er nog nooit zo goed voor gestaan.

De voortvarende Brouwer stelde zijn eerste daad al onderweg. Hij ging aan land op de Kaap en zag erop toe dat de meer dan tweeduizend brieven die daar onder de poststenen lagen in zijn hut werden bezorgd. Hij las ze allemaal, woorden die niet voor zijn ogen bestemd waren, om de geadresseerden te kunnen betrappen op zaken die het daglicht niet verdroegen. Hij vertrouwde niemand, met uitzondering van enkelen – mijn Antonio was daar een van – en dat is hem uiteindelijk opgebroken. Maar toen, aan het begin van zijn queeste, had hij alle armslag en liet hij in de eerste dagen van zijn bewind tientallen Compagniesdienaren uit hun functie zetten of zo nodig zonder loon terugsturen naar de Republiek – de brieven als het bewijs van hun kwader trouw in de hand.

Hendrik Brouwer was na de zware kritiek van Antonio op Jacques Specx door de Heren Zeventien naar de Oost gestuurd om met harde hand orde op zaken te stellen. Zijn voornaamste opdracht was het uitroeien van de particuliere handel onder Compagniesdienaren. Dat lag in de lijn der verwachting: zijn voorgangers waren daartegen ook al in het geweer gekomen. Min of meer voor de vorm en daarom zonder succes. Misschien was het een tactische zet van Brouwer om eerst iets anders te doen, iets onverwachts. In elk geval trokken alle vrijburgers krom van paniek toen hij zijn intrede deed in het Kasteel. Zo zout hadden ze het nog nooit gegeten.

In het roddelcircuit van Batavia had de nieuwe gouverneur-generaal binnen de kortste keren de bijnaam Heilige Hendrik. De bevolking zuchtte van hoog tot laag onder 'de tucht van Brouwer', de man die de opdrachten uit Amsterdam naar de letter uitvoerde, en er zelf nog een schepje bovenop deed. Tijdens mijn bezoek aan Catharina van Zevenaar begreep ik pas dat de koetsen van de Compagnie helemaal nooit meer reden. Brouwer liet ze uit elkaar halen en opslaan in het pakhuis. Het was onnodig, vond hij, net als opzichtige kleding, juwelen en overdaad in het algemeen. De soiree die ik voor de Brouwers had willen organiseren, werd op hun dringende verzoek een middag met thee en zoetigheden. En zelfs dat was al te extravagant, zo leek het, want meneer Generaal nam één kopje thee en bedankte voor de lekkernijen die Elisabeth had gemaakt.

Inmiddels wist iedereen dat Cecilia van Dorp het grote Gouverneurshuis aan kant moest houden, en voldoen aan de verplichtingen die bij haar status hoorden, met hulp van slechts twee dienstmeiden die het echtpaar uit Holland had meegenomen. Dat vond haar man meer dan genoeg. Soberheid streefde hij na en leefde hij voor. En het werkte: binnen de kortste keren was de toch al schaarse sier van het Bataviase leven zo goed als verdwenen – goud en zilver zag je nauwelijks meer op straat, zelfs niet op zondag in de kerk.

Ik plaats daarvan zag je naakte, zwarte lijven, glinsterend van zweet. In plaats van het geratel van rijtuigen hoorde je gerochel en geschreeuw – zwepen landdden niet langer op paardenlijven maar op de lichamen van slaven die de volgende uitbreiding van de stad moesten graven: de Kaaimansgracht.

Brouwer zette alle slaven van Batavia in voor het dempen van het moeras aan de oostzijde van de stad. Omdat velen het moordende tempo in de helse hitte niet overleefden, werden nieuwe slaven aangevoerd om huizen te bouwen. Op 15 augustus 1634 meldde Brouwer aan zijn raden dat het voormalige moeras bewoonbaar was gemaakt. Antonio vertelde dat de trots bijna uit zijn neus droop – zo heilig was Brouwer dus ook weer niet – toen hij vertelde dat de Compagnie de grond goed had kunnen verhuren.

* * *

Ik ontmaskerde het haarscheurtje in mijn band met Antonio tijdens mijn tweede bezoek. Terwijl ik luisterde naar Johanna van Schuilenburg begreep ik zijn verborgen boodschap, want het was uiteraard geen toeval dat beide vrouwen die ik onder zijn aanmoediging een bezoek had gebracht in de toestand verkeerden en niet in het minst geïnteresseerd bleken in liefdadigheid.

Het wachten op een kind begon van voren af aan. Dat bracht niet het gewenste resultaat, net zomin als de heimelijke bezoeken aan Si Jagur en de al dan niet verhulde verwijten aan het adres van het vruchtbaarheidskanon. Want hoe vaak Antonio mij ook bezocht en hoeveel huismiddeltjes Elisabeth ook aandroeg – van recepten uit de koker van wijlen haar eigen moeder tot geheime brouwsels van geheime kruidenmengsters in achterafstraatjes – mijn schoot bleef leeg. We spraken steeds minder, hij bezocht me nauwelijks meer, ik verviel in somber zwijgen. Ruim twee jaar na onze terugkeer in Batavia was ook de vriendschap die we altijd hadden gehad verlept.

Antonio wilde Batavia bevolken, net als Coen, de man die hij ooit als zijn leermeester zag. De nazaten van Van Diemen zouden het begin zijn van een belangrijke lijn van bestuurders en oermoeders, te beginnen met mij. Ikzelf had na tien jaar wachten alle hoop op een kind verloren. Ik was uitgewacht. Sterker nog: ik wilde geen baarmoeder meer zijn. Ik bande Antonio uit mijn bed en ging doen waar ik goed in was: handelen. Onder de neus van Heilige Hendrik, dat leek me een uitgelezen plek. Elisabeth kreeg instructies voor het laten maken van een nieuwe garderobe: eenvoudige, kleurloze jurken van katoen die, mocht de gelegenheid erom vragen, konden worden opgefleurd met een simpel kraagje van kant. Cecilia van Dorp stak opgetut af tegen zoveel saaiheid.

Maar wat bedoeld was als stil protest tegen de strenge domineesregels van Brouwer veranderde in een bittere, pijnlijke noodzaak. Want nog geen jaar nadat hij met mij was meegevaren, viel mijn geliefde broer Arend, kapitein Van Aelst inmiddels, ten prooi aan moeraskoortsen van de hevigste soort en stierf, huilend en schokkend als een waanzinnige, in de armen van zijn vrouw Janneke.

Daar stond ik weer, op de begraafplaats waar ik al twee keer eerder was, in een jurk die liet zien hoeveel ik had verloren. Te midden van de kleine processie, leunend op de arm van Antonio, passeerde ik de stenen van honderden mannen, vrouwen en kinderen uit het vaderland en de graven van mijn eerdere echtgenoten. Hun dood was niet zo gek veel meer dan een rimpeling in mijn vlakke dagen geweest, een ongemak. De dood van Arend, net nu hij weer bij me was, had mij verwond. In de brief aan moeder, die ik de avond daarvoor schreef, vertelde ik hoe goed Arend het in Indië had gedaan en wat een knappe, betrouwbare officier hij was geworden, net als zijn vader. Mijn vader. En terwijl ik mijn brief bij de officiële papieren voegde die samen met Janneke en haar kinderen per retourvloot naar Holland zouden varen, hoorde ik in mijn hoofd de stem waarvoor ik liever doof was geweest: 'Naar voren kijken.'

* * *

Met de diamanten die ik in Amsterdam liet bewerken en verkopen had ik heel veel geld verdiend. Hoewel edelstenen verhoudingsgewijs niet zo profijtelijk zijn als muskaatnoten, die voor vijf cent per pond worden ingekocht en meer dan tweeënhalve gulden per pond opbrengen, waren diamanten uit Borneo bij vorstenhuizen in die dagen nog geliefder dan fijne specerijen. Hoe hoog de opbrengst was heb ik altijd zorgvuldig geheimgehouden en ik zie geen reden om nu opening van zaken te geven. Zelfs Antonio wist het niet, wilde het niet weten. Maar iedere koopman kan je vertellen dat een diamant in Amsterdam anderhalf keer zoveel opbrengt als de kostprijs in de Oost. Ongeslepen. Zonder overdrijven kan ik zeggen dat dat eerste buideltje matte stenen, deinend tussen mijn borsten naar Amsterdam vervoerd, door een slijper in een steegje van de Jodenbreestraat – de beste in Amsterdam, volgens mijn agent – tot schitterende perfectie geslepen, mijn vermogen minstens had verdubbeld. Niemand in Batavia was rijker dan ik. Ik kon het niet laten zien, maar die wetenschap was voor mij voldoende. Voorlopig.

Mijn nieuwe inkoper had zich kort na mijn huwelijk met Antonio bij mij gepresenteerd op voorspraak van Philips Lucasz. Hij was klein en goed. Dirck de Vlieger was net als Philips en Antonio met de Mauritius naar Batavia gekomen. Uitgevaren als gewoon soldaat had ook hij zich na aankomst razendsnel ontwikkeld, alsof die mannen onderweg toverbonen te eten hadden gekregen. Of misschien waren het gewoon gisse jongens met een hart voor avontuur voor wie het vaderland te klein was geworden. De Vlieger bleek een uiterst bekwaam koopman met een neus voor bijzondere waren en een oog voor wat er door de beugel kon, zijn beugel. De reden waarom hij niet samen met zijn oude scheepsmaten hoger op de ladder was geklommen bleek een simpele: keer op keer bedankte hij voor de eer. Hij wilde geen mannen om zich heen die hem op de vingers keken en vragen stelden. Hij wilde geen rapporten hoeven schrijven en hij wilde niet gebonden zijn. Veel liever was hij een vagebond, maar dan in keurig dienstverband. En hoewel hij een snoeiharde onderhandelaar was en lachte om regels van de Compagnie, stond hij bij leveranciers en klanten in hoog aanzien omdat iedereen in die kleine stenenwereld wist dat hij nog nooit iemand had benadeeld of bedonderd.

'Als je buiten de wet leeft, moet je eerlijk zijn,' zei hij die eerste keer.

Een man naar mijn hart. En toen bleek dat ik met stenen die hij had gekocht zeer goede zaken had gedaan op de Amsterdamse beurs – ze brachten beduidend meer op dan de stenen van Metius – wist ik dat Philips Lucasz mij meer dan één dienst had bewezen. Een bezoek van Dirck de Vlieger aan het adres van Antonio van Diemen zou immers geen enkele vraag opwerpen. Hij was een Compagniesdienaar, vooraanstaand zelfs. Dat hij eveneens een belangrijke schakel was in de keten van de sluikhandel was slechts bij enkelen bekend. De nieuwe landvoogd wist van niets en dat moest zo blijven. Onder de tucht van Brouwer waren De Vlieger en ik iets voorzichtiger geworden, spraken we elkaar vaker per brief dan in persoon. En soms spraken we elkaar in het Kasteel, op een steenworp afstand van onze grootste vijand.

'Waarom neem je het altijd voor hem op?' vroeg ik op een zondagmiddag na de kerk. We zaten in de koelste kamer van het huis – de ramen en deuren zorgvuldig gesloten tegen ziekten die in de Oost zo boosaardig kunnen binnenwaaien. De dag was dermate drukkend dat ik de rokken van mijn modderkleurige jurk liet wapperen en mijn gezicht en nek koelte toewaaierde. Antonio had, geheel tegen zijn gewoonte, zijn formele kleding vervangen door een luchtige japonse rok.

'Omdat hij de beste landvoogd is die ik heb meegemaakt – zorgvuldig, eerlijk, goed oog voor de handel, en ook nog eens...'

'Mensen zijn ontevreden. Er broeit iets, er staat iets te gebeuren.'

Antonio reageerde daar niet meteen op. Hij dronk zijn stroop, keek mij aan en zei: 'Het zijn jouw zaken niet.'

Ik moest lachen om zoveel domheid. Zo hard dat Zus schielijk om de hoek kwam kijken om zeker te weten dat er niets aan de hand was.

'Over een jaar wel, Toni, over een jaar zit ik in het huis hiernaast met jou.'

Antonio pakte zijn bijbel van de tafel om duidelijk te maken dat ons gesprek ten einde was. Terwijl hij naar de bladzijden staarde, ging ik door.

'Misschien moet ik dan maar terug. Dan koop ik een huis in de buurt van moeder. Aan mij heb je toch niets, ik kan je geen kind geven.'

Daar keek hij van op, van die laatste zin. Het onderwerp dat onze dagen, ons leven met elkaar beheerste, was voor het eerst uitgesproken.

'Wij moeten ons neerleggen bij de wil van God,' zei hij.

'Vrouwen als ik hebben geen waarde hier, zegt jouw geliefde Brouwer. En aangezien je hem in alles napraat, vind jij dat ook.'

Dat had het gewenste effect. Antonio sprong op, keek me aan, schudde zijn hoofd.

'Nee!'

Hij was het niet eens met de mening van zijn baas die de Heren Zeventien had geschreven dat er in Batavia goedbeschouwd geen plaats was voor vrouwen uit het vaderland. Brouwer overwoog een verbod uit te vaardigen op huwelijken tussen vrouwvolk uit het vaderland en Compagniesdienaren, omdat zij, zo was zijn overtuiging, hun mannen ongelukkig maken met zeuren, janken en te veel geld uitgeven. Hij zag meer in verbintenissen met inheemse vrouwen, die gewend waren aan het leven in de tropen en dat overbrachten op hun nakomelingen.

Dit voornemen had een golf onrust veroorzaakt. Batavia schudde op haar jonge, zompige grondvesten toen met de vloot van Jacques Specx, teruggehaald naar Amsterdam, drieëntwintig getrouwde stellen naar huis vluchtten. Een jaar later, met de volgende vloot, keerden nog eens vierentwintig echtparen Batavia de rug toe. Niemand zou mij missen.

'Blijf,' zei Antonio, 'ik vraag het je met mijn hart.'

Ik zag de paniek in zijn ogen. Hij wist dat ik niet voor de liefde zou blijven en zijn geld had ik niet nodig. Ik was er niet zeker van wat het motief was van die smeekbede: zijn calvinistische overtuiging dat man en vrouw alleen door de dood gescheiden mogen worden, de vrees voor zijn aanzien als hij straks Brouwer zou opvolgen, een restje trouw aan de door hem ooit bewonderde Coen die zich juist sterk had gemaakt voor een Volksplanting met vrouwen uit het vaderland en zonder wie ík daar niet was geweest, of omdat hij mij naast zich wilde, bij zich.

'Als je mij vertelt welke macht Brouwer over jou heeft.'

'Goed,' zei Antonio, en vertelde zonder schroom maar

schaamtevol dat hij Brouwer voor het eerst had ontmoet in Amsterdam, de dag voordat hij onder een schuilnaam naar de Oost zou vluchten. Deze Brouwer – een medecontraremonstrant – was dezelfde als de bewindhebber aan wie hij zijn ware identiteit had onthuld. En tegen wie hij had gelogen over wie er verantwoordelijkheid was geweest voor zijn faillissement.

Antonio boog zijn hoofd als een echte zondaar. Hij had al zijn schuldeisers betaald, bovendien had hij tijdens ons bezoek aan het vaderland zijn oude compagnon Jan Engels persoonlijk genoegdoening gegeven in de vorm van verontschuldigingen en duizend gulden. Toch was voor hem die schandvlek daarmee niet weggepoetst.

'Het was niet eerlijk,' zei hij, 'Brouwer weet dat.'

'En waarom laat hij jou daarmee wegkomen?' vroeg ik.

'Hij heeft me nodig.'

Zo simpel lag het dus. Juist toen ik dacht dat het allemaal afgelopen was, dat ik mijn bullen en mijn geld zou pakken en naar huis zou gaan, zag ik het.

'En jij hebt mij nodig,' zei ik.

Antonio knikte. 'Blijf,' zei hij weer. Het klonk als een smeekbede.

'Als je mij alle vrijheid geeft.'

Dat was mijn voorwaarde.

'Ik handel in stenen en jij vindt dat goed.' Ik wilde het hardop zeggen, nam geen genoegen meer met onuitgesproken afspraken en onderhuidse verstandhoudingen.

'Ja, dat vind ik goed. Als je mijn, onze, positie niet in gevaar brengt.'

'En anders?'

'Laat ik je vallen.'

'Zo makkelijk?'

'Nee,' zei Antonio, 'maar ik doe het wel.'

En daarmee zei hij, zonder het te zeggen, dat ik hem nodig had voor mijn handel.

Daar had hij gelijk in. Toch liet ik me daardoor niet van de wijs brengen, van voorzichtigheid wordt immers niemand rijk. Ik bleef mijn stenen kopen van Dirck de Vlieger, stuurde ze met de retourvloot naar mijn Amsterdamse slijper, en had een feestdag als de volgende vloot mijn flonkerende schatten terugbracht – altijd verstopt in een brief, een kaas of een paar kousen. Onverdachte omhulsels.

In diezelfde week bracht het admiraalsschip mijn portret – de beeltenis van ons samen zou volgen met de volgende vloot, schreef Rembrandt. Antonio was er verrukt van en liet het in de grote kamer ophangen, waar iedereen het kon zien. Ik keek er zo weinig mogelijk naar, vermeed als het even kon de blik in de ogen van die Maria.

* * *

De beslissing om de knuppel in het hoenderhok te gooien was ingegeven door verveling en een blijvend lege baarmoeder. Antonio en ik hadden onze vriendschap weer hersteld, ook in bed. De scherpe woorden hadden een gunstig effect gehad. Toch reikte het wekelijks hoogtepunt doorgaans niet verder dan een bezoek aan de kerk. Daarbuiten viel er met dank aan het Brouwerbewind voor mij niet veel te doen, behalve een beetje handelen. Voor Antonio lag dat anders. Hij werkte zo hard als de hitte en zijn uithoudingsvermogen dat toelieten, met als gevolg dat ik hem zelden zag. Ik nam het hem niet kwalijk, verlaagde me niet tot klagen. Ik wist wat hij deed en waarom hij het deed. Nog een goed jaar, dan zou alles anders zijn. Als ik me ongezien wist, bracht ik een bezoek aan Si Jagur en hoopte ik, bad ik, dat mijn schoot niet voorgoed was verwoest door Kunst.

Een leuke afleiding was het feestje voor onderkoopman Bartholomeus de Gruyter. Antonio's neefje was ondanks zijn jonge jaren benoemd tot geheimschrijver van de Raad van Indië. Hoewel Antonio hem vlak na terugkomst al wilde voordragen voor die positie, hadden zijn mederaden tijd nodig gehad om zichzelf ervan te overtuigen dat 'het jochie', zoals ze hem hadden gedoopt, inderdaad de buitengewoon begaafde pennist en rekenaar was waarvoor zijn oom hem hield. Waarmee hij zijn talent en bekwaamheid had bewezen wist ik niet, want de gulden regel luidde: wat in de Raad is gezegd, blijft in de Raad. Ik wist wel dat de jongen die ik in Culemborg heimelijk als een halve zoon had geadopteerd met zijn veertien jaren de jongste geheimschrijver ooit in dienst van de Compagnie was. Hij bezocht mij bijna dagelijks. Hij miste een moeder, ik miste een kind. We vulden bij elkaar aan wat er niet was.

Alle raden waren van hem onder de indruk, net als Brouwer zelf en na een paar maanden in functie werd hij capabel genoeg bevonden om de factorij in Masulipatnam te bezoeken. Dat was een teken. Ik wist meteen dat de Raad plannen met hem had, niet omdat Antonio dat had verteld, maar omdat het de loop der Bataviase dingen was.

Ik zag mijn kans in de vroege zomer van 1635 toen Bartie, zoals wij hem in familiekring noemden, kwam vertellen over zijn aanstaande eerste reis tijdens een theemiddag die ik had georganiseerd voor wat er nog restte aan familie. Op dat soort dagen miste ik Arend het meest, en moest ik mijn best doen het niet te laten merken. Tot mijn grote vreugde was Petronella terug, aan de arm van haar man Philips Lucasz. Hij was haar gaan halen omdat haar ouders en de zijne erop hadden gestaan dat het huwelijk in het vaderland zou worden voltrokken en niet in Indië. Ze hadden van de gelegenheid gebruikgemaakt zich te laten portretteren, eveneens door Rembrandt. De schilder had eigenlijk geen tijd gehad – hij was inmiddels bekend geworden. Toch had hij het graag gedaan voor een belangrijke Compagniesman en zijn nieuwe bruid. Daar ging het gesprek over, terwijl alle ogen gericht waren op mijn portret, voordat de reis van Bartie aan bod kwam.

Philips had zich in het kielzog van Antonio ontwikkeld tot een ervaren en bekwame bestuurder en verwierf daardoor een goede positie in de Raad. In de jaren daarvoor was hij als koopman naar Masulipatnam uitgezonden en terwijl hij zijn verhalen vertelde over het rijk van Golkonda aan de Coromandelkust gleed ik in gedachten terug naar de kleine serambi voor het huis van Johan Libener. Dat was de plek waar ik voor het eerst over Golkonda had gehoord. Daar had ik, telkens als die naam viel, dagdromen gehad van een flonkerende berg. Het was een naam als in een fantastische vertelling of een heldendicht, een naam waar ik wilde zijn, met eigen ogen wilde zien. Johan liet er, toen nog openlijk samen met de Compagnie via Antonio, katoenen dekens, sitsen en tapijten kopen waarmee hij op de markten in de Oost en in de Republiek goudgeld verdiende. De berg in mijn fantasie schitterde evenwel niet van goud maar van kostbaar edelgesteente. Daar, in zijn buik, bevond zich de grootste diamantmijn van Voor-Indië. Daar werd Bartie naartoe gestuurd om de resultaten van de factorij te boekstaven.

'Ik ga mee.'

Iedereen aan tafel viel stil – de knuppel was geland. Gek genoeg hielden de kippen hun kop. Na een poosje begon Petronella te giechelen en daarna hard te lachen, waarmee ze Philips aanstak. Bartie lachte ook, enigszins verbouwereerd omdat hij niet wist dat zijn tante zo grappig uit de hoek kon komen. Antonio vertrok geen spier, hij wist dat ik geen grapje maakte.

'Een vrouw in mijn positie' – ik zei nog nét niet 'de aanstaande vrouw van de aanstaande nieuwe landvoogd', maar iedereen aan tafel begreep de boodschap – 'moet kennis hebben van de vestigingen. Dit is een mooie kans om die kennis uit te breiden.'

Wat er niet werd gezegd in de grote kamer van de directeurswoning, luttele meters van het huis van de huidige landvoogd, klonk net zo oorverdovend als mijn mededeling dat ik zonder Antonio naar de factorij van Masulipatnam zou afreizen. Het valt niet te bewijzen, althans nu niet meer, maar het ligt voor de hand dat Antonio de geheime verzekering van de Heren Zeventien dat hij de volgende gouverneur-generaal zou worden als de ambtstermijn van Heilige Hendrik erop zat, had toevertrouwd aan Philips en misschien zelfs ook aan Bartie. Ik kan me bijna niet voorstellen dat hij ze niet in vertrouwen had genomen, want zo lagen de verhoudingen. Dat ik een liefhebber was van diamanten en dat ik me in de loop van mijn Bataviase leven had ontpopt als een serieuze partij op de markt voor edelstenen, hard op weg zelfs om een geduchte concurrent van de Compagnie te worden, was in bepaalde kringen ook al geen geheim. Behalve voor Antonio, maar dat was zijn eigen keuze.

'Misschien moet je Elisabeth meenemen,' zei hij.

'Zusje,' zei ik, 'ik neem Zusje mee als zeemeid. Die kan beter tegen de hitte.'

Antonio knikte. Hij wist dat ik al onderweg was naar Golkonda en dat tien paarden mij nog niet konden terughalen.

* * *

Terwijl Bartie de Gruyter aan de reling van het jacht Grotebroek stond te genieten van het uitzicht op zijn eerste reis naar een factorij, was ik mijn hut aan het verkennen. Bij het vooruitzicht tijdelijk onder het juk van Brouwer vandaan te zijn, had ik mijn goede kleren laten inpakken. Om de schijn van braafheid enigszins op te houden, en omdat het er op een schip toch niet zo toe deed, droeg ik overdag mijn eenvoudige jurken. 's Avonds, in de kajuit van de schipper, aan de tafel gedekt met batist en kristal, was ik gekleed naar mijn stand.

Het was begin juli 1635. We waren vijftien dagen onderweg toen schipper Barend van Nieuwkerk bij het avondmaal liet weten dat wij door ongunstige winden genoodzaakt waren de haven van Galle op Ceylon aan te doen. Zijn aankondiging had bij niemand enige onrust gewekt. De meeste passagiers, vrijwel zonder uitzondering koopmannen, enkelen met hun echtgenotes, waren bekend met de route en met de plotselinge stormen in die wateren. Mijn linkse tafelgenoot (aan mijn rechterhand zat de schipper), een opperkoopman op de terugweg naar zijn standplaats aan de Coromandelkust, zei, waarschijnlijk om mij gerust te stellen en af te leiden, dat ik met een beetje geluk tamme olifanten kon zien die van daaruit werden verscheept.

Ik antwoordde dat ik daarover had gelezen in de Amsterdamse courant die moeder mij van thuis had toegezonden.

De opperkoopman, Klaas ten Bruggencate, trok zijn wenkbrauwen op. Ik realiseerde me dat hij misschien niet wist wat een courant was. Zo gewend als wij nu zijn aan het gedrukte nieuws dat ons bijna dagelijks ter beschikking staat, zo onvoorstelbaar was het nog in het jaar 1635, zeker voor hen die allang niet in het vaderland waren geweest. Zo kwam het dat ik hem kon vertellen dat in de allereerste courant die ik ooit zag, geschreven stond dat de retourvloot van 1633 goederen aan boord had ter waarde van zeven miljoen goudstukken, en een olifant genaamd Hansken.

De vriendelijke opperkoopman begreep de boodschap: ik hoefde niet gerustgesteld te worden. Meteen na het avondmaal wenste ik hem en mijn andere tafelgenoten een goede nacht, liet ik me naar mijn hut begeleiden door Bartie en klom ik in mijn kooi zodra Zusje mij had geholpen met uitkleden. Ik gaf me over aan het rustige deinen van de golven en dacht aan Antonio: hij had die opperkoopman natuurlijk opdracht gegeven mij te beschermen – typisch iets voor hem. Ik lachte een opkomende ergernis weg, zo ver van hem vandaan wentelde ik me liever in vrijheid. Het laatste wat ik hoorde was het geschuifel van mijn slavin, die op het dek voor mijn hut een plekje zocht voor haar slaapmatje.

De volgende ochtend werd ik gewekt door negentien schoten van het kanon, het signaal voor land in zicht. Nadat ik me had aangekleed en Zusje mijn haren had geborsteld en opgestoken en mijn kap op had gedaan, liep ik het dek op. Ik zag niet alleen het land, ik kon al een paar schepen zien liggen op de rede van Galle. Een uur later, na de thee en het ontbijt dat Zusje had gebracht, kon ik het fort van de Portugezen aan de kleine haven bijna aanraken, zo leek het. Een jacht is zoveel sneller dan een log spiegelretourschip, ondervond ik toen. Daarom besloot ik me alvast om te kleden, het lag voor de hand dat een hoogwaardigheidsbekleder mij en de schipper zou komen begroeten. Ik wilde een goede indruk maken en koos mijn jurk daarom met aandacht: niet te opzichtig, niet te eenvoudig.

Toen gebeurde het. Eerst brak de grote mast: het schip slingerde en rolde stuurloos op de korte golfslag voor het eiland. Ik klapte tegen mijn scheepskist. Zusje, mijn jurk nog in haar handen, viel achterover en gleed de hut uit. Overal was er geschreeuw van bemanning en passagiers. Rennende voeten. Eén stem klonk boven alles uit, die van de schipper. Bloedend uit een snee in zijn voorhoofd, maar volkomen beheerst, droeg hij zijn stuurman en zijn bemanning op het schip in het gareel te brengen en de sloep klaar te maken om overboord te zetten. Hij bleef zijn bevelen herhalen. Kort, luid, kalm.

Ik griste mijn geldbuidel uit de kist, bond die om mijn middel, daaroverheen mijn omslagdoek, pakte Zusje bij haar arm – ze wilde niet, ze was bang, ik was net zo bang maar sterker – en kroop op handen en voeten, Zusje voor me uit duwend, over het dek van het stuiterende, zwaaiende schip om in de buurt van de schipper te komen. De enige gedachte die ik had – we gaan allemaal dood – werd overstemd door de echo van de onwaarschijnlijk harde knal, bijna als van een kanon, van de brekende grote mast. Ik kwam langzaam vooruit, net als de anderen. Bartie was er niet. Hij moest aan deze kant van het schip zijn, dat kon niet anders. Zijn slaapplek was dicht bij de mijne. Ik zag hem niet. Ik riep, mijn stem verdronk in het kabaal. Ik kroop verder en duwde, kroop en duwde. Tot het jacht met een daverende klap tot stilstand kwam en Zusje en ik op de andere kruipende passagiers botsten.

'SLOEP!!!' hoorde ik niet ver van mij vandaan. De schipper.

'Vrouwen eerst.' De schipper.

Het ging snel. De Grotebroek was op een klip gelopen en maakte al water. Voor het eerst van mijn leven, en voor het laatst, klom ik via een touwladder langs de wand van het schip naar de sloep. De twee koopmansvrouwen volgden en daarna hun mannen. Zusje kwam als laatste.

Geen Bartie. De twee matrozen zetten de bladen van de riemen al in het water toen ik hem aan de reling zag staan. Ik riep, mijn stem waaide weg. Hij had mij toch gezien en zwaaide, keek achter zich, keek omlaag, trok zijn jas uit en sprong overboord.

Hij kwam niet boven. Ik ging staan in de wiebelige sloep, sommeerde de matrozen te wachten. Ik tuurde het water af.

Hij kwam niet meer boven. De matrozen keerden de schuit en trokken aan de riemen. Eindelijk zag ik hem. Hij dreef een flink eind verderop aan stuurboord, zijn gezicht in het water. Onder mijn geschreeuwde commando's roeiden ze naar hem toe. Een van de matrozen leunde overboord, pakte hem bij de kraag van zijn hemd en draaide hem om. Hij keek mij aan en schudde zijn hoofd. Nee, was het enige wat in mijn hoofd opkwam. Nee. Ik klom over vele benen in de opeengepakte sloep naar de matroos die op het punt stond de levenloze jongen terug in het water te laten glijden, wierp mijn bovenlijf over de reling en mepte de jongste geheimschrijver van de VOC in zijn gezicht. En nog een keer en opnieuw – 'BARTÍÉÍÉÍÉÍÉ!!!'

Hij kwam bij, nog niet helemaal, maar hij was een stuk minder dood. Hij rochelde, gaf over, stak zijn rechterarm omhoog, probeerde de rand van de sloep te vinden.

We kregen hem niet aan boord zonder de sloep en onszelf in gevaar te laten brengen.

'Vasthouden!' riepen de matrozen. Ze begonnen te roeien. Naar de wal, naar de veiligheid.

Bang dat het alsnog verkeerd zou aflopen, maakte ik mijn doek los, boog me nog een keer over de reling, gevaarlijk ver deze keer, vandaar dat de opperkoopman mij vasthield bij mijn middel, haalde de doek onder Barties oksels door, knoopte de uiteinden aan mijn pols, en viel uitgeput terug in de sloep, boven op de benen van een van de koopmansvrouwen, die het uitgilde omdat alle ellende haar te veel was geworden.

Pas de volgende ochtend, nadat de sloep viermaal heen en weer was gevaren om alle opvarenden van het wrak te halen, kregen we het bericht dat schipper Barend van Nieuwkerk vermist werd. Hij had het jacht in nood niet willen verlaten omdat er voor de laatste geldkist geen plaats meer was in de sloep. Het was zijn eer te na, had hij gezegd, om het geld van de Compagnie onbewaakt achter te laten. Liever wachtte hij tot hij met de kist werd opgehaald, geweer in de aanslag.

'De Grotebroek houdt het nog wel even vol,' waren zijn laatste woorden.

Hij kende zijn schip goed, want zijn redders troffen het jacht in vrijwel onveranderde positie aan. Eenmaal aan boord zagen ze wat er was gebeurd. Alle delen die niet onder water stonden, waren geplunderd door piraten. Er was niets van waarde meer te ontdekken – de passagiers, de bemanning en de Compagnie waren alles kwijt, inclusief hun schipper.

Nog dagen is er naar hem gezocht. Telkens na vloed, als het water zich terugtrok, speurde de bemanning op de zandstranden van Galle naar het lichaam van hun schipper, opdat ze hem een waardige begrafenis konden geven, afscheid van hem konden nemen met een gebed. De zee bracht hem niet terug. De rovers hadden hem meegenomen en hem elders op een ongetwijfeld vreselijke manier vermoord. Of hij was simpelweg op volle zee overboord gegooid om langzaam te worden opgegeten door zeemonsters.

Bartie zou later, toen alles achter ons lag, aan zijn mederaden schrijven dat het niet minder dan een godswonder was dat er maar één dode te betreuren viel. Dankzij de schipper, die kundige, moedige man, die hij als een 'groot gemis voor de zijnen en voor de Compagnie' roemde en beweende in zijn verslag van het noodlottige einde van de Grotebroek.

* * *

De schipbreukelingen van de Grotebroek werden intussen uitstekend opgevangen met arak en voedsel en kregen onderdak in het fort. De Hollandse scheepsdokter Willem van Dam, bij toeval in de havenstad, was opgetrommeld om Bartie te onderzoeken. De volgende dag werden de passagiers en de officieren ontvangen in een prachtige ruimte, de feestzaal zo bleek, door een hoge functionaris, die ons welkom heette en de hoop uitsprak dat wij allen in goede gezondheid onze reis konden vervolgen zodra er een schip voorhanden was. Tot die tijd waren wij gasten van het fort. Opperkoopman Klaas, die bijna net zo goed Portugees sprak als Antonio, fungeerde als tolk.

Het was niet helemaal de ontvangst die ik voor ogen had gehad. Het deerde mij niet, ik was boos, want ik vertrouwde het niet en wilde de man spreken die hier in Galle het meeste gewicht in de schaal legde. 'Wie is dat?' vroeg ik aan Klaas, die ik in één moeite door opdracht gaf mijn vertaler te zijn tijdens het gesprek.

'Met genoegen,' zei hij.

Ik kreeg gezagsdrager Da Silva die dag niet te spreken en de volgende dag ook niet. Ik wist hoe laat het was toen hij vier dagen later nog geen mogelijkheid had gezien mij te ontvangen. Ik schreef een brief, liet die door de opperkoopman vertalen, en gaf Zusje, die was ondergebracht in een slavenverblijf buiten het fort, opdracht een naaister te zoeken. Daarna begaf ik me voor het eerst sinds onze onvoorziene aankomst buiten de poort van het Portugese fort en rook ik de geur van Galle.

Bartie, aan wie je niet kon zien dat hij nog geen week eerder bijna was verdronken, zorgde voor een draagstoel met een hemel, een palankijn, wachtte geduldig tot ik me had geïnstalleerd en gaf de twee dragers opdracht naar de kaneelmarkt te gaan.

Galle is een mooie stad. Ik schoof de gordijnen van de draagstoel helemaal open. Ik deed hier wat vrouwen van mijn stand in Batavia bijna niet konden doen: ik was buiten. Galle is zoveel meer ontwikkeld dan Batavia. De Portugezen waren er al ruim honderd jaar geleden begonnen met bouwen. Geen kaaimannen hier, geen tijgers, geen muggen. Ik keek en keek, hoorde talloze hanen kraaien, snoof de geur. Naast mij oreerde Bartie – zo oom, zo neef – over Joris van Spilbergen, de eerste landgenoot die Ceylon had aangedaan, en over zijn opvolger Sebald de Weert die was gekomen om de banden met de koning van Kandy aan te halen, maar die missie door zijn eigen stomme schuld met de dood had moeten bekopen.

'Wat had hij misdaan?' vroeg ik, niet echt geïnteresseerd. Ik stelde de vraag omdat ik zag hoe trots Bartie was op zijn kennis.

'De koning beledigd,' zei hij, 'in een dronken bui.'

Ik had dat verhaal eerder gehoord. Van Johan misschien, of van Kunst, die parels liet kopen op Ceylon.

'Hij spreekt Hollands.'

'Wie?' vroeg ik.

'De koning van Kandy. Hij wil van de Portugezen af.'

Ik keek opzij, vol verbazing over wat er allemaal in dat jonge hoofd zat. En wat hij ermee deed. Het was duidelijk dat hij in de opstelling van de koning kansen zag voor de Compagnie.

Nauwelijks tien passen later klonk er een geluid dat ik bijna kende: hard, scherp, hoog, alsof de trompetter van vaders regiment valse noten blies. De dragers maakten een draai naar rechts, behoorlijk abrupt, liepen snel naar de zijkant van de straat en zetten de stoel met mij onder de bomen. Niet zachtzinnig. Ik wilde er net iets van zeggen toen ik het geluid weer hoorde en zag waar het vandaan kwam. Midden op straat kwam een beest aangelopen, zo groot als een huis. Zijn neus – was het een neus? – leek op een enorme Bataviase wurgslang. Hij slingerde ermee, en maakte er dat geluid mee.

'Olifant,' zei Bartie naast me. Ogen vochtig van angst en opwinding.

Ik zei dat ik onmiddellijk weg wilde. Ik had al één been buiten de draagstoel – alles in mij wilde rennen, gillen.

Bartie stelde me gerust, vertelde dat het beest niets zou doen zonder toestemming van de man die naast hem liep.

Ik zag alleen een jongen, een schriel ventje, gekleed in een lendendoek. In zijn hand hield hij een stok met aan het uiteinde een haak. Wat kon hij nou uitrichten?

'Dat is een mahout uit Matara,' zei een stem aan de andere kant van mijn stoel.

De opperkoopman.

'Uit de kaste van olifantentemmers. Hij weet wat hij doet.'

Ik dankte hem, met bijna vaste stem, voor de geruststellende wetenswaardigheden. De angst voor gezichtsverlies was net iets groter dan de angst voor de reus die vlak langs mij liep op enorme voeten, sloffende voeten. De grond onder mijn draagstoel trilde. Ik sloot mijn ogen, greep de stijlen van de palankijn, kreeg het voor elkaar mijn zenuwen tot bedaren te brengen.

Klaas zei dat hij me graag van alles over het eiland wilde vertellen, nu we elkaar zo toevallig waren tegengekomen.

Ik wist dat weigeren al te onbeleefd zou zijn, dus terwijl ik – tot mijn eigen verrassing – het liefst de andere kant op was gegaan, achter de angstaanjagende, ontzagwekkende olifant aan, stemde ik toe. Zo zijn we gedrieën naar de markt gegaan die Galle haar geur gaf, maar in gedachten volgde ik de machtige olifant. De angst die ik had gevoeld, veel groter nog dan de angst voor tijgers in de straten van Batavia, trok uit mijn botten en mijn buik. Wat overbleef was betovering: zo groot en zo gehoorzaam.

* * *

Nog nooit hadden Bartie en ik zoveel kaneel bij elkaar gezien. Opgetast in honderden meer dan manshoge balen was de geur bedwelmend, op een onprettige manier. Van een afstand kon je erop wegdromen, zo dichtbij was het een stank, letterlijk adembenemend en bijna misselijkmakend voor iemand die niet van daar is. Elke kaneelteler zat voor zijn oogst met een schaal losse, gedroogde schillen. Ik zag de inkopers ruiken, proeven, keuren. Hier zag ik wat Antonio en Heilige Hendrik wilden, wat de Compagnie wilde.

Ik vroeg de opperkoopman hoe groot het aandeel was dat wij konden inkopen met goedkeuring van de Portugezen.

'Ik wil uw hoofd niet belasten met cijfers,' zei hij.

'Doe het toch maar.'

'Zeventien, achttienduizend pond, in een goed jaar.'

Ik vroeg hem wat de Compagnie hier op de markt voor een pond kaneel moest betalen.

'Ongeveer dertig cent.'

'De verkoopprijs ligt rond de twee gulden, als ik me niet vergis,' zei ik.

Klaas keek me aan, glimlachte, knikte.

De volgende dag besloot ik dat ik niet langer wilde wachten op de gezant van Galle. Ik wist zeker dat hij geen poot had uitgestoken om de Grotebroek en haar schipper te redden van de piraten. Dat had ik in weinig verhullende woorden in mijn brief geschreven. Ik verdacht hem er zelfs van dat hij de piraten had laten weten dat er iets te plunderen viel. Hoewel ik dat laatste niet had opgeschreven, wist ik dat mijn verdachtmakingen niet goed gevallen waren. Ik had de grens van het betamelijke overschreden en zou geen uitnodiging krijgen van de gezant.

In mijn hoofd brieste Antonio, ik lachte hem weg. Ik spoorde Zusje aan haast te maken met mijn nieuwe garderobe en gaf de opperkoopman opdracht een reis te regelen naar Matara.

'Mag ik vragen wat u daar gaat doen?' vroeg hij.

'Een olifant kopen.'

* * *

Er was niet één olifant te koop in Matara, een regelrechte tegenvaller. De tweede tegenvaller was, zo ontdekte Bartie, dat de olifanten nog gevangen moesten worden – de jacht was op dat moment aan de gang.

'En dan moeten ze nog getemd worden,' zei hij.

'Hoelang duurt dat?' vroeg ik.

'Acht dagen,' zei opperkoopman Klaas.

Ik gebruikte het onvrijwillige wachten om tot rust te komen in het logement – een groot woord, maar vooruit – en Antonio te schrijven. Voor de zekerheid, want ik wist nog niet of en wanneer er een schip naar de Coromandelkust de haven Galle zou aandoen. Misschien zou ik gedwongen worden mijn reis af te breken en terug te keren naar Batavia. In dat geval zouden de brief en ik tegelijk aankomen.

Aan de ruwe schrijftafel van het logement dat vrijwel uitsluitend gebruikt werd door Portugese ambtenaren en officieren schreef ik wat ik zag: 'Zo anders dan thuis. Geen bomen maar een grote leegte en dan rotsen en dan zee.' Ik schreef over de gezant van Galle, mijn tocht van dertig mijlen naar de buitenpost, waar het volgens kooplieden in de haven van Galle zou wemelen van de olifanten, 'Nou, wij zien hier helemaal niets, geen enkel beest!' over Bartie en over de opperkoopman. 'Is hij uit zichzelf zo galant, of handelt hij in jouw opdracht?' vroeg ik quasi-onschuldig. Ik schreef over dokter Willem van Dam, die met ons was meegereisd en in hetzelfde logement verbleef. Natuurlijk schreef ik geen woord over mijn plan. Klaas had het mij ten strengste ontraden, Bartie ook, voor z'n fatsoen. Want in zijn ogen zag ik dat wij er hetzelfde over dachten.

Halverwege de brief moest ik gaan liggen. De tocht per draagstoel en open rijtuig had meer van me gevergd dan ik wilde toegeven. Ik was zo moe dat ik wel drie dagen en nachten kon slapen. Ik deed mijn kraag af, knoopte mijn jurk open, trok de kap van mijn hoofd en de band uit mijn haar en zakte in elkaar op de matras die Zusje voor mij in orde had gemaakt. Soms werd ik uit een diepe slaap gewekt door het klapperen van de luiken, of als de zeewind zout en koud onder de deur van mijn kamer floot. Als Zusje binnenkwam met eten en drinken stond ik even op, nam een paar hapjes, dronk wat, ging op de po zitten en kroop daarna meteen weer onder de deken. De diepe slaapbehoefte deed me in schaarse wakkere momenten denken aan de koortsen die ik had gehad na mijn bezoek aan de Kaap. Ik was niet ziek nu, wel net zo uitgeput en verkouden. Ik sliep en droomde van een kind in mijn armen.

* * *

Ceylon kon dreunen van de olifanten, vertelde Klaas. Zeker in het zuidelijke district Matara waar ik was. De dieren zwierven in kuddes door de uitgestrekte bossen en velden. Nietsontziend, de bevolking soms in wanhoop achterlatend met een vertrapte, waardeloze oogst. Tweemaal per jaar werden ze bejaagd, op bestelling, en het was puur geluk dat er een jacht aan de gang was toen Bartie en ik met ons gevolg de buitenpost bereikten.

Een getemde olifant is voorbehouden aan vorsten en andere rijken. De koning van Kandy, zo gaat het verhaal, heeft alleen al driehonderd getande dieren op stal staan die worden gebruikt voor parades, begrafenissen en de jacht op tijgers. Soms worden olifanten cadeau gedaan aan een vorst of heerser om de betrekkingen goed te houden of te krijgen.

Dankzij de nagelaten journalen van de ongelukkige Sebald de Weert had de Compagnie ontdekt dat er veel te verdienen viel aan de grote grijze reuzen – wel meer dan tweeduizend gulden per stuk, bijna zoveel als een raad van Indië per jaar verdiende. Vooral de vorsten in Voor-Indië waren bereid veel geld te betalen voor olifanten van Ceylon, die volgens kenners imposanter, slimmer en gehoorzamer zijn dan olifanten uit Siam of Atjeh.

De directeur-generaal van de Compagnie had zonder het te weten iemand op de eerste rang zitten. Een verkenner die hem een paar maanden later, bij ons weerzien in bed, zou toefluisteren dat er in Matara een nieuwe, lucratieve handel op hem wachtte, mits hij het slim zou spelen.

Ik had een ander doel. Slimmer, vond ikzelf.

* * *

De brief van de gezant in Galle kwam per boodschapper. De 'geëerde echtgenote van de weledele Heer Van Diemen' werd van harte uitgenodigd bij de jacht op 'enige olifanten'.

'Het is tot hem doorgedrongen wie hij in huis heeft,' zei Bartie.

'Hij heeft iets goed te maken,' zei de opperkoopman.

De beweegredenen van dit doorzichtige charmeoffensief interesseerden mij niet. Ik greep mijn kans omdat ik precies wist wat ik wilde. Mijn Bataviase jaren hadden mij geleerd dat die wil mij geen windeieren legde. Ik gaf mijn gevolg opdracht ervoor te zorgen dat ik meteen de volgende ochtend kon vertrekken. Bartie, de opperkoopman en Zusje deden zonder aarzelen wat ze moesten doen.

Dit is wat ik er toen over schreef:

20 augustus 1635 – een dagreis van het logement
Een mannelijke olifant heet een bul, de vrouwelijke wordt een koe genoemd, het jong heet een kalf. Het duurt tien jaar voor een kalf volwassen is en aan het werk kan. Olifanten eten ongeveer 100 kilo aan gras en bladeren per dag en zijn dus heel erg duur om te houden.
Wij weten dit, en een heleboel andere dingen, dankzij een Portugese gids die stomtoevallig daags voor ons vertrek naar de jacht in Matara aankwam en geheel belangeloos zijn diensten aanbood. Wij geloven hier natuurlijk geen klap van, die gids moet ons ook in de gaten houden van Da Silva. Niettemin maken we er dankbaar gebruik van. Dokter Van Dam is ook mee (hij zoekt een plant tegen tandpijn hier op 't eiland). Gisteren gaf hij me kaneeldrank tegen de verkoudheid. Vandaag is het over.
Opperkoopman is een bazige man en een uitstekende tolk. Hij vertaalt de woorden van de gids op een kalme manier. Er gebeurt niets zonder dat ik op de hoogte ben en mijn toestemming heb gegeven: ik ben baziger, merk ik. En hij ook. Niet iedere vrouw uit het vaderland zal zijn opgewassen tegen de spanning van het alom dreigende gevaar, ik wel. Beleef er op een vreemde manier zelfs plezier aan. Het geeft mij vrijheid, dat is het. Misschien heb ik dat van vader, die altijd op z'n vrolijkst was als hij op het punt stond om het gevaar te trotseren. Dat heeft hij me in elk geval meegegeven.

Vandaag aangekomen bij de kuilen. Hier gaat het gebeuren. Wij zagen een stuk of twintig mannen aan het werk. De indianen van dit eiland zijn veel zwarter dan bijvoorbeeld Javanen en Balinezen. De kudde is gevonden, morgenochtend bij het eerste licht, begint het vangen. Ik slaap in een kamer van katoenen goed dat overeind wordt gehouden door stevige stokken. Stel je voor dat ik Elisabeth had meegenomen. Zij zou aan de hitte zijn bezweken en dan had ik niks aan haar gehad, al mis ik haar goede zorgen. Zusje doet het alles heel behoorlijk.

Het gaat zo:
We stellen ons op in het struikgewas in de buurt van vier diepe kuilen die met takken en grassen aan het oog onttrokken zijn. Plotseling verschijnen twee mannen met een vrouwtjesolifant, die vlak bij de kuilen met een ketting aan haar rechterachterpoot aan een stevige boom wordt vastgezet. Zij is het lokaas. De mannen hebben haar neergezet op een route waar haar wilde soortgenoten vaak langskomen. Enkele verkenners hebben ons verzekerd dat ze eraan komen. Het kan elk moment gebeuren, zegt onze Portugese gids bij monde van Opperkoopman. Ons kleine gezelschap staat, uiteraard, het verst van de geketende olifant vandaan. Mijn draagstoel is vermomd met palmbladeren – olifanten schijnen alles te zien en snel te schrikken. Hoe ongelooflijk het ook klinkt: ik heb ze niet horen aankomen. Ineens staan er tien wilde olifanten in de kleine opening in het bos – drie grote en zeven wat kleinere. De voorste steekt zijn slurf (zo heet dat) in de lucht, doet twee stappen vooruit, stopt, zwaait het enorme lijf heen en weer en trompettert. Het vrouwtje aan de boom trompettert ook, slurf omhoog. Ze doet haar werk uitstekend, want de voorste olifant gaat op haar af. Als hij vlak bij haar is, loopt hij nietsvermoedend in een kuil. Vanwaar wij staan zien we alleen het bovenste deel van zijn kop en de omhooggestoken slurf. De kuil is zo diep dat de olifant erin verdwijnt. We horen hem wel: hij trompettert zo hard en hoog en schel dat mijn oren er pijn van doen. De andere oli-

fanten uit de kudde komen naar hem toe. Eerst aarzelend, dan in een draf die de aarde doet dreunen. Er valt een tweede in een kuil en dan een derde. Als de vierde in de laatste kuil valt, komen de mannen tevoorschijn. Ze gillen, rammelen met kettingen en zwaaien met vuurtoortsen. De zes overgebleven olifanten draaien zich om en rennen het bos in, terwijl de dieren in de kuilen onophoudelijk gillen en brullen.
Nu is het de beurt aan de mahouts, ze komen met zwepen en stokken met scherpe, ijzeren punt en een haak. De gevangen olifanten krijgen ervanlangs, bloed druipt binnen de kortste keren uit gapende wonden – ze moeten meteen weten wie de baas is, leren wij die dag. Terwijl ik kijk naar de eerst gevangen olifant die met zijn slurf de slurf van het vastgeketende vrouwtje aanraakt, gebeurt er iets onverwachts. De laatste olifant klimt uit zijn val. De kuil was niet diep genoeg, of dit beest heeft vleugels. Onzichtbare vleugels, want ineens staat hij naast de kuil en loopt hij op twee mahouts af. De voorste man heeft geen schijn van kans. De olifant slaat zijn slurf om zijn nek, slingert hem de lucht in en kwakt hem tegen de dichtstbijzijnde boom. De andere man rent voor zijn leven, maar ook voor hem is er geen ontsnappen aan. De olifant is sneller, ook al steekt het bot van zijn linkervoorpoot dwars door zijn vel. Hij haalt de man in, stampt hem tot moes en verdwijnt in het dichte bos.
De aanblik is verschrikkelijk. Bartie moet overgeven en ik voel me ook niet lekker. De andere mahouts komen schreeuwend tevoorschijn. Een paar mannen ontfermen zich over de doden, de rest gaat op de kuilen af waar ze de achtergebleven dieren laten boeten voor degene die ontsnapte.
Even later is het ijzingwekkend stil.
'Nu,' vertaalt Opperkoopman, 'begint het temmen.'
De dagen die daarop volgen gebeurt er hoegenaamd niets. Dat wil zeggen: elke dag is hetzelfde. En elke nacht. De gevangen olifanten staan in hun kuilen en krijgen niets – geen eten, geen

water, terwijl ze normaal 100 liter per dag drinken. En ze mogen niet slapen. Daarom zijn er steeds twee bewakers bij die ze met de speciale olifantenhaak prikken zodra ze wegdommelen. Zeven dagen en zeven nachten.

'Je moet ze breken,' vertelt de gids.

Dat is het geheim van de mahouts: de dieren zijn zo bang en hebben zo'n honger en dorst, dat ze alles doen voor eten en drinken en rust. Als je het ziet gebeuren, zou je bijna denken dat die kolossen echt pijn kunnen lijden, net als mensen.

Na zeven dagen en zeven nachten in hun kuilen krijgen de olifanten water en voedsel. Als die achtste dag is aangebroken doen ze daar alles voor en zijn ze tam. Degene die ze voert, wordt hun vaste mahout. Hij is ook degene die steeds aarde en takken in de kuilen gooit, waardoor de olifant stukje bij beetje hoger komt te staan. En hij is degene die een ketting omlegt – één verkeerde beweging en daar is de inmiddels gevreesde haak – en zijn olifant uit de kuil leidt, tussen twee tamme olifanten in vastgebonden, zodat hij zeker rustig blijft.

Op de laatste dag is alles beklonken, dankzij Opperkoopman. Ik heb de eerste gekocht, waarop ik al meteen mijn zinnen had gezet. Bijna duizend gulden betaald, veel te veel natuurlijk. Maar hij is het dubbel en dwars waard door zijn mooie, glimmend witte tanden.

* * *

Mijn vrees werd bewaarheid: er was binnen afzienbare tijd geen schip naar de Coromandelkust beschikbaar. De diamantmijn van Golkonda, die zelfs voor een gewiekste handelaar als Dirck de Vlieger moeilijk toegankelijk bleef, zou ik niet met eigen ogen zien. Opperkoopman Klaas en Bartie besloten over land naar het noorden van Ceylon te reizen en vandaar de overtocht te maken, ik voer eind oktober noodgedwongen terug op een klein jacht in het gezelschap van de twee koopmannen en hun vrouwen met wie ik de sloep had gedeeld.

Het schip draaide naar de baai en ik vroeg me af of Antonio mij ooit nog alleen zou laten reizen, of ik in mijn leven nogmaals die vrijheid zou kunnen proeven. En terwijl ik de vulkanen van Batavia zag naderen – narrig dat ik niet had bereikt wat ik wilde, maar blij om weldra van de verveling aan boord te zijn verlost – verdronk mijn olifant.

In de brief die mij een maand later bereikte, schreef Klaas, belast met het transport, dat de loopplank naar het schip waarschijnlijk ondeugdelijk was geweest. Zo op het oog had alles er goed uitgezien. De mannen in de haven hadden dagenlang gewerkt aan een extra brede en stevige koebrug die ruim voor de komst van mijn olifant zorgvuldig bedekt was met aarde en bladeren, zodat het dier niet zou merken dat de grond onder zijn voeten anders dan anders was. De olifant liep dan ook rustig naast zijn mahout en was al dicht bij de wand van het schip, waar voor dit speciale transport planken waren verwijderd die later weer zouden worden vastgetimmerd, toen de loopplank kantelde en de olifant en de man met de scherpe haak in de golven verdwenen. Vele aanwezigen op de kade zagen toe hoe de olifant uit alle macht probeerde terug te zwemmen, slurf omhoog, ogen opengesperd in doodsangst. De stroom was die dag te sterk, zou iedereen later zeggen. De stroom was sterker dan de grijze reus en sleurde hem mee naar open zee. Het lijk van de mahout spoelde een dag later aan, mijn olifant is nooit meer gezien. Behalve door een oude man, schreef Klaas, een wijze man die de meeste jongens van zijn dorp had opgeleid. Bij het schaarse licht van de maan in het laatste kwartier zag hij diezelfde nacht hoe een enorme gestalte zich uit de branding oprichtte en over de rotsige kust naar het bos liep. Zonder haast te maken, want alle olifanten weten, net als alle mahouts, dat eenmaal de jacht ontkomen eeuwige vrijheid betekent.

* * *

Na 120 dagen afwezigheid bekeek ik mijn stad met andere ogen. Ik moest toegeven dat Heilige Hendrik Brouwer een paar dingen goed had gedaan. De grote uitbreiding, bijvoorbeeld. Want door de Kaaimansgracht, bij mijn vertrek nog een blubberige sleuf vol muskieten, stroomde nu glashelder water. De keurige huizen aan weerszijden van de gracht waren zo goed als klaar en zouden spoedig hun eerste bewoners verwelkomen. Hij had ook prijzenswaardig werk gedaan voor de kerk, hoewel dat inherent was aan zijn positie en geloofsovertuiging. Daarvoor verdiende hij dan ook geen pluim. Nee, verreweg de grootste verdienste van Brouwer was dat hij het voor elkaar had gekregen bijna iedereen die ertoe deed tegen zich in het harnas te jagen. Daar was ik uitermate tevreden over.

Zijn strenge bewind had orde gebracht en doorgaans rijkere retouren opgeleverd, en toch had vrijwel niemand een goed woord voor hem over. Sinds de dag dat hij al die brieven had geopend, was hij hongerig op jacht gegaan naar mannen die uit de VOC-pas liepen – mannen die handelden voor eigen rekening of zich schuldig maakten aan onzedelijk gedrag. Vele Compagniesdienaren waren, ongeacht hun rang, uit hun functie gezet of teruggestuurd naar het vaderland. Jacques Specx kreeg een aantijging aan zijn broek toen hij alweer lang en breed in Amsterdam woonde in een huis aan de Keizersgracht dat hij volgens Brouwer nooit kon hebben betaald met louter eerlijk geld, een goede vriend van Philips Lucasz, zojuist benoemd als directeur van fort Gelria aan de Coromandelkust, kreeg een vette boete en werd met vrouw en kinderen zonder een cent te makken op een retourschip gezet. Zelfs de respectabele Laurens Reael, gouverneur-generaal in de tijd dat Antonio aankwam, kreeg het om zijn oren van Brouwer vanwege het beleid dat hij destijds had gevoerd.

Antonio was in die dagen vrijwel de enige die zich openlijk uitsprak voor de man. Hendrik Brouwer had het gelijk aan zijn kant, zei hij meer dan eens, toen hij besloot op te treden – in uitdrukkelijke opdracht van zijn bazen in Amsterdam – tegen de misstanden en ontsporingen die onder Coen en Specx waren ontstaan. Tegen mannen die in dienst van de Compagnie vermogens hadden opgebouwd die vele malen groter waren dan dat zij met hun karige traktement hadden kunnen verdienen. In de woorden van Antonio: dieven van hun eigen broodheren. Hij zei dat niet omdat Brouwer hem in de tang had. Hij meende het, al was zijn eigen vrouw zo'n dief.

Het regende klachten bij de Heren Zeventien in Amsterdam. De rechtschapen gouverneur-generaal moest het afleggen tegen protesten uit invloedrijke Bataviase kringen, en tegen de angst voor het verlies van de handel in Oost-Azië. Want wat hij níét goed had gedaan was de handhaving van het kruidnagelmonopolie in Bantam en de Molukken, met als gevolg een dreigende oorlog met Bantam en halfgevulde ruimen van retourschepen.

Er waren vele redenen om zijn aanstelling niet te verlengen en hem terug te halen naar het vaderland. Laurens Reael, inmiddels opgeklommen tot president van de Heren

Zeventien, had nog een rekening te vereffenen met Hendrik Brouwer. Bovendien was er de geheime belofte aan Antonio.

Denk niet dat ik leedvermaak had, ik hield me niet zo bezig met achteromkijken. Antonio kreeg waarvoor hij had getekend, waar hij recht op had. En ik kreeg wat Antonio mij in een lang geleden nacht had beloofd.

* * *

Het ging op de eerste dag van het nieuwe jaar 1636 zoals het was voorgeschreven, maar op z'n Brouwers, met weinig vertoon: Antonio, drieënveertig nu, en Hendrik, vijfenvijftig jaar, stonden op het bordes van het Kasteel, te midden van de leden van de Raad van Indië. Onder aan de trap, op het Paradeplein, hadden alle aanwezige dienaren van de Compagnie zich verzameld. De echtgenotes van de opperkoopman en de dominee keken samen met andere vooraanstaande inwoners van Batavia door de ruiten van de grote vergaderzaal van het gouvernementsgebouw, weg van de brandende zon. Ik stond uit het zicht, net achter de bordesdeuren, gekleed in een zwarte jurk die van een afstandje kon voldoen aan de soberheidseisen van de bijna afgetreden Hendrik Brouwer. Een geoefend oog kon het kostbare zijdebrokaat herkennen dat Elisabeth in mijn opdracht via een Chinese handelaar speciaal had laten weven. Alleen wie heel dichtbij kwam, zou in de schering op mijn mouwen de twee leeuwen uit het wapen van de stad Batavia herkennen die, zacht glanzend, de vier torens van het Kasteel bewaakten.

Brouwer was er de man niet naar om dit gewichtige moment uit te spinnen en ontsloeg zonder omhaal de aanwezigen van hun eed van trouw aan hem. Daarna verklaarde hij zijn functie neer te leggen en die over te dragen aan Antonio. De nieuwe gouverneur-generaal van Oost-Indië legde zijn handen in de handen van de oude, waarna hij door de raden van Indië werd ingezworen. Ten slotte zwoeren de bijna tweehonderd Compagniesdienaren op het plein voor het bordes de eed van trouw aan hun nieuwe meneer Generaal.

Het was feest in Batavia. Bescheiden, om de oude landvoogd niet voor het hoofd te stoten, maar toch. Een echt feest hadden we lang niet gehad. De dag na zijn installatie gaf Antonio opdracht alle gevangenen vrij te laten en kondigde hij een korte periode van vasten en bidden af om de Heer te danken voor al het goede en te vragen om een behouden vaart van de retourvloot. En hij gaf opdracht de haven van Goa te belegeren, zodat de Portugese retourschepen niet konden uitvaren.

In de beslotenheid van het Gouverneurshuis, waar wij zo snel mogelijk onze intrek hadden genomen, bad hij om hulp bij de taak waarvoor hij was voorbestemd. Dat was zijn vaste overtuiging, want in zijn hart bleef hij een contraremonstrant, net als zijn voorganger en de machthebbers in de Republiek.

Het admiraalsschip van de vloot, de Nieuw Amsterdam, dat eind juli van dat jaar bij Texel behouden voor anker zou gaan, vervoerde Brouwer en zijn gezin, en Antonio's brief aan de Heren Zeventien – de eerste die hij schreef in zijn hoedanigheid van landvoogd. Het was een formeel verslag van zijn beëdiging, gevolgd door een lofrede op Brouwer en zijn bewind. Plus de belofte dat hij het beleid van zijn voorganger naar beste eer en geweten zou blijven voortzetten. Hij was ruimhartig ten opzichte van Brouwer – iets te, vond ik. Antonio wilde het zo en niet anders, in dat soort dingen deden we niet voor elkaar onder. Hij liet me de brief zien voor hij de officiële versie aan de raden voorlegde. Daarin beloofde hij heel deugdzaam de reputatie van het lieve vaderland hoog te houden, te strijden tegen de vijanden, en te vechten voor winst en welstand van de Compagnie, haar participanten 'en in het bijzonder voor mijn eer en goede naam'. We hadden een blik van verstandhouding om die laatste toevoeging. Zo was het goed.

Nu vraag ik me af of de Amsterdamse bewindhebbers die brief snel na bezorging hebben gelezen. De retouren waren heel behoorlijk dat jaar, dus het ligt voor de hand dat zij het te druk hadden met de goederen en specerijen die op de zolders van het Oost-Indisch Huis lagen te wachten op verkoop. Bovendien trad rond die tijd – het was inmiddels anderhalf jaar later – Laurens Reael af als president en nam enkele maanden later ook Pieter de Carpentier afscheid van het bestuur van de Compagnie. Daarna was er aan de top van de VOC niemand meer die zelf in Indië was geweest, niemand die de bestuurders kende die het in Batavia en het handelsgebied van Oost-Azië voor het zeggen hadden, en niemand meer die zelf koopman was geweest. Mijn Toni, een geboren handelaar, ontving in tegenstelling tot al zijn voorgangers geen instructies uit Amsterdam. Zijn bewind als negende landvoogd begon met een vrijbrief.

En met een aandeel in de VOC, dat hij door zijn zwager Pieter de Gruyter, Barties vader, had laten kopen.

Antonio had in alle opzichten de wind mee. Alleen ik kon zien dat hij soms geïrriteerd was. De oorzaak van die kregeligheid was de schilder Rembrandt. Ons huwelijksportret had in de hal van het Gouverneurshuis moeten hangen, maar het was niet met de vloot van juli meegekomen noch met die van september.

* * *

Na de installatie en de verhuizing had ik weinig meer omhanden. De schrale, kale bedoening van de familie Brouwer was onder leiding van Elisabeth omgetoverd in een perfect georganiseerd, generaalswaardig huishouden. Ik woonde in het enige huis in Batavia met een eigen klok en kon weinig anders doen dan de uren voorbij zien draaien. Ik was waar ik wilde zijn, en wie ik wilde zijn, en ik stikte bijna van verveling. In die eerste weken wierp ik me daarom uit armoe op het uitzoeken van een nieuwe garderobe. Alle Brouwerjurken gingen naar het weeshuis, veel van mijn mooie Mariajurken, ondertussen aangevreten door muizen of schimmel, verdwenen op de brandstapel. Uit de vele voorbeeldstoffen die Elisabeth van de textielmarkt had laten komen, koos ik zorgvuldig kleuren en materialen voor dertig jurken, zodat ik op alle mogelijke tijdstippen van de dag en in alle voorkomende gelegenheden gepast gekleed kon gaan. Het nieuwe leven bood niet wat ik ervan had verwacht, behalve dat iedereen mij nu 'mevrouw' noemde. Dat mocht tijd worden.

Antonio zag ik nog minder dan voorheen: op de troon zitten is hard werken. Voor hem begon de dag om halfvijf in de ochtend, omdat hij de andere bewoners van het Kasteel net iets voor wilde zijn. Hoewel ik wist dat sommige vrouwen van hoge functionarissen bleven liggen, lang bleven liggen, was dat mijn eer te na. Terwijl Antonio in zijn kamer de dag voorbereidde, liet ik het ontbijt brengen door Zus of Zusje. Tussen zes en zeven kwamen de opperkooplieden van het Kasteel, de shahbandar, de baljuw en andere belangrijke functionarissen om meneer Generaal op de hoogte te brengen van wat er speelde in Batavia. Drie keer per week, op maandag, woensdag en zaterdag (als het moest ook op zondag) vergaderde hij met de Raad van Indië en als er geen vergadering was, zat de wachtkamer van het Gouverneurshuis vol mannen die dringende zaken te bespreken hadden. Zo ging het week in, week uit, Antonio wilde alles weten. Alles. Behalve van mij, want zo was onze verstandhouding en in die ruimte ging ik mijn eigen gang.

Na Ceylon was dat veranderd.

Ik had het al gezien aan de manier waarop hij stond te wachten op de kade voor de muur van het Kasteel: strak, niet zwaaiend naar de schuit die me aan wal bracht. Hij was ontstemd omdat ik alleen was gegaan zonder hem te raadplegen, omdat ik bijna was verdronken in de Indische Oceaan (alsof ik daar iets aan kon doen) en omdat ik zonder begeleider naar huis was gekomen.

'O ja, Toni,' zei ik, terwijl we later die middag in de benauwde woonkamer van het directeurshuis Spaanse wijn dronken die net zo stroef was als wij, 'ik heb een olifant gekocht.'

Het was veel te terloops natuurlijk, dat deed ik met opzet. Om hem betaald te zetten voor zijn bozige ontvangst.

Antonio's blik striemde als een zweep op de rug van een slaaf. Ik, een vrouw, en dan ook nog zíjn vrouw, had een olifant had gekocht. Hij keek me aan, zonder iets te zeggen, schudde zijn hoofd en schoof de brief die voor hem op tafel lag naar me toe.

'Duizend gulden,' zei ik nog, 'uitstekende prijs.'

'Mooie koop,' zei hij en gebaarde dat ik de brief moest lezen.

Ik werd licht in mijn hoofd toen ik mijn reis naar Ceylon verwoord zag door de pen van opperkoopman Klaas – de verrader. Ik werd misselijk toen ik las over de verdrinking van de olifant, mijn prachtige olifant.

De brief was een dag eerder aangekomen met een kleiner, sneller jacht. Meer zei Antonio niet. Hij liep weg en zocht pas 's avonds laat weer toenadering, voor de deur van mijn kamer. Die had ik vergrendeld en dat liet ik zo, tot lang na zijn installatie. Hij had me weggezet als een klein kind, niet behandeld als een gelijke. Dat was tegen onze afspraak. Daarom ging de deur dicht.

* * *

De terugkeer van Bartie, drie maanden nadat Antonio gouverneur-generaal was geworden, bracht de afleiding die ik nodig had. Na zijn formele verslag aan de raden, kwam de geheimschrijver zijn tante vertellen hoe het was in de vestiging Masulipatnam. Hij praatte honderduit en ik kon bijna zien wat ik was misgelopen. Halverwege zijn verhaal, zodra hij merkte dat we niet gestoord zouden worden, haalde Bartie een brief uit de mouw van zijn jas. Aan de manier waarop hij bijna stuiterde op zijn stoel zag ik hoe opgetogen hij was, en hoe jong.

Ik verbrak het zegel, vouwde het papier open, begon te lezen, keek op naar Bartie en keek opnieuw naar woorden die Antonio zou kunnen lezen maar ik niet.

'Van de koning!' zei Bartie, blij dat hij zijn geheim eindelijk kon prijsgeven.

Het gebeurde ongeveer twee weken na aankomst in de vestiging Masulipatnam, vertelde Bartie. De opperkoopman was druk met zaken die tijdens zijn afwezigheid waren blijven liggen, hij zette zich aan het inventariseren en beschrijven, foliovel na foliovel, van de resultaten van de vestiging. Halverwege de dag werd er een koerier aangekondigd, een koerier van de vorst van Golkonda.

Het bleek een uitnodiging, aan Klaas en Bartie. De opperkoopman stuurde de koerier terug met hun antwoord en twee dagen later vertrokken ze te paard naar het paleis van Golkonda.

'Wat...'

Bartie stak zijn hand omhoog en ging door in zijn eigen tempo en volgorde.

Ze waren ontvangen op de binnenplaats van het paleis en naar het gastenverblijf gebracht, terwijl een bediende hun paarden naar de stal leidde. Een stal die wel honderd snelle, lichtvoetige paarden uit Perzië herbergde, en een stuk of tien olifanten.

'Het paleis is echt prachtig, de gebouwen zijn daar zo anders dan bij ons, net als het eten – je weet de helft van de tijd niet wat je in je mond...'

'Wat staat er in die brief?!'

'Eh... dat de vorst graag zaken met je zou willen doen.'

Ik rechtte mijn rug en vroeg wat voor zaken de vorst van Golkonda in gedachten had.

'Diamanten. Hij wil diamanten verkopen. Aan jou,' zei Bartie met een grote grijns op zijn gezicht.

Omdat ik niet reageerde, zei hij: 'En ook aan de Compagnie natuurlijk.'

'Hoe,' vroeg ik, nadat ik mijn gedachten had geordend, 'komt de vorst van Golkonda aan mijn naam? Hoe weet hij dat ik besta, hoe weet hij dat ik edelstenen koop?'

Het antwoord was vrij simpel: iedereen in Galle en omstreken wist van de vrouw die een olifant had gekocht en iedereen wist dat die olifant het schip naar Masulipatnam niet had gehaald.

'Vrouwen van hoge bestuurders van Batavia komen niet naar Ceylon. Jij was de eerste, tante.'

Nadat Zusje rozenstroop had gebracht, vertelde Bartie dat hij en de opperkoopman vermoedden dat onze tolk in Matara meer Hollands had verstaan dan hij had laten merken. In elk geval was het de vorst ter ore gekomen dat een vrouw genaamd Maria van Aelst hem een olifant had willen schenken. Dat vond de vorst zo'n mooi gebaar, ook al was dat met de olifant in het water gevallen, dat hij van zich wilde laten horen. En dat deed hij, vertelde Bartie, via een tolk die de taal van Golkonda en het Portugees beheerste. Opperkoopman Klaas zorgde ervoor dat Bartie begreep wat er werd gezegd, en hij vertaalde, onder toeziend oog van de koninklijke tolk, de woorden van de vorst in een brief aan mij.

Terwijl ik probeerde te bedenken of de opperkoopman het hiermee weer had goedgemaakt, werd ik afgeleid door Bartie.

'Hier.'

Uit een katoenen zakje haalde hij een steentje en legde dat voor mij op tafel. Ik pakte het op tussen duim en wijsvinger. Het was kleiner dan een rijstkorrel en mat, op één minuscuul vlakje na. Dat was min of meer glad, en net niet wit.

Ik had nooit een blauwe diamant gezien, kende het bestaan ervan alleen van horen zeggen, maar ik wist bijna zeker dat deze zijn bijzondere kleur zou laten schitteren als mijn kundige Amsterdamse slijper zijn werk had gedaan. En dan was het steentje zeker zoveel waard als een getande olifant van Ceylon. Plan toch gelukt.

* * *

'Vuile luizenhond!'

Onderwerp van gesprek, wist ik meteen, was Anthonie van den Heuvel, de nagel aan Toni's doodskist, de bullenbijter die zich van zijn wreedste kant had laten zien in de kwestie van Saartje Specx en Pieter Cortenhoeff, en van zijn laagste toen hij Antonio zes jaar eerder beschuldigde van handel voor eigen rekening.

Antonio was na de woensdagse vergadering met de Raad van Indië thuisgekomen en had twee glazen arak achterovergeslagen. Dat gebeurde zelden. De uitzondering deed hem blijkbaar goed, want zijn boosheid maakte weldra plaats voor het stellen van de enige zinvolle vraag: 'Wat te doen met deze ellendeling? Niets kan die leugentapper raken,' zei hij tegen het plafond van de woonkamer.

Het was meer dan een wanhopige conclusie, het was een feit. De fiscaal Van den Heuvel bleek in zijn functie hersteld – hij had vermoedelijk de juiste connecties op de juiste plaatsen – en genoot wederom onschendbaarheid, zoals alle officieren van de rechtbank. Uiteraard moest daar onbesproken gedrag tegenover staan. Dat was niet zo, ook een feit. Antonio was niet de enige die dat wist en hij was ook niet de enige die Van den Heuvel het liefst zou laten kielhalen om hem daarna aan de haaien te voeren. In vier stukken, met zijn kop als feestelijk dessert.

'Wat heeft hij nu weer uitgevreten?' vroeg ik.

'Gijsels beschuldigd.'

Artus Gijsels was in die dagen de gouverneur van Ambon. Van den Heuvel, die als inspecteur langs de factorijen van de Compagnie reisde, had die middag zijn bevindingen bekendgemaakt in de vergadering van de Raad van Indië: volgens hem voerde Gijsels een oneerlijk bewind.

'Hij mag Gijsels niet, dat zit erachter,' zei Antonio. 'Hij wil dat we hem uit zijn functie zetten.'

Ik keek hem aan en zei: 'Goed idee.'

Antonio vroeg of ik gek geworden was.

'Denk na, Toni, dit is je kans.'

Hij begreep nog steeds niet waar ik naartoe wilde.

'Als je Gijsels ontslaat en Van den Heuvel in zijn plaats benoemt, is die hond zijn onschendbaarheid kwijt.'

Antonio staarde me aan, lachte zo hard dat hij zich verslikte, stond op, zoende me vol op mijn mond en liet zijn raden weer bijeenroepen.

De instinker werkte. Van den Heuvel werd gouverneur van Ambon, Gijsels nam het eerstvolgende schip naar Batavia, al een paar maanden later schreef Antonio aan Van den Heuvel dat hij zijn 'geleerdheid' bij nader inzien hard nodig had in de regering van Oost-Indië en vroeg hem terug te komen. Een vraag van de landvoogd is een bevel, dat wist zelfs Van den Heuvel. Op de dag van zijn aankomst stuurde Antonio Artus Gijsels terug naar Ambon, in de rang van gouverneur.

Van den Heuvel liet hij eerst een tijdje bungelen. In een persoonlijk onderhoud deelde hij hem mee dat er helaas op dat moment geen plaats was in het Kasteel voor hem en zijn echtgenote. Van den Heuvel was gedwongen een huis te huren in de stad. Dat had alle schijn van een vernedering en precies zo was het bedoeld.

Daarna sloeg Antonio toe: hij beschuldigde Van den Heuvel ervan dat het schip de Gouden Leeuw enkele maanden eerder op de terugreis van Ambon door zijn fout was vergaan. Van den Heuvel ontkende niet eens; in een officieel schrijven beriep hij zich op zijn onschendbaarheid. Per kerende postbezorger liet de gouverneur-generaal hem weten dat die wetsbescherming was komen te vervallen met zijn aanstelling op Ambon.

Van den Heuvel kwam in opstand en gebruikte elke truc die hij kende, of ter plekke verzon, om zijn proces te traineren. Dat lukte, tot hij de stommiteit beging zijn rechters in het openbaar te verslijten voor idioten en weetnieten. De Raad van Justitie vond dit minachting en veroordeelde hem tot geseling en het doorboren van zijn tong met een zilveren priem.

Antonio was tevreden met deze uitspraak, ik had hem lang niet zo vrolijk gezien. Zijn wraak was zoet maar niet wreed. In een officieel besluit schrapte hij de geseling uit het vonnis, dat op 16 december 1636 werd voltrokken. De retourvloot bracht Anthonie van den Heuvel terug naar het vaderland, met een gedeukte reputatie en een gat in zijn tong.

Op kerstdag reden we in de gouverneurskoets naar de kerk. Een paar weken na het vertrek van Brouwer had ik die samen met de andere rijtuigen uit het pakhuis laten halen. Een mevrouw hoeft niet te lopen, vond ik, en Antonio was het roerend met mij eens. In de almaar drukker wordende stad was het bovendien veel veiliger en sneller. Het tuig, net zo ongebruikt en aangetast als mijn mooie jurken, moest gerepareerd en in het vet gezet, de paarden die drie jaar lang alleen onder het zadel waren geweest moesten weer even wennen aan de ratelende gevaartes achter hun billen, maar de geduldige koetsier had ze snel weer in de hand.

Met het instappen en uitstappen ging meer tijd gemoeid dan met de rit van het Generaalshuis naar de kerk, maar daar ging het niet om: de aankomst was zoveel meer in overeenstemming met onze stand. De laatste meters naar de grote toegangsdeur gingen we te voet. Mijn hand steunde licht op Antonio's linkerarm, achter ons liepen Zus en Zusje met twee Chinese zonneschermen. Hij werd met plechtig hoofdknikken begroet, ik met bewonderende, soms afgunstige blikken. Al een paar uur na de veroordeling van

Van den Heuvel bleek het hele Kasteel te weten dat ik de hand had gehad in zijn val. Vanaf die dag heette ik achter mijn rug om 'de regeerzuchtige mevrouw Generaal'.

* * *

Halverwege de maand oktober van het jaar 1637 was het een pad die mij de weg wees, een glibberige, giftige pad. Maat mannenhand. Tenminste, dat was wat Zusje vertelde toen ik vroeg wie er toch dat lawaai maakte. Ik kende alleen zijn stem. Ik begreep wel meteen wat Zusje bedoelde toen ze in gebroken woorden vertelde dat de pad alleen roept als je hem nodig hebt, en dan nog uitsluitend in de vroege ochtend of de late avond. Alleen in het donker wijst hij de weg, zei ze, en vouwde haastig haar handen omdat ze zo duidelijk had laten zien dat haar eigen goden zich niet hadden laten verdrijven door die nieuwe Hollandse God.

Ik had hem twee keer eerder horen roepen: twaalf jaar geleden, tijdens mijn eerste nacht in de Grote School, en aan het sterfbed van mijn tweede man. Beide keren wist ik niet wat ik hoorde, dacht ik dat iemand een zwaar en roestig hek open- en dichtdeed, steeds opnieuw. Want zo klinkt het vreemde schreeuwen van de wegwijspad.

Die oktoberochtend maakte hij me ver voor vijven wakker en wist ik, nog voor ik de slaap uit mijn ogen had gewreven, waar ik naartoe wilde en wat ik moest doen om daar te komen.

'Ik ga theemiddagen organiseren,' zei ik tegen Antonio toen we voor het eerst in weken een avond samen hadden, zonder gasten aan tafel, zonder verplichtingen.

Hij knikte, liet het begin van een glimlach toe – dat was al een halve wereld gewonnen – maar zei niets.

Ik had schoon genoeg van het saaie Bataviase leven. De tucht van Brouwer had lang genoeg geduurd, ik wilde laten zien dat het anders kon. Dat te direct uitspreken zou Antonio tegen de haren in strijken, wist ik.

'Het is belangrijk dat ik gastvrijheid toon hier in het Gouverneurshuis, en ik denk dat jij er ook iets aan hebt als ik weet waarover de juffrouwen spreken.'

Antonio glimlachte nu voluit en pakte mijn hand.

'Wat vind je?' vroeg ik.

'Dat ik genoeg heb geleden,' zei hij.

Ik was het met hem eens en stond op. 'Je mag straks belet komen vragen.'

Toen hij even later tegen de deur van mijn kamer duwde, voelde hij geen slot, geen belet. Antonio stapte naar binnen en vond mij liggend op bed met alleen mijn kraag om.

We haalden al die maanden onthouding in één nacht in. Als de pad toen schreeuwde, hebben we hem niet gehoord – we hadden geen wegwijzer nodig.

Alle juffrouwen van alle raden waren gekomen, net als alle juffrouwen van andere belangrijke functionarissen en kooplieden. Petronella Buys was er ook, uiteraard, en veel te vroeg omdat ze dolblij was dat er eindelijk iets te doen was, ook nog speciaal voor vrouwen.

'Ik ben je zó dankbaar,' zei ze.

Ik pakte haar arm en verklapte dat mijn theemiddagen voortaan elke week op maandag zouden zijn. Petronella lachte door haar tranen heen en duwde een rossige krul terug onder haar kap. Ik begreep precies wat er met haar aan de hand was: de vuist van Si Jagur had ook haar nog niet gegeven waarnaar ze zo verlangde. Bovendien miste ze nog altijd haar zuster Odilia en haar zwager Jacques Specx. Dat is wat de Compagnie met families doet: ze verscheurt ze en bekommert zich niet om de snippers.

'Misschien moet jij ook af en toe een theekrans organiseren.' Ik bedacht het ter plekke en zag meteen waartoe dat kon leiden.

De middagen van mij en Petronella waren zo'n succes dat andere vrouwen van de raden van Indië ons voorbeeld volgden. Tegen het einde van het jaar was het een van Batavia's vaste waarden dat alle juffrouwen uit de hoogste stand, plus één mevrouw, drie dagen per week om vier uur, na de middagslaap, bijeenkwamen om alle laatste nieuwtjes en alle problemen te bespreken. Het hielp tegen de verveling als een wonderdrank. Ook de mannen in de Raad maakten er melding van hoe vrolijk hun echtgenotes de laatste tijd waren, vertelde Antonio.

Dat mijn naam Mevrouw Generaal was geworden, betekende niet dat Maria van Aelst was vergeten. Ik mocht dan verreweg het langst van alle vrouwen uit het vaderland in Batavia zijn, alle theedames kenden mijn geschiedenis – zoals iedereen alles van elkaar weet in Batavia – en mijn eenvoudige afkomst. Daarover werd beleefd gezwegen. Soms herinnerde een gebeurtenis me aan die tijd, zoals de bouw van de nieuwe school, een echte, stenen school met dakpannen die in de plaats kwam van het houten gebouw dat mijn eerste onderkomen was geweest. Of bij het horen van een naam die verbonden was met de Maria van toen, zoals tijdens de theekrans bij Petronella, toen een van de dames verzuchtte dat haar huishoudster plotseling was overleden, en wat er allemaal niet bij kwam kijken om een andere goede te vinden. Zodra die woorden haar mond hadden verlaten, keek ze naar mij en bloosde ze van schaamte en ongemak. Haar huishoudster Hendrikje was een van de bruidspakketjes geweest die samen met mij was aangekomen. Zij wist het, alle andere aanwezige vrouwen wisten het. Er daalde een stilte neer. Kousenvoeten waren niet zacht genoeg om het onderwerp te ontlopen.

Ik voelde een steek in mijn buik en verbrak de stilte.

'Wat een verdrietig bericht,' zei ik kalm, alsof niet iedereen me aankeek en probeerde te raden wat er op dat moment in mij omging, 'ik zal haar man' – bijna had ik 'timmermannetje' gezegd – 'een bericht laten sturen.'

Sinds Kunst mij de omgang met Hendrikje had verboden, was ze sneller dan ik voor mogelijk had gehouden uit mijn gedachten verdwenen. Heel soms zag ik haar gezicht nog, als ik in een droom weer op de Mauritius was. Eenmaal wakker schaamde ik me dat ik haar zo had laten vallen. Nu ze dood was hoefde ik daar niet meer aan te denken. Meisjes voor de Volksplanting – ik bande ze uit mijn leven.

In de loop van mijn Indische bestaan was ik goed geworden in verveling. Ik kon de leegte van mijn dagen het hoofd bieden met wachten. Wachten op het ontbijt, op het middagmaal, het avondmaal, wachten tot Elisabeth haar dagelijks verslag van het huishouden kwam doen, wachten tot een nieuw bestelde jurk werd geleverd, wachten op berichten van Dirck de Vlieger die voor het eerst naar Golkonda kon gaan omdat de vorst mij nu gunstig gezind was, wachten wat de volgende vloot zou brengen aan interessante mensen en dito waren. Wachten tot er leven in mij zou groeien, had ik tegen die tijd afgezworen. Dat deed me goed. Ik stak mijn tong uit naar Coen in zijn graf en naar de Compagnie. Als ik Si Jagur in het rijtuig passeerde was ik dankbaar dat hij had gefaald. Of was hij juist geslaagd? De gedachte dat hij me had behoed voor een leven als baarmoeder maakte het wachten draaglijker.

Die wachtende Maria was een andere vrouw, met een ander leven. Mijn dagboek en familieboek raakte ik zelden aan, in mijn hoofd schreef ik dagelijks. In die verhalen was ik in het vaderland, altijd weer daar, ook al zei Antonio dat wie terugging naar huis daar niet vond wat Indië te bieden had. Ik wel. Ik zocht niet langer naar vader, maar vond Arend daar weer. Ik woonde met moeder en Anna in het mooiste huis van Steenbergen, of Culemborg of misschien wel Amsterdam. Met mijn geld kon ik doen wat ik wilde, zijn wie ik wilde. Ik zag mezelf lopen over de Keizersgracht (zoveel mooier dan zijn Bataviase naamgenoot) aan de arm van een man zonder gezicht. Ik kon hem kleden naar mijn eigen smaak, een postuur en haarkleur geven die bij mijn bui van de dag paste, zelfs zijn stem had ik voor het uitzoeken. Wat ik niet kon, was hem een gezicht geven. Dat bleef onbekend, en spannend.

Verveling deerde mij dus niet echt, tegen sleur kon ik slecht. Niets is kwalijker voor het denken dan tevoren weten wat er gebeurt. De tocht naar Ceram en Ambon was een welkome afwisseling geweest. Die vijf maanden onzekerheid hadden me goed gedaan, hoewel ik bij terugkomst moest vaststellen dat mijn uitgestippelde leven er nog onveranderd bij lag, in dezelfde plooi. Blijkbaar had ik in die jaren grilligheid nodig en was dat de reden waarom ik zo genoot van mijn heimelijke handeltje in edelstenen en de theemiddagen mij binnen de kortste keren de keel uithingen. Op de maandagen in het Gouverneurshuis was immers alles al gezegd, inclusief de laatste roddels die voor, tijdens en na het kerkbezoek aan het licht waren gekomen. Op woensdag en vrijdag werden die herhaald en herkauwd en leverden zelden iets nieuws op. Desondanks bleef ik de vrouwen ontvangen en bleef ik een trouwe gast van de andere theekransen – al was het alleen maar om te voorkomen dat ik bij afwezigheid over de tong zou gaan.

Ik gaf de opperstalmeester opdracht de rest van de koetsen op te lappen en weer in elkaar te zetten. De man schrok zich rot: er kwamen nooit vrouwen in zijn stallen, laat staan Mevrouw Generaal. Ineens stond ik daar, met Zus achter me die het zonnescherm boven mijn hoofd hield. Het paard dat hij net aan de hand had genomen om naar de smid te leiden, schrok van dat rare ronde ding en steigerde. Ik was daar niet van onder de indruk, deed alleen voorzichtigheidshalve een stapje achteruit. Ik zei wat ik wilde en vertrok.

Twee weken later ging ik voor het eerst uit rijden, samen met Petronella, mijn beste vriendin. De vrouw van de opperkoopman hadden we voor ons fatsoen niet kunnen overslaan op die eerste rijtoer, dus die ging ook mee. We hadden geen bestemming, we gingen om ons te vermaken. Dat was al in jaren niet meer vertoond. Mensen kwamen hun huizen uit om te kijken, koelies met zware handkarren zetten hun vracht stil, kinderen liepen joelend mee en de shahbandar in de haven nam zijn hoed af voor ons. Want het nieuws over wie er in de koets zat verplaatste zich sneller door de straten dan acht paardenvoeten: de koningin van Batavia.

Antonio kreeg het aan zijn maag toen hij ontdekte wat ik had bekokstoofd zonder zijn medeweten. Het was een van de raden geweest die hem erop attent had gemaakt, en de raad wist het weer van de opperstalmeester, die in zijn onschuld had gemeld dat de nieuwe koetsen de volgende dag gereed zouden zijn voor gebruik.

'Blije vrouwen maken blije mannen, Toni,' zei ik die avond in bed.

Hij aarzelde even voor hij reageerde, liet een boer, en gaf

me gelijk. Hoewel Antonio dat nauwelijks over zijn lippen kon krijgen, wist hij maar al te goed dat de Bataviase samenleving toe was aan een nieuwe bloei. Er hing een sluier van saaiheid over de stad. Brouwer was te streng geweest. Dat was niet goed voor de mensen, en dus niet goed voor hem en voor de Compagnie. Met zijn instemming ging ik voortaan tweemaal in de week uit rijden. Petronella Buys was er altijd bij, want behalve mijn vriendin was ze per slot van rekening de echtgenote van de directeur-generaal. Alle andere vrouwen lieten wij wekelijks in spanning wachten op een uitnodiging.

We vertrokken op het paradeplein voor het Kasteel – het van de bordestrappen afkomen en het rijtuig te zien wachten, was voor sommige vrouwen al een feest. Vandaar gingen we door de poort, langs Si Jagur, rechtsaf over de Amsterdamse en de Maleise Gracht, over de Stadsbinnengracht, langs het Weeshuis en de Jonkersgracht naar het Stadhuisplein – alles stapvoets, rustig en waardig. Daarna gingen we over de Tijgersgracht terug naar het Kasteel of, als we nog puf hadden, gaven we de koetsier opdracht een ommetje te maken over de nieuwe Kaaimansgracht.

Met de eerstvolgende retourvloot ging er een brief mee van de gouverneur-generaal en zijn raden aan de Heren Zeventien. Antonio kon niet anders dan verantwoording afleggen, want het gebruik van een rijtuig voor andere dan regeringszaken was door zijn Amsterdamse bazen ten strengste verboden. De voltallige Hoge Regering van Batavia sprong daarmee in de bres voor mijn idee. Het argument was dat de mannen zo hard werkten dat ze nauwelijks tijd hadden voor ons, hun 'beminde gezellinnen'. Ze lieten de koetsen rollen voor hun echtgenotes zodat zij af en toe een pleziertje hadden, én op zondag ondanks de meedogenloos brandende zon toch naar de kerk konden komen. Of het die schijnheilige toevoeging was die de Heren in Amsterdam gunstig heeft gestemd zal nooit iemand weten, want Toni kreeg geen antwoord.

* * *

Tegen de tijd dat de brief aankwam in het vaderland en de vergadertafel van het Oost-Indisch Huis had bereikt, waren rijtuigen al bijna een gewone verschijning geworden in het straatbeeld van Batavia. Door 'Maria's rijtoeren' zoals de uitstapjes in kleine kring heetten, hadden enkele vrijburgers de moed gehad het rijtuigenverbod in de wind te slaan. Ze lieten hun stoffige chaises en karossen tevoorschijn halen en gingen ook uit rijden. En hun goede voorbeeld deed goed volgen.

Antonio was uitermate tevreden over de verandering die de ratelende wielen brachten in de stad. Er was bekijks, er ontstond een nieuw soort leven. Hij dacht niet zo gek veel anders over Batavia dan de zo plotseling overleden Coen: de stad was het centrum van een wereldrijk in wording en dat mocht getoond worden. In elk geval liet hij zich de complimenten van zijn raden en van anderen die ertoe deden graag aanleunen. Tegenover hem in de regeringskoets die, omdat het zondag was, werd getrokken door vier paarden in plaats van twee (ik had het zelf kunnen bedenken, maar Antonio was me voor geweest) was het duidelijk dat hij net zo graag gezien wilde worden als ik. Er was een verandering over hem gekomen sinds we na de kerk uit rijden gingen, misschien wel omdat hij kon laten zien dat hij alles in de hand had. Daarmee was de grimmigheid, zo kenmerkend voor die eerste periode van zijn gouverneurschap, grotendeels verdwenen. Hij was er aardiger door geworden en tegelijkertijd zag ik iets in hem groeien wat ik niet nauwkeuriger kan omschrijven dan met 'woestheid'. Niet boosaardig, dat was hij niet, en hij was nooit gewelddadig. Het was alsof de hervonden aardigheid die in hem zat toen we elkaar leerden kennen een contragewicht nodig had om rechtop te blijven nu er van alle kanten aan hem werd getrokken.

Op weg naar het Stadhuis, waar een ontvangst was georganiseerd voor een prominente vrijburger die naar patria zou terugkeren, hield de koetsier het vierspan even in om voorzichtig door de Amsterdamse poort te manoeuvreren. Ik zag Antonio's blik afglijden naar het oude Portugese kanon. Hij kende de legende, lachte erom, deed het af als bijgeloof. Van mijn bezoeken aan die vuist wist hij niets.

* * *

Wat ik in de ogen van Antonio zag branden, die woestheid, was het kruidnagelmonopolie. Dat vrat aan hem, ontdekte ik. Het probleem dat Specx en Brouwer niet hadden kunnen oplossen, lag nu op zijn bord. Hij kon het slecht hebben als afspraken werden geschonden, zo'n man was hij, vooral als het om eer of geld ging. Ik heb hem daarin altijd gesteund, en niet alleen voor de buitenwacht. Ook als hij binnen de muren van onze vertrekken soms verviel in somber zwijgen heb ik hem gelaten, als hij me in de nacht wakker hield met zijn rusteloos heen en weer lopen heb ik er nooit iets van gezegd. Hij deed tenslotte zijn werk en hij deed het goed. Want samen met nootmuskaat en foelie, de zaadmantel van de noot, was het alleenrecht op de handel in kruidnagelen in die jaren het belangrijkste onderwerp aan de Amsterdamse vergadertafel en in het hoofd van hun hoogste gezant in Batavia. Kruidnagelen houden de Compagnie in leven. Kruidnagelen helpen ook tegen geheugenverlies, misselijkheid, diarree, huiduitslag, slechte adem en druk op de borst, en zijn onmisbaar bij het op smaak brengen en bewaren van voedsel. De hele wereld wil kruidnagelen, dus ontketenen kruidnagelen hebzucht en oorlog. En omdat het verschil tussen inkoop en verkoop meer dan vijfhonderd procent bedroeg, ging Antonio door roeien en ruiten om het monopolie in Hollandse handen te houden.

Want het was lek. Het beste en pijnlijkste bewijs daarvoor kwam van een oude Amsterdamse vriend die hij soms inzette als verspieder. Die vriend, wiens naam ik niet zal noemen, was die zomer van Ceram naar de Kaap gevaren op een Engels schip dat honderdvijftigduizend pond kruidnagelen aan boord bleek te hebben. Het zusterschip had net zo'n grote lading verborgen in haar ruim. Hoewel de brief te laat in Batavia aankwam om er nog iets aan te kunnen doen, gaf die brutale schending van het monopolie de doorslag.

'Ik ga het regelen,' zei Antonio op een zondagochtend voor de kerk, 'eens en voor altijd.'

'Als je iets meer betaalt, heb je veel minder ellende,' zei ik.

Dirck de Vlieger kwam ook niet vanwege mijn snoetje met de beste stenen naar mij – hij was in het geheel niet geïnteresseerd in vrouwen, dat kon ik aan alles merken – maar om de simpele reden dat ik hem een hogere provisie betaalde, hoger dan hij bij andere handelaren kon krijgen, hoger dan de Compagnie bereid was neer te tellen. Dat was de oorzaak van het gedonder met kruidnagelen: vrekkigheid. De Compagnie, die haar bemanning liever liet sterven dan limoenen aan boord te nemen, had op de Molukse eilanden een vaste inkoopprijs afgedwongen van vijf stuivers per pond kruidnagelen. Op eilanden buiten Ambon, waar we geen forten en geen gezag hadden, konden nageltelers driemaal zoveel krijgen. Geen wonder dus dat zij hun oogsten liever verkochten aan Engelsen, Portugezen, Denen en alle andere opkopers die genoegen namen met iets minder winst en maling hadden aan Hollanders.

Antonio reageerde niet. Hij wist dat ik gelijk had. In zijn hoofd klonk zonder twijfel hetzelfde als in het mijne: 'Handel is niet alleen maar nemen.' Tegelijkertijd klonk ook zijn gelofte aan de Compagnie – ik zag het botsen daarbinnen.

'Doe er wat aan,' zei ik. 'Je weet dat het beter is.'

Het was minder makkelijk dan het leek, zeker voor wie in het vaderland was en zijn geluk in Indië wilde beproeven. Ja, je kon goed geld verdienen in de Oost, ik spreek dat niet tegen. Zelf ging ik niet om die reden. Mijn vader had een reden, ik niet. Gedurende mijn leven in Batavia is er zelden een dag voorbijgegaan zonder die ene vraag: hoe zou mijn leven eruit hebben gezien als ik thuis had mogen blijven? Zelfs toen Antonio gouverneur-generaal was geworden en ik het hoogste had bereikt, stond ik mezelf weleens toe, meestal in het donker voor het slapengaan, een ogenblik aan Steenbergen te denken en te fantaseren over hoe het geweest zou zijn als ik niet was weggestuurd. Als Berend niet mijn halfbroer was geweest, en ik aan zijn zijde in de bakkerij had gestaan. Wie weet omringd door kinderen met snotneuzen. Had ik met die Maria willen ruilen? Lange tijd wel, zodra ik in het Gouverneurshuis woonde en de rijkste vrouw van Batavia was niet meer. Nooit meer. In Steenbergen was ik onzichtbaar gebleven.

Antonio wilde het goed doen én hij wilde het goede doen. Zijn afspraken met God zaten soms zijn afspraken met de Compagnie in de weg. Op de avond voor zijn installatie had hij aan zichzelf en aan mij gezworen dat hij te boek zou komen te staan als de landvoogd van Batavia die van het vaderland een wereldrijk zou maken. In dat heilig voornemen botste hij met de vorsten van Formosa, Japan en China, met de Portugezen die maar niet wilden toegeven dat hun tijd aan onze kant van Indië voorbij was, met de achterbakse Engelsen die onder zijn duiven schoten en met de hoofden van de Molukse eilanden die net deden alsof er niet al sinds Coen een overeenkomst lag.

Tegenover Jan Pieterszoon Coen waren de Heren Zeventien in 1615 na jaren onderhandelen over het monopolie op muskaatnoten en foelie op de Banda-eilanden nog glashelder geweest: hij moest de onwillige bevolking verjagen, overmeesteren, uitroeien. Antonio vertelde mij ooit, toen ik hem vroeg hoe het was geweest in zijn begintijd, dat Coen aan zijn bazen had geschreven dat de verovering stevig moest zijn maar niet tiranniek, desondanks voerde hij de instructies uit Amsterdam naar de letter uit. In 1621, nog voor mijn tijd, waren er van de vijftienduizend Bandanezen nog ongeveer zeshonderd terug te vinden op de Banda-eilanden. De rest was dood of gedeporteerd. De muskaatperken worden sinds die tijd zonder al te veel problemen beheerd door Hollanders en slaven die in dienst van de Compagnie zorg dragen voor de oogst van de oude bomen die de verwoestingen overleefden en de jonge aanplant.

Antonio had geen instructies nodig en het is ook maar de vraag of hij orders van de Heren Zeventien zou hebben opgevolgd. Na de vele vergaderingen tijdens ons verblijf in het vaderland kende hij hun zwakte: geen ervaring in Indië. Hij vond dat hijzelf beter dan wie ook wist hoe de handel in de Oost in elkaar stak. Dat was geen grootspraak, de stijgende lijn van de opbrengsten sprak klare taal. Hij wilde het handelsmonopolie eens en voor altijd zeker stellen en hij wilde dat zelf doen. Aan het eind van het eerste jaar van zijn bewind, op 30 december, vertrok hij als admiraal met een vloot van zeventien schepen naar Ceram, het grootste kruidnageleiland na Ambon. Om hem heen werden vele wenkbrauwen gefronst, want het was niet gebruikelijk dat de landvoogd meeging. Antonio had daar geen boodschap aan. Philips heeft zelfs nog een avond lang geprobeerd hem om te praten. Antonio luisterde naar hem, bedankte hem voor zijn zorgen en deed daarna precies wat hij al van plan was. De volgende ochtend stelde hij aan de voltallige Raad van Indië voor om directeur-generaal Philips Lucasz als waarnemer te benoemen tijdens zijn afwezigheid. En zo gebeurde het, precies zoals hij het wilde.

Ik ging mee, dat eiste ik. Dat was helemaal niet zoals Antonio het wilde. Hij gaf pas toe nadat ik had gedreigd het eerstvolgende retourschip naar huis te nemen als hij het in zijn hoofd zou halen om zonder mij te gaan.

Petronella bleef bij Philips en nam mijn honneurs waar. Ik gaf Elisabeth opdracht mijn gevolg in orde te maken. Tijdens de overtocht naar Golkonda had ik maar één zeemeid en dat was te weinig. Deze keer hoefde ik het aan boord goddank niet zonder Elisabeth te doen. En ik had de beschikking over zeven huisslaven, inclusief Zus en Zusje, en nog vijf bedienden voor mijn persoonlijke verzorging en praktische zaken. Antonio had zijn adjudant, twee bedienden en twee slaven meegenomen. Te weinig, vond ik. Misschien onderschatte hij het leven aan boord van een klein jacht, hij had immers in de achterliggende achttien jaar nooit iets anders van de archipel gezien dan Batavia.

Ik ging mee omdat ik niet alleen wilde achterblijven. Zonder Antonio zou het Gouverneurshuis doodstil zijn en nog saaier. Er is mij voor en na die reis meer dan eens gevraagd waar ik de moed vandaan haalde. Mijn antwoord was simpel: er was geen sprake van moed. Ik wilde mee, dus ging ik. Misschien kwam het omdat ik een officiersdochter ben en in mijn jonge jaren nauwelijks anders had gekend dan oorlog en oorlogsdreiging. Dat zou de reden kunnen zijn waarom ik zo onbevreesd in het leven stond, volgens sommigen zonder gevoel. De meeste vrouwen om mij heen moesten regelmatig het bed houden vanwege een te hoge belasting van de zenuwen. Ik had de bestormingen door de Mataramse troepen meegemaakt, tot twee keer toe. Daarbij vergeleken was die kruidnagelkwestie, waarin wij bovendien de overhand hadden, minder bedreigend. Ook in de baai van Ceram, waar na twintig dagen varen meer dan vijftienhonderd soldaten, matrozen, slaven en Mardijkers aan wal gingen om het fort Lusiëla te bestormen, heb ik geen angst gekend.

Antonio was nog veel koelbloediger. Hij zou zijn troepen ook op land aanvoeren, stond er al klaar voor, alleen besloot de Scheepsraad tot zijn verrassing een andere Antonio, Antonio Caen, de leiding over de aanval te geven.

'In een oorlog is geen enkel leven iets waard,' zei de voorzitter van de Scheepsraad, 'de kans dat meneer Generaal sterft op het slagveld is veel te groot.'

En zo gebeurde het, want de Scheepsraad heeft aan boord altijd het laatste woord.

Later, in onze hut, zei Antonio: 'Dit is het werk van Philips Lucasz.'

Het was mijn werk.

Het fort Lusiëla op Ceram stond bekend als onoverwinnelijk. Antonio Caen, onder strikte instructies van Toni, maakte een einde aan die roem voor de prijs van achttien levens en dertig gewonden aan onze kant. In het fort waren twee doden achtergelaten, de rest van de Ceramse rebellen was gevlucht. De harde boodschap galmde over de eilanden: de VOC laat niet met zich sollen.

Een etmaal later, we lagen nog steeds voor anker in de baai van Ceram, trok de Scheepsraad zich terug in de grote kajuit. Ik ging op het voordek zitten, waar ik de beraadslagingen letterlijk kon volgen, en liet Elisabeth roepen om te zeggen hoe storend het was dat ik last had van de zon. Een enkel zonnescherm bood geen soelaas. Zusje en het zonnescherm werden geruisloos vervangen door vier jonge mannen van Celebes die Antonio onlangs had laten kopen op de slavenmarkt. Tussen hen in hielden ze een doek van zware katoen gespannen, die mij beschermde tegen de zon terwijl een handvol matrozen een vast afdak maakte met zeildoek en palmbladeren. Nu ik beter kon luisteren, hoorde ik Toni zeggen dat na deze waarschuwing alle afvallige hoofden van de koninkrijkjes op de Molukse eilanden een persoonlijke uitnodiging kregen voor een grote bijeenkomst op het fort van Ambon, waar alle schendingen van het monopolie in de diepste zee begraven zouden worden. In de brief die hij dicteerde, liet hij duidelijk uiteenzetten dat hij bereid was eventuele problemen op te lossen én hij beloofde dat de prijzen voor rijst en kleden, aangevoerd door de Compagnie, omlaag zouden gaan.

Handel is niet alleen maar nemen – zo goed kenden wij elkaar.

Gedurende die kruistocht van zes maanden gingen Antonio en ik slechts één keer van boord, in Ambon. Gouverneur Van Deutekom, de opvolger van Artus Gijsels, stond ons op te wachten en leidde ons door de bescheiden maar tot in de puntjes verzorgde erehaag van soldaten en Compagniesdienaren naar de poort van fort Victoria. Ik droeg een jurk van donkerblauwe zijde uit Bengalen. Onder mijn kraag flonkerde een lange gouden ketting bezet met diamanten. Dezelfde schittering, afgewisseld met zacht glanzende roze parels, kwam terug in de armbanden om mijn polsen. Aan mijn rechterhand, die zichtbaar op de linkerarm van Antonio rustte terwijl we over de binnenplaats naar het Gouverneurshuis schreden, droeg ik die dag de ring met de blauwe diamant die in een steegje van de Amsterdamse Jodenbreestraat tot schitterende perfectie was geslepen.

Antonio droeg zijn gala-uniform met daarop de gouden ambtsketen die hij in 1631 had ontvangen voor het behouden thuisbrengen van de retourvloot. Achter ons liepen Zus en Zusje met zonneschermen, daarachter liep Antonio's adjudant met een tas belangrijke papieren, daarachter Elisabeth en daarachter, op enige afstand, volgde de rest van ons twintigkoppige gevolg dat met bagage en al uit het zicht van het welkomstcomité naar de vertrekken voor bedienden en slaven werd geloodst.

Van Deutekom toonde zich niet verbaasd over onze staatsie, waarschijnlijk was het nieuws van het nieuwe leven in Batavia ons vooruitgesneld. Of hij wist het te maskeren met dat uitgestreken gezicht van hem. Hij was ook zo goed zijn persoonlijke vertrekken aan ons ter beschikking te stellen. We hadden niet anders verwacht, hoewel Indië mij leerde dat de vanzelfsprekendste dingen in het leven je vaak toch niet toekomen.

Antonio's optreden bracht meer dan tien jaar rust aan het kruidnagelfront. Het traktaat van het hernieuwde monopolie werd op 1 juni 1637 bekrachtigd en getekend. Alle voormalig afvallige hoofden kregen gratie, dat wil zeggen: degenen die aanwezig waren tijdens de grote vergadering in fort Victoria. De afwezigen, die volgens Antonio hun kans hadden gehad, stonden nu te boek als rebellen en vijanden van de Republiek en werden in de maanden daarna vervolgd, gedwongen om te tekenen, gevangengenomen of gedood – net als de telers en handelaren op de andere eilanden van de Molukken, waar onze vloot in de vier maanden voorafgaand aan de ondertekening orde op zaken had gesteld.

Later sloot Antonio nog een bijzondere overeenkomst met de sultan van Ternate, de heerser van een van de noordelijke eilanden: hij kocht hem om met vierduizend realen per jaar. In ruil zorgde de sultan ervoor dat de kruidnagelen van de Molukken uitsluitend aan de Compagnie werden geleverd. Voor hetzelfde geld zag hij er ook op toe dat alle kruidnagelbomen buiten het monopoliegebied werden omgehakt.

'Nagelreuk,' zei Antonio, terwijl de vulkanen van Batavia dichterbij kwamen, 'daar komt iedereen op af.'

* * *

Het jaar 1641 begon met het plan voor een Latijnse school. Petronella en ik hadden door ons liefdadigheidswerk voor het weeshuis en het armenhuis de Mardijker meester Cornelis van Senen leren kennen. Hij was de zoon van een vooraanstaande familie van Banda, die met vele andere families omwille van het muskaatmonopolie gevangengenomen waren en in Batavia als slaaf hadden gewerkt. Na enige jaren gaf de Compagnie de slaven van Banda hun vrijheid terug en sindsdien noemen zij zich Mardijkers, wat terug te voeren is op het Maleise woord voor vrijheid. Meester Cornelis had een paar jaar eerder een schooltje gesticht voor weeskinderen en kinderen van arme ouders, waar hij lesgaf in het Hollands, maar vooral in het Portugees en het Maleis.

Dat bracht ons op het idee voor de oprichting van een Latijnse school. Petronella en ik wisten hoe goed die school is voor jongens met verstand. Antonio en Philips hadden op de Latijnse school gezeten, geheimschrijver Bartie, mijn vroegere zaakwaarnemer Willem Middachten, maar ook de handelsgeest van Dirck de Vlieger was gescherpt op die school. We zijn jammer genoeg niet verder gekomen dan het plan, want Antonio zei dat de tijd nog niet rijp was. Hij bedoelde daarmee dat de tijd die hij had was gevuld met andere zaken.

Antonio werd in die dagen in beslag genomen door de vele gesprekken met Abel Tasman. Hij had Tasman en zijn navigator Frans Visscher opdracht gegeven het onbekende Zuidland te verkennen. Daar ging het over in de Raad van Indië en in Antonio's kamer. Toni zei weleens dat hij wilde weten hoe het zuidelijke deel van de wereld het noordelijke deel in evenwicht hield. Hij wilde nieuwe vaarwegen en nieuwe handelsgebieden ontdekken. Er was ook nog een kwestie waarover slechts in kleine kring werd gesproken en dan alleen fluisterend: het eiland vol goud en zilver dat volgens een Portugese legende ten oosten van Japan in de onmetelijke oceaan zou liggen. Antonio wilde dat eiland vinden, zijn ambitie had geen grenzen.

Míjn wil moest nog te vaak wijken voor regeringsregels. Ik verbeet mijn teleurstelling en besloot me te richten op wat ik al wel had bereikt. Alle kasteelbewoners en rijke vrijburgers lieten zich nu rondrijden in rijtuigen. Tot mijn grote tevredenheid kwam er stijl op straat, zoals je mag verwachten in een stad die de spil vormt van de handel in Azië. Veel vrouwen deden hun best zich net zo te kleden als ik, ook de mestiezinnen – de naaisters van Batavia werkten letterlijk dag en nacht om aan de niet-aflatende vraag naar jurken te kunnen voldoen. Vooral op zondagen was het bij het ingaan van de kerk een parade van hoe het hoort: veel zijde en vlammend gekleurd sits, veel goud en zilver en parels, niet zuinig met slaven die zonneschermen en zware bijbels droegen. Eindelijk was het zoals ik vond dat het moest zijn. Eindelijk kon ik laten zien hoever ik was gekomen. Op eigen kracht. Ik stak mijn rijkdom niet langer onder stoelen of banken en er was niemand die mij tegenhield, integendeel.

Zelfs Antonio begon zich anders te kleden. Nu de retourvloten met almaar vollere ruimen naar het vaderland terugkeerden en je de rijksdaalders op de stapelmarkt in Batavia kon horen rinkelen, werden zijn hoeden groter, opvallender, en gaf hij zijn kleermaker opdracht versieringen aan te brengen op de manchetten van zijn jassen.

Tot mijn verrassing en vreugde liet hij een partij blauwsteen, bestemd voor de vloer in de nieuw te bouwen kerk, in onze vertrekken leggen. Zijn argument was dat de witte mieren geen vat mochten krijgen op de regeringszetel in het Kasteel. Bovendien was het schoner en koeler. En mooier. In een brief aan de Heren Zeventien verzocht hij met de volgende vloot een dubbele hoeveelheid blauwsteen te sturen, voor de kerk en voor de rest van het Gouverneurshuis.

Hij was nog altijd dezelfde harde werker, meedogenloos voor zichzelf en zijn ondergeschikten, en van tijd tot tijd zette hij het op een bidden om met het hoogste gezag in het reine te blijven, maar het was overduidelijk, althans voor mij, dat hij trots was op wat hij had bereikt. Die, volgens hemzelf, onzinnige gemoedstoestand was van zijn gezicht af te lezen. Toen hij het in Batavia gebouwde jacht de Diemen ten doop hield, bijvoorbeeld. Daar was hij zo mee ingenomen dat ik de punten van zijn snor zag opkrullen. Wat hem in zijn hart raakte en verderging dan trots, was voor iedereen zichtbaar tijdens de feestelijke opening van de nieuwe vestingtoren. De raden hadden unaniem gekozen voor de naam Culemborg, zijn geboortestad.

'Dit is het werk van Philips,' zei hij, terwijl we zij aan zij keken naar het hijsen van de vlag van Batavia en die van de Republiek.

Ja, dít was inderdaad het werk van Philips Lucasz. Het is moeilijk toe te geven, zo pijnlijk ook, maar de eerlijkheid gebiedt me te zeggen dat ik me soms heb afgevraagd of hij het uit vriendschap deed, of dat Philips Lucasz bezig was de volgende gouverneur-generaal te worden en met de Culemborg zijn baas gunstig wilde stemmen. Het antwoord op die vraag is nooit gekomen en doet er ook niet meer toe.

Een paar maanden voor hij naar Ceylon vertrok waren we voor het laatst samen geweest, Philips en Petronella, Toni en ik. De volgende dag ging hij scheep om de mogelijkheden voor de handel in kaneel en olifanten te onderzoeken. Onderweg brak er een ziekte uit die razendsnel en nietsontziend om zich heen greep. Een groot deel van de bemanning en opvarenden was al overleden toen de directeur-generaal van Batavia zich gewonnen gaf. Op 5 maart van dat jaar overleed hij aan boord van het schip de Zandvoort.

Antonio verloor zijn beste vriend, want dat was hij. Ik verloor mijn beste vriendin toen Petronella later dat jaar met de retourvloot naar huis terugkeerde, naar haar familie.

* * *

Hoewel je het met mate moet gebruiken, zit vleierij soms mooi in elkaar. In Batavia kun je niet zonder, ongeacht tot welke stand je behoort. Als het goed uitpakt, heeft iedereen er iets aan. François Caron had dat goed begrepen toen hij een paar maanden voor de dood van Philips Lucasz terugkeerde uit Japan. Hij had daar een half leven gewoond, sprak de taal, was jarenlang opperhoofd van het VOC-kantoor Hirado en maakte in de tussentijd vijf kinderen bij een Japanse vrouw. Ze leken een beetje op Meisje, behalve dat hun ogen schuiner in hun gezichtjes stonden. Hun moeder was kort daarvoor overleden, maar zelfs als ze nog in leven was geweest, had ze volgens de wet van de Heren Zeventien moeten achterblijven – inheemse vrouwen mogen niet met hun mannen mee, nooit. Het is een goede regel, want je moet er toch niet aan denken dat al die bijslapen naar de Republiek komen? Wat moeten ze daar? Als er kinderen zijn, is het hardvochtig. Ik heb die halve wezen vaak zien rondlopen tijdens mijn tochtjes buiten de kasteelpoort. Bedelend, omdat hun moeder van de ene op de andere dag zonder man en zonder geld was achtergelaten, aan de drank was geraakt of het te druk had met het plezieren van een nieuwe Compagniesman die niks wilde weten van het nageslacht van zijn voorganger. De kinderen van Caron hadden geen moeder meer, wel een vader die het beste met ze voorhad. Daarom was hij bij ons, en voor zichzelf uiteraard. Elisabeth ontfermde zich over de drie jongens en twee meisjes, zodat Antonio en ik in alle rust het voormalig opperhoofd van Hirado konden ontvangen. Philips, toen nog net niet vertrokken naar Ceylon, en Petronella waren erbij. Goddank waren ze er nog bij.

François Caron had zijn officiële verslag al gepresenteerd in de Raad van Indië en begon zijn vleierij met woorden van waardering over de ontvangst in het Gouverneurshuis en vertelde, met een Franse tongval die de herkomst van zijn familie liet doorschemeren, dat hij bij aankomst in het Kasteel zijn ogen had uitgekeken. Zijn lof klonk overigens gemeend, en het zag er dat jaar ook al erg fraai uit. In zijn Japanse tijd moet hij de mooie Hollandse bouwwerken hebben gemist en ik stond op het punt hem daarnaar te vragen toen hij ons verraste met geschenken. Voor mij en voor Petronella. Ik moest moeite doen om het niet uit te roepen van verbazing en plezier, want uit een doek van grove zijde kwam een prachtig gedecoreerde Japanse lakdoos – het mooiste voorwerp dat ik heb mogen aanschouwen aan die kant van de wereld. De verrassing werd alleen maar groter toen ik de doos opende en aan de binnenkant van het deksel, in gouden letters op een zwart glanzende ondergrond, zag staan: MARIA VAN DIEMEN.

Petronella kreeg een soortgelijke lakdoos, iets minder gedecoreerd misschien, net zo fraai. Ieder ander had ik het misgund, haar niet. Wij waren de enige vrouwen uit het vaderland die in het bezit waren van zo'n bijzonder kunststuk. Ook nadat zij Batavia had verlaten bleef dat zo. Die dozen waren het bewijs van wie wij waren, of waren geweest.

Antonio liet wijn komen en wilde zijn glas al heffen toen Caron ons nogmaals verraste.

'Staat u mij toe mijn twee dochters aan u voor te stellen,' zei hij.

Niet zijn zonen, zijn dochters.

Ik liet Elisabeth roepen en wachtte af terwijl Caron ons breed lachend aankeek.

'Mevrouw,' zei hij toen hij achter zijn oudste dochter ging staan en mij toeknikte, 'dit is uw naamgenoot Maria.'

Hij herhaalde de voorstelling met zijn jongste dochter.

'Juffrouw,' zei hij knikkend naar Petronella, 'dit is uw naamgenoot Petronella.'

Veel later pas ontdekte ik dat hij zijn meisjes had vernoemd naar zijn moeder Petronella en zijn zuster Maria. Toeval. Dat was het en daar maakte hij gewiekst gebruik van.

Antonio wist het al, ik vond Carons papieren tussen de afschriften van zijn brieven aan Amsterdam. Die las ik met enige regelmaat om op de hoogte te blijven. Blijkbaar vond hij net als ik dat Caron dat toeval goed had ingezet, want Antonio heeft er persoonlijk voor gezorgd dat zijn onechte kinderen officieel zijn naam kregen, zodat hij zijn zonen in Leiden kon laten studeren en Maria en Petronella interessante huwelijkspartners werden, in plaats van af te glijden naar een leven van sirihpruimen waartoe meisjes als zij vaak veroordeeld waren.

Sirihpruimen en vleierij hebben dezelfde eigenschappen: hoe meer je ervan proeft des te meer je wilt. Van sirihpruimen raak je bovendien in een prettige roes, alsof je te veel wijn of arak hebt gedronken en het wakkert de vleselijke lusten aan. Wat mooi meegenomen is, voor wie dat nodig heeft.

* * *

Niet lang nadat Petronella Batavia voor altijd achter zich had gelaten, vertrok Bartie naar Masulipatnam. Hij had het inmiddels tot opperkoopman geschopt en werd hoofd van onze vestiging daar. Het was stiller in huis zonder zijn dagelijkse bezoeken. Hij is een echte prater, een verteller, net als Arend was, net als Petronella. Zijn vertrek naar de Coromandelkust was een verlies – ik miste hem. Misschien wel als een moeder die haar oudste zoon uit huis ziet gaan. Tegelijkertijd wist ik dat hij zou terugkeren. Dat soort dingen weet je als je zo lang in Batavia hebt geleefd als ik. Het is, hoe vreemd dat ook klinkt, het licht om iemands hoofd. Dat was er volop en goed zichtbaar op de dag dat Toni en ik hem uitzwaaiden op de kade.

In die nieuwe stilte had ik ook iets om naar uit te kijken. Hoewel de verdronken olifant, mijn equivalent van een Japanse lakdoos, mij nog altijd mooie stenen uit de buik van Golkonda bracht, kwam ik met een vaste koopman ter plekke, die ook nog eens precies wist wat ik wilde, op de eerste rij in diamantenland. Zelfs Antonio, die voordien niets te maken wilde hebben met dat deel van mij, begon geïnteresseerd te raken. Niet in de laatste plaats vanwege de opbrengst van de stenen. Hij had al die jaren precies geweten wat ik deed, zoals hij van alles in het Bataviase goed op de hoogte was. Het was zijn streven naar de hoogste post die hem belette zich in te laten met het verbodene. Ik handelde voor eigen rekening, hij niet. De beschuldigingen onder leiding van Anthonie van den Heuvel waren vals en ongegrond. Toni was rechtdoorzee, tot hij van mening veranderde. Uiteraard hadden de groeiende opbrengsten daarmee te maken. Antonio zag dat het goed ging en hij wist dat hij dat op zijn eigen conto kon schrijven. Daarbij kwam dat hij er steeds meer van overtuigd raakte dat vrije handel de Compagnie juist goed zou doen. Hij zag wat Coen had gezien maar in een Van Diemense variant. Hij stond, en dat ging heel langzaam en geruisloos, privéhandel toe aan degenen die onder zijn directe verantwoordelijkheid vielen, aan de hoge bestuurders in het Kasteel, aan eerbiedwaardige vrijburgers. Aan iedereen die hij scherp in de gaten kon houden.

Zo kwam het dat ik de eerste brief van Bartie, die meekwam met Dirck de Vlieger, in het bijzijn van Antonio las. Behalve vrolijke verhalen over het leven op zijn nieuwe post, schreef hij dat een gezant van de koning van Siam hem een verzoek had gedaan. Dirck de Vlieger zou de bijzonderheden vertellen.

Het was onwennig, die eerste keer. Antonio en De Vlieger hadden tot dan toe alleen gesproken over het deel van de handel dat het daglicht kon verdragen. Ik was, ondanks mijn afgedwongen vrijheid, nog altijd op mijn hoede. Het laatste wat ik wilde was Toni in verlegenheid brengen. Ik haalde adem, mij bewust van het bijzondere moment, en vroeg mijn handelaar wat de gezant van de koning had gezegd.

'Hij wil...' zei De Vlieger met een schuin oog naar Antonio.

Ik stelde hem gerust.

'Een ring.'

Antonio werd ongeduldig, ik legde mijn hand op zijn arm en vroeg: 'Voor hemzelf?'

Wat Dirck de Vlieger bedoelde, maar niet echt durfde zeggen omdat Antonio erbij zat, was dat de koning van Siam mij, bij monde van zijn boodschapper en via Bartie, opdracht gaf een ring te laten maken door een Amsterdamse edelsmid met Amsterdams geslepen diamanten.

Antonio keek met grote ogen naar Dirck, naar mij, weer naar Dirck.

'Ik weet wel iemand,' zei ik, 'laat eens zien wat je bij je hebt.'

Antonio kuchte, stond op, verzon een smoes en nam op zijn vriendelijkst afscheid van mijn handelaar.

'Ik doe er voor jou ook iets op,' zei ik nadat we de stenen voor de koninklijke ring hadden geselecteerd, en nog drie andere waarvoor ik kopers had.

'Maar de opdracht voor de ring komt van De Gruyter,' zei Dirck.

'En van jou,' zei ik.

De koning had geen prijs genoemd, liet Bartie via Dirck de Vlieger weten.

Hij gaf me een hand, zei dat het een eer was zaken met mij te doen en vertrok.

Die avond kwam Antonio in mijn bed. Hij zei dat hij niet had geweten hoe bekend ik inmiddels was geworden met mijn handel in stenen. Hij zoende me, knoopte zijn bedbroek open en viel in slaap voor ik mijn hemd had kunnen optillen.

* * *

Hij sprak er nooit meer over, terwijl ik aan hem kon zien dat het op hem drukte. Immers, een man zonder nageslacht is geen echte man. Terwijl in die eerste weken van 1643 overal om ons heen de eerste echte Bataviase generatie ter wereld kwam, bleef het in ons huis stil en dor. Ik hoefde Elisabeth niets uit te leggen toen ik haar op een dag vroeg hier en daar te fluisteren dat de bakermat tweemaal een veel te vroeg geboren, levenloos kind had gezien. Het is niet waar, want zelfs daar was ik niet toe in staat, maar zo'n gerucht geeft mensen iets te doen. En ze kunnen zelf beslissen of ze het willen geloven.

Het enige kindergeluid in ons huis kwam van Meisje, alweer twaalf jaar oud. Ze had goede opvoeders in haar moeder en Elisabeth en sprak keurig Hollands. Volgens de andere bedienden kon ze goed afstoffen en strijken. En ze was niet lelijk. Behalve haar neus had ze ook de ogen van haar vader, groene ogen.

'Misschien helpt een kerk?' vroeg Antonio na een diner bij François Caron en zijn nieuwe vrouw Constantina Boudaen. Caron was bij terugkomst in Batavia Philips Lucasz opgevolgd als directeur-generaal – een beloning voor zijn goede werken in Japan. Constantina deed haar best indruk te maken op ons. Ondanks haar verhullende kleding kon ik zien dat zij een kind verwachtte. Antonio zag het ook.

'We hebben toch al een kerk?'

Antonio stond op en kwam terug met een groot vel papier. Hij schetste trefzeker, alsof hij het beeld al een tijd voor ogen had gehad, een kleine achtkantige kerk met een steil puntdak. Een kapel.

'Hier, op het Paradeplein,' zei hij. 'Een geschenk van ons aan God. En aan de stad.'

Ik had me verzoend met een kinderloos bestaan, Antonio niet. Dat vertelde hij me op zijn manier, met een omweg. Hij, de succesvolle gouverneur-generaal, bleef zonder het nageslacht dat de fine fleur van Batavia moest worden.

God paaien met een kerk, het sprak me wel aan. Het vooruitzicht straks onze namen voor de eeuwigheid in de eerste steen gebeiteld te zien ook.

'Ik betaal wel,' zei ik.

'Onze kapel wordt door ons samen betaald,' zei Antonio en maakte meteen een aantekening van de materialen die hij met de volgende vloot uit het vaderland wilde laten komen.

We bleven laat op die nacht, raakten niet uitgepraat over onze kapel. Daarom waren we wat later dan gewoonlijk aan het ontbijt – slaperig en bevredigd als pasgehuwden. Die zachte stemming sloeg om in schrik en afschuw toen Toni's adjudant kwam vertellen dat het lichaam van Dirck de Vlieger was gevonden in het hoerenstraatje. Zijn tong was afgesneden, zijn ogen waren uitgestoken.

Ik begreep niet wat er was gebeurd met mijn trouwe handelaar – hij was altijd de voorzichtigheid zelf. Had hij te veel gedronken? Was hij daarom loslippig geweest? Ik wist dat hij stenen bij zich had gehad, hij zou mij die dag bezoeken. Niet alleen verloor ik iemand die bijna een vriend was geworden, ik verloor ook heel veel geld.

In juni van dat jaar gingen de Zeehaen en de Heemskerck, waarmee Abel Tasman en zijn opperstuurman Frans Visscher bijna twaalf maanden eerder waren uitgevaren, voor anker op de rede van Batavia. De mannen kwamen met goed nieuws aan wal. Geplaagd door sneeuw, hagel en zware stormen hadden zij hun koers meerdere malen moeten verleggen. Desondanks, of misschien wel dankzij die noodzaak, stuitten zij op onbekend land pal ten zuiden van het grote Zuidland. Tasman vertelde dat hij niet had kunnen vaststellen of het een eiland of een schiereiland was. Hij en Visscher waren met een deel van de bemanning aan land gegaan. Zij hadden water en groenten gevonden en zagen vuren. De mensen die de vuren hadden aangelegd zagen ze niet.

'We hebben een vlag geplant,' zei Tasman, 'en we hebben het Anthonie van Diemensland genoemd.'

Ik wist dat Toni, als er nieuw land zou worden ontdekt, hierop had gerekend. Hij was tenslotte Tasmans baas en opdrachtgever. Dat nam niets weg van de uitwerking van die boodschap. De diepe blijdschap, zo niet trots, glom in zijn ogen. Hij was ook zeer verheugd, dat moet gezegd, toen Tasman liet weten dat hij een eiland voor de kust van Van Diemensland had genoemd naar Joost Schouten, de raad van Indië die de organisatie van de expeditie op zich had genomen.

In die dagen zag ik het als de ultieme vleierij een land naar iemand te noemen. Nu denk ik daar anders over. Mannen als Tasman hebben dat helemaal niet nodig. Het vernoemen van hun ontdekking naar een ander is veeleer een bewijs van hun eigen grootheid. Immers: zonder ontdekker geen ontdekking. Hun naam zal altijd verbonden zijn met het land dat zij de naam van een ander schonken.

Na zijn officiële verslag in de Raad van Indië nodigde Antonio Abel Tasman uit voor een ontmoeting met mij in het Gouverneurshuis. Gezeten in de mooie kamer vertelde de commandant dat hij en Visscher op weg naar huis aan land waren gegaan op een onbekende, nog niet gekarteerde landpunt.

'Een prachtige kaap, mevrouw. Ik heb de vrijheid genomen die te dopen in uw naam: Kaap Maria van Diemen.'

Tasman kón het wel, vleien.

* * *

Het had me met trots moeten vervullen, want ik zag er goed uit. Dat zei iedere bezoeker. Mooier dan in het echte leven, mooier dan mijn spiegelbeeld. Dat zei niemand, althans niet waar ik bij was. De kunstenaar had mij twaalf jaar daarvoor gezien zoals ik mezelf niet zag. Nee, dat is onjuist uitgedrukt. Het portret gelijkt heel goed, deze schilder is geen rommelaar. De vraag is veeleer wie ik hem die dag had getoond. Welke gedachten had ik toen hij mij de welhaast oneerbare opdracht gaf – want dat was het, het was geen verzoek – mijn kraag en kap af te doen en mijn haar los te maken? Ik was boos, verontwaardigd en ik had bijna uitgeroepen dat ik een dergelijke benadering niet accepteerde van een vlerk met vieze handen. Meteen daarna had ik moeten lachen. Om mezelf. Was het opzet geweest? Had hij me in de val gelokt om te zien wie er achter het masker verborgen zat?

Ik wist niet dat ik het toen al had. In de aanloop naar Toni's hoogste ambt heb ik me gevoegd naar de verwachtingen. Echtgenotes van hoge bestuursambtenaren houden hun gezicht in de plooi, in iedere denkbare en ondenkbare situatie. Wat zij vinden en denken, mits zij daartoe in staat zijn, is niet voor de openbaarheid. De echtgenote van Antonio van Diemen, de hoop van de Compagnie, laat alleen toewijding en gehoorzaamheid zien. Maar dat was later. De blik van de Maria die gevangen is in het portret laat zien hoe ze is als ze zich niet voegt, als ze denkt wat ze wil in plaats van wat er van haar wordt verwacht.

Niemand heeft mij gedwongen tot een tweede huwelijk en evenmin tot een derde. Ik had de vrijheid toegeworpen gekregen zonder er iets voor te hoeven doen en heb haar willens en wetens ingeruild voor de beperkingen van een volgende verbintenis. Niet voor geld, wel voor aanzien. Een positie die mij zou behoeden voor vergetelheid. Wie ik was als ik dat niet had gedaan, liet de kunstenaar zien. Dag in, dag uit. Daarom keerde ik die versie van mijzelf het liefst de rug toe. Antonio had erop gestaan, zodra het doek met een speciale boodschapper van de kade bij het directeurshuis was afgeleverd, dat het de mooiste plek in de mooie kamer zou krijgen. Zo geschiedde – het was tenslotte zíjn portret, hij had de kunstenaar betaald. En rijkelijk. Bij de verhuizing naar het Gouverneurshuis had hij de blinde muur in de grote hal uitgekozen, zodat alle bezoekers, ook degenen die geen toegang kregen tot onze vertrekken, het portret konden bewonderen. Dat bood mij de vrijheid de Maria te ontlopen die die dag in het atelier aan de Jodenbreestraat had besloten, op het moment dat ze de schilder recht in de ogen keek, dat ze haar belofte zou verbreken. Dat ze niet mee terug zou gaan, dat ze zichzelf negen ellendige maanden op zee zou besparen, dat ze geen hitte wilde voelen, geen zwarte zwetende lijven wilde zien, geen schreeuwende vogels, gillende apen en snerpende zweepslagen wilde horen, dat ze de grote verveling zou inruilen voor een huis aan de Warmoesstraat, een handel in stenen en een zaakwaarnemer. Die Maria wilde ik liever niet dagelijks onder ogen hoeven komen, want ik moest door het leven met de Maria die weer was teruggekomen op haar besluit.

Het schilderij dat op die plek had moeten hangen, ons gezamenlijke portret, was er nog steeds niet. Mijn stenen en juwelen kwamen altijd zonder mankeren met de verwachte vloot aan, ons portret zat er nooit bij. Antonio stuurde al met de retourvloot van 1641 een ziedende brief voor Van Rijn mee en twee jaar later volgde nog een brief. Hij had lang geduld gehad, was ervan overtuigd dat een beroemd schilder als hij zich aan de afspraak zou houden, en toch werd hij teleurgesteld, bleef de hal van het Gouverneurshuis verstoken van ons portret. 'Waarvoor ik vierhonderd gulden heb betaald!' riep Antonio zonder uitzondering als zijn adjudant weer eens moest vertellen dat er geen schilderij was meegekomen voor meneer Generaal.

* * *

Bartie, tijdelijk terug van zijn post in het land van Golkonda, kuste mijn wang, zwaaide naar mijn portret zoals hij altijd deed, en ging op weg naar het Gerechtshof. Sinds de dood van Dirck de Vlieger deden wij de handel samen, in kongsi, zoals de Chinezen dat noemen. Bartie kocht de stenen bij wijze van spreken terwijl ze uit de berg gehakt werden. Zijn tussenhandelaar ter plekke deed simpelweg wat het opperhoofd van Masulipatnam hem opdroeg en fungeerde vooral als koerier. Barties gezag woog vaak op tegen het gemis van De Vliegers scherpe oog. Hij zorgde er uiteraard voor dat de vorst van Golkonda goede reden had ons van mooie stenen te willen voorzien.

Bartie was niet gekomen voor het proces van Joost Schouten. Hij besloot wel te blijven, zodat hij getuige kon zijn van het vonnis.

Schouten, door Antonio een paar jaar eerder bevorderd tot raad van Indië nadat hij directeur van de factorij in Siam was geweest en een waardevol werk over de handelsmogelijkheden had geschreven, was een getalenteerd koopman – Antonio had louter slimme en bijzondere mensen om zich heen. Joost Schouten stak daar, samen met Bartie, nog eens boven uit. Ik kende hem niet goed, hij was net als veel andere raden vaak op reis naar de buitenposten. De paar keer dat ik hem heb ontmoet bij officiële gelegenheden vond ik hem plezierig en voorkomend. Eén keer was hij onze gast in het Gouverneurshuis, in de tijd dat hij de expeditie van Tasman voorbereidde, en het was meteen duidelijk waarom Antonio speciale genegenheid voor hem voelde. 'Als een broer,' had hij weleens gezegd. Ik begreep wat hij bedoelde. Schouten was een man die opviel zonder te willen opvallen. Hij was bescheiden van karakter, niet uit berekening. Hij had aandacht voor mensen om zich heen omdat hij leergierig en geïnteresseerd was, niet omdat hij iets van hen wilde. Een zeldzame uitzondering in een omgeving waar likken en trappen verweven is met het ambt.

Later zei Antonio dat er al geruchten waren. Hij had ze als bespottelijk terzijde geschoven, mij waren ze nooit ter ore gekomen. Tot directeur-generaal François Caron aan het einde van een dag vol vergaderingen, we hadden ons net aan de arak gezet, de waarheid kwam vertellen. Althans, dat was zijn bedoeling. Caron, lijkbleek, kon geen woord uitbrengen. Antonio greep hem bij zijn schouders en schudde hem door elkaar, gaf hem een klap in zijn gezicht. En nog kwam er slechts 'Schouten' uit. Pas toen hij in het holst van de nacht terugkeerde, vertelde Antonio dat Joost Schouten op heterdaad was betrapt terwijl hij sodomie bedreef met een Franse korporaal.

Antonio sliep niet meer die nacht. Hij zat in zijn stoel naast mijn bed en staarde. Samen met zijn geloof in de bijzondere Joost Schouten was het bloed uit zijn gezicht getrokken. Uit zijn hele lijf, zo leek het, want de kelk met arak die ik hem aanreikte gleed uit zijn hand op zijn broek op de grond.

'Gore, vunzige, godvergeten bedrieger,' fluisterde hij.

Ik schrok meer van de reactie van mijn man dan van de daad van Schouten.

Oog in oog met de Raad van Justitie deed Schouten geen enkele poging zichzelf vrij te pleiten. Hij vertelde dat dergelijke betrekkingen in Siam aan de orde van de dag waren. De rechter nam niet eens de moeite uit te leggen dat Batavia geen Siam is, bevond hem schuldig en veroordeelde hem tot de brandstapel. Antonio vond dat Schouten op grond van zijn goede werken voor de Compagnie een minder pijnlijke dood verdiende en ondertekende een herziening van zijn straf. Twee dagen later keek ik tussen hem en Bartie in hoe de beul Joost Schouten met handen en voeten vastbond aan een paal en wurgde. De dode Schouten werd op de brandstapel gegooid, samen met de krijsende korporaal.

* * *

Toni had van die man gehouden. Daarvan ben ik nu nog zekerder dan toen. In de maanden na zijn dood vielen de schellen me van de ogen. Tot het vonnis had ik niet eens gehoord van dergelijke betrekkingen tussen mannen. Ja, onder zeelui. En bij mannen van laag allooi en hun slaven. Daarover gingen geruchten waarvan soms sliertjes de oren van vrouwen in het Kasteel bereikten. Nooit eerder had ik iets gehoord over mannen uit onze wereld; onze mannen behagen geen mannen. Mannen van onze stand, met onze godvruchtigheid, verwerpen de gedachte alleen al. Antonio voorop. Het liefst had hij Joost Schouten persoonlijk aan zijn haren voor de rechter gesleept, letterlijk. Ik vermoed zelfs dat hij de sodomist in die nacht een kogel door het hoofd zou hebben gejaagd als zijn positie hem daarvan niet had weerhouden. Toch had ik na de verwurging en verbranding van Joost Schouten een andere man in huis. Een stillere man, een mindere man ook. Hij vermagerde voor mijn ogen, ondanks alle inspanningen van Elisabeth die de kok al zijn favoriete gerechten liet bereiden. Hij wilde mij niet langer. Wat ik zag was geen woede om het verraad, zoals Toni vaak zei, geen boosheid om het verkwanselen van een bijzonder leven, het was verdriet. Antonio was in rouw. Hoe diep die rouw was zag ik nadat wij voor het eerst gingen orembaaien.

Het was een avond die vrolijkheid had moeten brengen. Om zijn baas te behagen had de nieuwe directeur-generaal Cornelis van der Lijn zich rond zeven uur gemeld in de hal van het Gouverneurshuis in gezelschap van zijn vrouw Levijntje. Ruim na de zware hitte van de middag stapten wij van de kade van de Tijgersgracht aan boord van een gloednieuwe, in Ambon gebouwde orembaai. Antonio deed zijn best, al kostte het hem zichtbaar moeite. Hij hield de conversatie gaande, complimenteerde Van der Lijn met het mooie houtsnijwerk van het vaartuig dat zijn eigendom bleek te zijn, vroeg Levijntje hoe het leven in de hoofdstad haar beviel, en roemde de rust van een boottocht over de grachten. En ik moet zeggen: het was fraai. Een slavenorkestje speelde vrolijke melodieën, Levijntjes bedienden zorgden voor heerlijke versnaperingen en het maanlicht was betoverend.

Ook Van der Lijn deed zijn best. Twee weken later kwam hij met een nieuw idee op de proppen: een pleziertocht per jacht naar het eiland Onrust, op een uur of drie uur varen van het Kasteel. Meneer Generaal en hij konden van de gelegenheid gebruikmaken een inspectieronde te lopen. Het verbaasde mij niet, in de Hoge Regering komt louter verstrooiing nauwelijks voor. Desondanks was ik blij opnieuw even weg te zijn van mijn lege huis en mijn lege man. Het ontbrak ons aan niets, Toni's rechterhand had het goed geregeld. De stuurman voer het kleine jacht behendig door de korte golven, de huisslaven van Van der Lijn hielden ons uit de zon en Levijntje zag erop toe dat het ons aan niets ontbrak.

Het was mijn eerste en enige bezoek aan Onrust met zijn pakhuizen, een scheepstimmerwerf, een tuighuis en wat woninkjes. De eerste aanblik vanaf zee is de muur die om de bebouwing slingert. Daarachter kun je de daken van de gebouwen zien en twee echte Hollandse molens. De Compagniesmannen op Onrust, louter mannen met uitzondering van bedienden, huisslaven en hoeren, zitten soms jaren vast op het eilandje dat nauwelijks een halfuur gaans breed is. Ons bezoek heeft weinig indrukken achtergelaten, behalve de ontdekking dat Levijntje iets minder opgeschroefd leek dan ik had gevreesd, en het gezicht van Antonio die als laatste aan boord ging, ondersteund door Van der Lijn die misschien al iets vermoedde (zou hij daarom zo zijn best hebben gedaan?). Als ik aan Onrust denk zie ik zijn gezicht, vaal en vertrokken, de grimmige streep van zijn mond half verscholen achter zijn snor en baard. Dan zie ik dat het schijnsel rond zijn hoofd anders is, minder. Zijn licht was al aan het doven voor zijn krachten hem verlieten.

De eerste dag van het nieuwe jaar 1645 vierden we met het leggen van de eerste steen van onze kapel. Het was een mooie dag, wij gaven de stad een kerk.

'Handel is niet alleen maar nemen,' zei Antonio. Alleen ik wist dat hij hoopte iets terug te krijgen voor onze gift.

Nog geen vier maanden later, op woensdag 19 april, was hij dood.

* * *

Bartie ging met me mee. Zonder zijn oom had hij in Batavia weinig te zoeken.

'Niet goed genoeg.' Dat was zijn oordeel over de nieuwe landvoogd en meteen ook de reden voor zijn ontslagbrief aan de Compagnie.

Valse tongen beweerden later dat Antonio bewust een zwakke opvolger had aangewezen om zijn glorie te vergroten. Napraters zonder enig verstand, waarmee je in Batavia de grachten kon dempen. Antonio had het beste voor met de positie van de Compagnie in de Oost en handelde naar eer en geweten. Een terechte vraag zou zijn of hij daartoe nog in staat was. Mijn antwoord is: nee, zijn verstand was niet meer gezond. Het spreekt vanzelf dat niemand mij die vraag ooit stelde. Bartie waarschuwde, maar werd niet gehoord.

Omdat er later gedoe is gekomen tussen ons wil ik hier met klem zeggen dat Bartie tijdens de terugreis op de Tijger niet van mijn zijde is geweken, behalve als ik daar zelf om vroeg.

'Wie had jíj dan aangewezen als je het voor het zeggen had gehad?'

We zaten in de grote kajuit thee te drinken, wachtend tot al mijn bezittingen veilig aan boord waren.

Bartie nam een hap gemberkoek en vroeg met volle mond hoeveel kisten ik had.

'Ik heb ze niet geteld.'

'Gewone stervelingen mogen per persoon maar één scheepskist meenemen,' zei hij. 'Wist je dat?'

'In die hoedanigheid ben ik naar hier gekomen. Wist jíj dat?'

Hij heeft me nooit verteld wie Antonio dan wel had moeten opvolgen. Ik verdenk hem ervan dat hij zichzelf in gedachten had. Hoewel hij in vele opzichten op zijn oom leek, was hij voor het gevecht om het hoogste ambt niet ijdel genoeg, niet hard genoeg. Hij lachte alleen en zweeg.

De overtocht op het schip naar huis bracht mij in contact met Carel Constant, de president van het kantoor Spahan in Perzië, in die dagen een grote zijdeleverancier van de Compagnie. Ik trof hem soms op het halfdek, lezend. Het werk was van Gerbrand Bredero, zijn favoriete schrijver, vertelde hij.

'Waarom bewondert u hem, wat maakt hem anders dan anderen?' vroeg ik. Wij in Batavia hadden niet eerder van deze schrijver gehoord.

'Zijn mensenkennis,' zei Constant en declameerde uit zijn hoofd een aantal wijsheden waarvan een misleidend simpele een tijd in mijn gedachten bleef: 'Al ziet men de lui, men kent ze niet.'

Ik wenkte Meisje en maakte aanstalten naar mijn hut te gaan. Carel Constant stond op, maakte een lichte buiging en zei: 'Gouverneur-generaal Van Diemen is van grote waarde geweest voor de Oost.' Vermoedelijk om mij te plezieren.

Hij viel mij pas echt op toen we het verversingsstation Sint Helena, waarover de Compagnie nu eindelijk zeggenschap had, gingen verkennen. Na het middagmaal in de grote kajuit, waarvoor ik de schipper, de commandeur en zijn vrouw, enkele officieren en een handvol voorname gasten had uitgenodigd – ze moesten toch weten met wie ze aan boord waren – gingen we per sloep aan wal. Willem Middachten, net zo oud als Antonio maar springlevend, voer op mijn verzoek en tot mijn genoegen mee terug naar het vaderland op het zusterschip van de Tijger en had zich bij ons gezelschap gevoegd. Hij gedroeg zich dienstbaar en bescheiden, zoals ik van hem was gewend. Terwijl we toekeken hoe Afrikaanse slaven en Chinese arbeiders werkten aan de versterking van het fort hadden Bartie en Constant zich iets van ons verwijderd. Uit wat ik opving van hun gesprek begreep ik dat de oud-president van het gewest Perzië een kennis was van de juwelier Jean-Baptiste Tavernier. Hij wist dus niet alleen van zijde, maar ook van diamanten.

* * *

'Iboe?'

Meisje stond achter me en vroeg toestemming mijn parelketting af te doen en mijn haren te kammen. Uit zichzelf had ze Toni's gouden ketting, die de Heren Zeventien hem cadeau hadden gedaan, uit de kist gehaald en op de tafel naast mijn kooi gelegd. Zodat ik niet alleen zou zijn, zei ze de eerste avond.

In de aanloop naar Antonio's laatste Bataviase jaar, voordat hij ziek werd, hadden we al wel gesproken over wat ons te wachten zou staan in het vaderland. Hij rekende op een plaats aan de tafel van de Heren Zeventien. Gezien zijn staat van dienst, de langstzittende gouverneur-generaal tot dan toe, de landvoogd die de Compagnie meer retouren en meer winst had gebracht dan ieder ander, die monopolies had verzekerd, de oorlog met de Portugezen bijna had beslecht, en van een treurige Hollandse vlek in de Oost een levendige hoofdstad had gemaakt waar de handelsgeest over de grachten en markten gonsde, mocht hij rekenen op zo'n promotie. Ik zei dat ik drie huizen aan de Amsterdamse Herengracht zou kopen: voor ons, voor mijn moeder en mijn stiefvader, en voor Arends weduwe Janneke, haar kinderen en haar nieuwe man.

Hij reageerde niet eens.

'Misschien ga ik wel naar Bartie,' zei ik, 'dan kan ik Golkonda eindelijk met eigen ogen zien.'

Ook dat ontlokte geen reactie.

'Waar ben je gebleven?'

'Nergens.'

Het antwoord op de vraag die al een tijdje in mijn hoofd klonk kwam meteen, alsof hij het nu maar eens gezegd wilde hebben. Het was januari, een week of twee na de eerstesteenlegging. Toen was hij er nog, zag ik de Antonio-blik in zijn ogen, hoorde ik hem op Antonio-toon zeggen dat neef Pieter de Gruyter op zijn verzoek een lading blauwsteen en een koperen kandelaar had meegestuurd met de komende vloot, merkte ik dat het hem niet snel genoeg ging, zoals de loop der dingen het meestal moest afleggen tegen het Antonio-tempo. In zijn hoofd was de kerk al klaar, liep hij er rond, kon hij knielen in gebed, pronkte hij met ons geschenk aan de stad. Dat ongeduld was in de dagen daarna verdwenen, vervlogen als de geur van geitenblad in het eerste licht, samen met al die andere eigenschappen die Antonio tot Antonio maakten.

Het is de daad van Joost Schouten geweest, veel meer nog dan zijn dood aan de wurgpaal, die Toni's levenslust heeft aangetast. Hij was tot in zijn diepste wezen geraakt door wat hij keer op keer bestempelde als 'het bedrog'. Antonio was bij de brandstapel blijven kijken tot de Franse korporaal niet meer kon gillen en het kokende vlees van de twee lijken het vuur deed knetteren. De volgende dag ging hij terug naar het executieterrein buiten de muur om zeker te weten dat er niets restte van de zonde. Hij gaf de schipper van het jacht Van Diemen opdracht de as op een dag varen van Batavia overboord te zetten, want zelfs voor het nietigste van deze mannen was er geen plaats in zijn stad.

Ik vermoed dat Antonio voordien niet wist wat Schouten in hem beroerde en misschien heeft hij het nooit geweten – verteerde de boosheid over het bedrog aan hem, aan de Compagnie en aan God alle andere gedachten. Ik heb het nooit kunnen vragen, zelfs niet langs de omweg die ik gedurende mijn leven met hem had leren bewandelen. De naam van de bedrieger, een van de raden van Indië, wie weet Antonio's beoogde opvolger, getalenteerd koopman en schrijver, was per decreet van de gouverneur-generaal binnen de muren van het Kasteel een verboden naam geworden. Alsof Antonio een deel van zichzelf wilde wegsnijden.

Terwijl het voor mij en al zijn getrouwen duidelijk was dat Toni niet meer zou terugkeren naar het vaderland, dat Batavia zijn laatste werkplaats en laatste rustplaats was, schreef hij aan de Heren Zeventien dat hij spoedig weer op de been zou zijn en met de retourvloot van december uit wilde varen. Directeur-generaal Cornelis van der Lijn was een waardige opvolger, zo liet hij de Heren weten; beleefd en direct, zoals hij dat al die jaren had gedaan in zijn correspondentie met Amsterdam. Hij wilde Batavia achterlaten in goede handen, over zijn graf heen regeren, zonder te weten dat het geen overdrachtelijk graf zou zijn.

Ondanks zijn ziekte, of wat het dan ook was dat hem van binnenuit opvrat, zat hij de dagelijkse besprekingen met de Raad voor. In januari en februari nog in de vergaderzaal, daarna steeds vaker in bed met alle raden om zich heen. Het was Johan Maetsuycker, in allerijl teruggekeerd uit Goa met het bericht dat er na acht jaar belegering dan toch echt een bestand was getekend met de Portugezen in het voordeel van de Compagnie, die hem bracht wat hij wilde: zijn laatste wapenfeit en rust in zijn hoofd. Hij delegeerde zijn taken en verantwoordelijkheden aan Cornelis van der Lijn en gaf vier weken later de geest met zijn hand in de mijne.

Op zaterdag 22 april is hij met pracht en praal begraven in de kerk van Batavia, op zondag 22 april kreeg het fluitschip Postpaert de opdracht zijn doodsbericht zo snel mogelijk naar het vaderland te brengen, op maandag 23 april, de eerste dag van de nieuwe werkweek van de Raad van Indië, was de ruzie over Antonio's opvolging tot in mijn slaapkamer te horen.

Ook al was hij 'nergens' meer, Antonio had in zijn laatste testament laten opnemen dat ik tot mijn vertrek uit Batavia in volle staatsie mocht blijven. Het spreekt vanzelf dat ik ook zonder die bepaling onder geen beding onze vertrekken in het Gouverneurshuis zou hebben verlaten, zeker niet zolang Van der Lijn en Maetsuycker schreeuwend door de gangen gingen in hun gevecht om de hoogste post. Bartie zei terecht dat het niettemin een hoop gedoe voorkwam. Dat was zo, en ik bedankte Antonio met een blik naar de hemel voor zijn attente toevoeging. De rest van het testament was zoals ik dat had gelezen voor hij het liet bezegelen. Van de ruim honderdtwintigduizend gulden die hij naliet ging het grootste deel naar zijn zusters en hun kinderen, inclusief Bartie. Kleinere bedragen had hij toegewezen aan het armenhuis, de kerk, en aan Elisabeth en onze negen huisslaven. Voor het overige was ik zijn enige en universele erfgenaam. Alle bezittingen vielen aan mij toe, net als de uitvoering van zijn wilsbeschikking.

Gedurende mijn laatste dagen in Batavia, vlak voor ik aan boord ging, bracht ik mijn geld naar de kassier van de Compagnie. Willem Middachten, nooit ver van mij vandaan als ik hem nodig had, en Bartie flankeerden de kisten die door de huisslaven naar het kassierskantoor werden gedragen en waren mijn getuigen bij het tellen en het overhandigen van de wisselbrieven. Alleen Bartie wist dat ik eerder dat jaar een flink deel van mijn vermogen had gebruikt om stenen te kopen. Die nam ik mee in een buidel tussen mijn borsten en op een andere plek waar ik niemand zou toelaten.

* * *

Was ik opgelucht om eindelijk, na twintig jaar, Batavia te verlaten? Niet bijzonder. Ik stond met mijn rug naar de vulkanen toen de Tijger in de laatste week van 1645 haar ankers lichtte; terugkijken heeft me nooit iets opgeleverd in het leven. Er was zo ongelooflijk veel tijd gemoeid gegaan met het laden van mijn huisraad dat de aanblik van de haven me gestolen kon worden. Cornelis van der Lijn, die de strijd om de opvolging had gewonnen, bleef tot de laatste dag behulpzaam en beleefd. Hij liet zich om de dag naar de Tijger varen om te informeren naar mijn welzijn en mij te verzekeren dat mijn bezittingen zorgvuldig werden ingepakt. Een hele kunst als je bedenkt dat hij niet kon wachten om het Gouverneurshuis, de zetel die hem rechtens toekwam, te betrekken. Volgens Elisabeth, die een week later aan boord kwam, ging zijn vrouw als een heks tegen hem tekeer zodra ze ontdekte dat ik alles, letterlijk alles, tot en met de geschenken die Antonio tijdens zijn bewind had ontvangen, had meegenomen. Daar hebben we samen smakelijk om gelachen. Mijn portret kwam als laatste aan boord. Het stond onder handbereik in mijn hut, in een speciaal getimmerde kist, waar ook de Japanse lakdoos een plekje had gekregen.

Voor de overtocht en mijn nieuwe leven in het lieve vaderland had ik zeven huisslaven meegenomen. Meisje, vijftien jaar alweer, was mijn zeemeid, Zus en Zusje verkocht ik aan Van der Lijn. Zij waren zo gewend aan het Gouverneurshuis dat ze zich meer dan nuttig zouden maken in het huishouden van de nieuwe mevrouw van de nieuwe meneer Generaal. Bovendien zou Meisje zonder haar moeder en tante in de buurt sneller op eigen benen staan.

Ik liet de stad achter me zonder weemoed. Blijven zou betekenen dat ik een stap terug zou moeten doen. Dat kon niet, ik was de enige koningin van Batavia.

Thuis

1646-1674

Carel

Hij stelde zijn vraag op de dag dat de sloep van de Tijger werd neergelaten om makrelen te kopen van een passerende Franse visser. Het was een blije dag, we hadden de ingang van het Kanaal bereikt en zouden ons weldra in vaderlandse wateren weten. Ook daarom was het diner in de grote kajuit die avond een feestelijke gebeurtenis. Als de wind ons goedgezind bleef, hadden we nog maar drie weken te gaan tot de rede van Texel. Dat vierden wij met zoete wijn en dagverse vis.

Ik had het al zien aankomen. Na ons bezoek aan Sint Helena was de nabijheid van Carel Constant merkbaar geworden, zocht zijn blik de mijne, leken de verhalen over het verre Perzië die hij Bartie vertelde vooral voor mijn oren bedoeld. Die avond na het eten vroeg hij een woord in vertrouwen. Ik stond aan de reling op het halfdek te kijken naar het late zomerlicht dat ik in Batavia zo had gemist. Bartie, als altijd mijn begeleider, vertrok naar zijn hut nadat ik hem met een korte knik liet weten dat het in orde was.

'U hoeft niet meteen te antwoorden,' zei Carel Constant na zijn aanzoek. Hij koos zijn woorden goed. 'Natuurlijk kan ik niet in de schaduw staan van wijlen Antonio van Diemen en daarom moet u mijn vraag goed overwegen.'

Hij vertelde wat hij te bieden had en dat was voldoende. Ik moest vooral niet denken dat hij op mijn geld uit was, zei hij in fraai omfloerste termen. Dat was hij wel, maar hij bracht het aardig. Ik hoefde niet bang te zijn dat ik met hem een uitvreter in huis zou halen, discrete navorsing door Willem Middachten had uitgewezen dat hij uit een goede familie kwam en niet armlastig was. Bovendien was Carel een mooie man, een Zeeuw uit Middelburg: lang, slank, en vijf jaar jonger dan ik. Welbespraakt ook en beschaafd.

Ik zei nee.

Carels aanzoek wierp een schaduw vooruit op mijn terugkeer in het vaderland. Ik zag die donkere gedaante net zo duidelijk als het gezicht van de man die mij ten huwelijk vroeg. Na twintig jaar in de Oost wist ik dat je de waarheid bezijden de waarheid serieus moet nemen, geloof me. Dat was de reden waarom ik nee zei. Wonderlijk genoeg luchtte dat niet op, waardoor ik met een onbestemd, bijna bedrukt gevoel Den Helder zag naderen. Het was vreemd aankomen, want naast de schaduw scheen het prachtige licht op het land waar ik hoorde. En dát, weet ik nu, was de voorbode. Die beide gedaanten, die mij dag en nacht volgden – zeker in de eerste jaren na terugkomst – duwden me heen en weer van de een naar de ander. Het waren de mooiste jaren en de lelijkste jaren, jaren van groot geluk en diepe droefenis, jaren van hoop en uitzichtloosheid. Zodra ik in de vroege zomer van 1646 voet aan wal zette, zag ik dat mijn leven in Batavia van Amsterdam een vreemde stad had gemaakt. Mijn langgekoesterde wens ging in vervulling: ik was terug in het vaderland. En toch was ik ontheemd.

* * *

Het huis dat Pieter de Gruyter op mijn verzoek had gekocht stond aan de Keizersgracht, enkele tientallen meters van de hoek met de Prinsenstraat en vlak naast Huys den Hoet, waarachter de remonstranten enige jaren daarvoor een schuilkerk hadden gebouwd. 'Afvalligen en ketters,' tetterde Antonio in mijn oor. Zijn graf lag goddank ver weg, anders was het deksel van zijn kist gesprongen. Ik had gevraagd om een veel groter pand, zodat moeder en Anna bij me konden wonen. Barties vader had zijn uiterste best gedaan, zei hij, maar dit was het beste dat hij had kunnen vinden.

Tot mijn grote opluchting kwam een hoge functionaris van het Oost-Indisch Huis mij ophalen met een speciaal jacht. Mijn positie werd ook hier nog in acht genomen. In gezelschap van de commandeur van de vloot en Bartie (en Elisabeth en Meisje voor mijn verzorging) voeren we over de Zuiderzee en het IJ naar Amsterdam. Aan de kade onder de Montelbaanstoren stonden moeder, Anna, stiefvader Cornelis en Pieter de Gruyter ons op te wachten. Terwijl ik aan wal werd geholpen en de tranen van al die jaren gemis gingen stromen, nam ik de beslissing mijn land nooit meer te verlaten. Nooit meer.

'Kijk nou toch eens wat er van je is geworden!' riep moeder, nog voor ik haar in mijn armen sloot. 'Wat ben ik blij dat ik je toen heb weggestuurd.'

De Heren Zeventien hadden een respectabel tijdelijk logement niet ver van de Kloveniersburgwal aan mij ter beschikking gesteld. Al de volgende dag liet Jacobus Buik van de Kamer van Amsterdam zich aankondigen. Elisabeth en Meisje hadden ervoor gezorgd dat ik er op mijn best uitzag, voor zover dat kon na al die maanden op zee. Ik verwachtte een warm welkom voor de weduwe van de landvoogd, daarom begroette ik mijn bezoeker met mijn beste glimlach.

'Ik kom u informeren over een kwestie,' zei Buik.

Dat ik niet meteen argwaan koesterde bij het woord

'kwestie' kwam waarschijnlijk doordat ik nog vermoeid was. In elk geval ontging het me en verkeerde ik in de overtuiging dat mij iets moois ten deel zou vallen – een postuum eerbetoon aan Antonio, of iets dergelijks. Ik was blij.

'De bewindhebbers van de Verenigde Oost-Indische Compagnie hebben besloten beslag te leggen op al uw bezittingen – met uitzondering van uw kleding.'

Ik heb de man uitgelachen. Tenminste, zo is mijn herinnering. Het kan zijn dat ik pas later bedacht dat ik op die manier had moeten reageren en dat die lach zich daarom in mijn geheugen heeft genesteld.

Ik zei, en dat weet ik zeker: 'Dat wil ik niet. Bovendien kan het niet, want mijn kisten worden vandaag ontscheept en met de lichter naar mijn huis gebracht.'

Buik schraapte zijn keel, trok zijn mond in een arrogante, enigszins boosaardige streep, en zei dat mijn kisten op een van de zolders van het Oost-Indisch Huis stonden. 'Voor inspectie.'

Ik vroeg hem wat de Heren Zeventien met mijn bezittingen te maken hadden.

'Ons is ter ore gekomen dat u mogelijk eigendommen van de Compagnie heeft meegenomen.'

De vrouw van Cornelis van der Lijn, het opgeschroefde takkenwijf, had natuurlijk haar man opgestookt. Het kon niet anders dan dat hij op het laatste moment een brief voor de bewindhebbers had meegegeven over mij. Ingefluisterd door háár. Antonio kreeg alsnog stank voor dank van de man die hij in het Bataviase zadel had geholpen.

Zes weken na die dag kreeg ik woorden met Bartie. Het waren harde woorden, geschreven in brieven van hem naar mij. Hij was inmiddels teruggekeerd naar zijn familie in Culemborg en had zich daar, ongetwijfeld aangespoord door zijn vader, in zijn hoofd gehaald dat Antonio's erfenis oneerlijk was verdeeld. Omdat ik de uitvoerder was van de nalatenschap bedoelde hij eigenlijk te zeggen: 'Jíj hebt de erfenis oneerlijk verdeeld.'

Vandaar dat miezerige huis, begreep ik ineens.

Het lange licht van de zomer, waarnaar ik in Batavia zo had verlangd, begon al te verdwijnen. De schemer kwam steeds vroeger, soms al tegen vijf uur. En waaraan ik nooit meer had gedacht tijdens mijn leven in de Oost was dat het in de vaderlandse winter zelfs overdag vaak donker blijft.

Het was Antonio zelf die mij leerde dat er altijd mensen zijn die zich tekortgedaan voelen door een testament. Daarom had hij het zijne zo zorgvuldig beschreven. Ik had nooit verwacht dat Bartie zich tegen mij zou keren en toch had zijn eigen oom dat in zekere zin voorspeld. 'Het zijn altijd degenen van wie je het niet verwacht.'

Ik schoof de kwestie door naar Willem Middachten, die bij mij in het logement getrokken was omdat hij nog geen eigen onderkomen had gevonden, en richtte alle aandacht op mijn strijd tegen de mannen die zichzelf bewindhebbers noemden.

Zes weken duurde mijn protest. Elke dag om twaalf uur, weer of geen weer, liet ik me naar de Kloveniersburgwal rijden in een koets op glijders, die destijds in gebruik kwam in Amsterdam om de herrie van de wielen te beperken. Daar wachtte ik net zo lang in de hal tot een van de heren mij ontving en mijn klacht aanhoorde. Het was al bijna een toneelspel geworden. Ik sprak elke dag, behalve op zondag, dezelfde boze woorden en eindigde met de eis dat mijn bezittingen per onmiddellijk naar mijn huis aan de Keizersgracht zouden worden gebracht. En ik eiste dat mijn zaakwaarnemer toezicht kon houden op de 'inspectie'.

Dat laatste heb ik er nooit doorgekregen en het idee dat vreemde handen mijn spullen hebben aangeraakt vind ik nog steeds onaangenaam. Toch heb ik uiteindelijk gewonnen. In de zevende week bracht een speciale postbezorger de brief waarin stond dat ik mijn eigendommen nog diezelfde dag kon verwachten bij mijn huis aan de Keizersgracht. De verholen boodschap was dat ik zo snel mogelijk het logement moest verlaten. Uit nijd ben ik twee weken langer gebleven dan strikt noodzakelijk was. En ik heb van de Compagnie onder dwang van een proces geëist dat de gage die zij Antonio nog verschuldigd was binnen een week zouden uitbetalen. Als ze dachten dat ik dom was, dachten ze niet na.

In de tussentijd zette Elisabeth Meisje en mijn huisslaven aan het werk en zorgde ervoor dat alle spullen van de schuit op de kade kwamen en hun plek kregen in het huis. Binnen de kortste keren maakte die goeie, trouwe Elisabeth van het grauwe grachtenpand een huis met status en toefjes Bataviase warmte. Al mijn bezittingen, op een paar kleine, voor mij onbetekenende geschenken van vorsten na, waren door de inspectie van de bewindvoerders gekomen. De Japanse lakdoos van François Caron kreeg een ereplaats naast mijn lievelingsstoel, mijn portret liet ik in de eetkamer hangen. Daar was ze weer, de vrouw met die blik, een halfuur gaans van het atelier waar zij tot leven was gekomen. Ze spoorde me aan, zo leek het, te doen wat ik toen al had willen doen.

Door mijn dagelijkse ritten naar het Oost-Indisch Huis had ik in korte tijd een zekere bekendheid gekregen. Die werd bekrachtigd doordat Willem in opdracht van mij overal en aan iedereen die het maar wilde horen had verteld van de valse beschuldigingen van de Heren Zeventien, en mijn opstand tegen de bewindvoerders. Het resultaat was dat keurige bodes deftige uitnodigingen brachten voor het bijwonen van muziekavonden en diners – iedereen die ertoe deed wilde mij ontmoeten. Binnen de kortste keren had ik kennis aan vele echtparen uit gegoede Amsterdamse kringen. Er ontstond het begin van een vriendschap met Maria Trip, dochter van een rijke lakenkoopman, en ik kreeg zelfs uitnodigingen van leden van de Amsterdamse Kamer die vonden dat de Compagnie te ver was gegaan.

Soms nam ik Willem Middachten mee als mijn begeleider. Dat gaf natuurlijk roddels. Die verstomden toen ik bij een soiree van burgemeester Geelvinck mijn opwachting maakte met Carel Constant aan mijn zijde. We hadden eerder die dag een bezoek gebracht aan een nieuwe diamantslijper. Daarna nam hij me mee naar de herberg van de weduwe Elisabeth Bas, op de hoek van de Nes, waar het stadsbestuur een openbare verkoping hield van een aantal percelen grond in de derde uitleg van Amsterdam. In de koets op weg naar het avondfeest, een kavel op het nieuwe Waalseiland rijker, vroeg hij me opnieuw ten huwelijk.

Ik zei ja.

* * *

Onafhankelijkheid paste mij. Na drie dode mannen wist ik wel hoe het zat. Ik kon het aan. En als Willem te oud werd, zou ik vast een capabele opvolger kunnen vinden voor het warm houden van mijn geld en mijn bed. Daar staat tegenover dat de positie van een weduwe geen vrolijke is, zeker als haar schoot leeg is gebleven. Ik was achtendertig jaar toen ik terugkeerde in het vaderland, nog even en ik zou te boek staan als een rijke maar droge pruim.

Ik stemde toe, ondanks de lange schaduw van die waarschuwende vinger, omdat hij me een kind kon geven. Nu ik

Batavia niet meer hoefde te bevolken en zelf iets te willen had, wilde ik dat meer dan ooit, verlangde ik naar een jongen – een eigen zoon die Bartie zou doen vergeten.

En ik wilde hem. Hij was de eerste man die mij gedichten voorlas.

De Minne die in mijn hartje leit,
Die zal niet einden noch sterven,
Al schijnt het dat ik door tegenheid
Mijn Lief zal moeten derven.

Al reis ik te Land en over Zee
En zwerf in vreemde Steden,
Mijn Liefs Beeltenis draag ik mee
In mijn genegenheden.

Willem Middachten kreeg opnieuw zijn congé, met de toezegging dat hij een paar persoonlijke zaken voor mij zou mogen blijven doen. Mijn geliefde zaakwaarnemer hoorde het gelaten aan. Het was geen verrassing, zei hij. Hij beloofde mijn zaken te regelen zoals ik dat van hem gewend was. Ik gaf hem opdracht geld te sturen naar Batavia voor de voltooiing van de kapel die Antonio en ik aan de stad hadden geschonken, en ik wilde dat hij de verkoop van mijn Amsterdamse huis zou regelen. Carel had iets gekocht in Utrecht, zodat ik dichter bij moeder kon zijn. Hij deed erg zijn best het mij naar de zin te maken.

'Je moet je slaven nog laten gaan,' zei Willem.

'Die neem ik mee,' zei ik, 'anders moet ik weer aan andere bedienden wennen.'

'Het houden van slaven is hier verboden.'

Pas toen herinnerde ik me wat hij bij aankomst in Amsterdam had gezegd: 'Hollandse bodem maakt vrij.'

Ik had er geen aandacht aan geschonken en door het onverkwikkelijke gedoe met de Heren Zeventien was ik het eenvoudigweg vergeten.

'Het kan jouw positie en die van Constant in gevaar brengen,' zei Willem.

'Dat moeten we niet hebben.'

'En ze worden verbeurdverklaard.'

Dat vond ik zonde van het geld en alle moeite die Elisabeth had gedaan ze op te voeden naar onze wijze.

Verdere uitleg over waarom er in de Oost slaven gehouden mogen worden maar niet in de Republiek kon Willem me niet geven.

'Het is de wet,' zei hij.

'Maar wat moeten ze hier zonder mij?'

Willem verzekerde me dat hij snel een Compagniesdienaar op weg naar de Oost zou vinden die maar al te graag mijn goed opgevoede, christelijke slaven zou willen overnemen.

'Goed,' zei ik. 'Behalve Meisje.'

Het was beter als zij van niets wist. Zij bleef van mij.

Jacob

De eerste die mij opviel in Utrecht zag me niet staan. Hij speelde fluit, al het andere deed er niet toe. Zijn publiek hield de adem in, niemand wilde de tere klanken wegblazen. Ook ik, voor het eerst die dag toeschouwer, verroerde me niet. Het leek een afspraak, een voorwaarde bijna om daar te mogen zijn: niet storen. Zelfs de vogels vielen stil, hielden zich schuil in de bomen van het Janskerkhof, alsof zij hun meerdere moesten erkennen in hem. Net als wij betoverd door melodieën die grensden aan perfectie.

Al de eerste keer dat Carel en ik ons toekomstige huis aan de Oude Gracht bezochten – groot, met een achterhuis, mooi gelegen – hoorden wij van Jacob van Eyck, de fluitist die zijn eigen muziek componeerde en speelde voor wie hem maar wilde horen. Altijd aan het einde van de middag, altijd op het Janskerkhof, altijd als het mooi, zwoel weer was.

Carel, die veel werk maakte van zijn hofmakerij, had meteen aangeboden mij te vergezellen. Hij stond die dag in september pal naast me terwijl Van Eyck speelde, zijn schouder raakte de mijne. En toch voelde ik zijn aanwezigheid niet. Het was de fluitist die naast me stond en mij aanraakte met zijn spel. Dat was wat hij deed met al zijn toeschouwers.

Na afloop, toen Carel en ik hem gingen groeten en bedanken, zag ik waarom hij niet naar me keek: Jacob van Eyck was blind.

'Uw naam,' zei hij, nadat Carel ons had voorgesteld, 'klinkt als een klok.'

Het duurde even voor ik begreep wat hij bedoelde.

* * *

We trouwden op 9 oktober 1646 in Amsterdam, moeder was mijn getuige. Het was een kale bedoening vergeleken met wat ik in Batavia gewend was geweest. Mijn vierde bruiloft liet me zien waar ik stond. Geld te over, maar geen positie meer, geen invloed. De ladder ging niet verder. Na twintig jaar klimmen restte mij slechts de afdaling.

Moeder dacht daar heel anders over.

'Kijk nou toch,' zei ze keer op keer in de dagen voor de trouwerij.

Zij vond wel degelijk dat ik ergens stond, en dat ik daar was gekomen door haar toedoen. In mijn welvaart vond zij haar gelijk. Veel meer dan dat had ze mij niet te zeggen en ik besloot te zwijgen over wat ik haar te zeggen had. Het waren onwennige dagen, waarin we opnieuw moesten leren moeder en dochter te zijn. Net als Anna en ik weer moesten leren zusters te zijn.

Na afloop van de inzegening in de Oude Kerk had Carel voor een kleine honderd gasten een ontvangst georganiseerd in een mooie zaal van het Stadhuis aan de Plaetse. De meeste genodigden waren kennissen van hem: functionarissen van de Compagnie, rijke kooplieden, leden van de Vroedschap. De mensen die ik in de eerste weken had leren kennen, lieten het afweten. Petronella Buys had geschreven dat ze tot haar grote spijt niet kon komen. Haar nieuwe man, de burgemeester van Vlissingen, vond de reis te gevaarlijk. Alweer was ik een vreemde op mijn eigen bruiloft, meer had het lot blijkbaar niet voor me in petto.

Bewonderende blikken waren er wel.

Ik droeg een jurk van blauwzwarte zijde – zwart is hier nu de mode voor bruiden in gegoede kringen. Elisabeth had het voor elkaar gekregen in korte tijd een prachtige stof te vinden en een uitstekende naaister die de halslijn en de mouwen versierde met onze initialen in fijn gouddraad – *CM CM CM CM* – zonder begin, zonder einde. Elisabeth en Meisje deden mijn haar en mijn juwelen.

'Kijk nou toch,' zei moeder.

Carel was de eerste en enige man die ik liefhad met lichaam en geest. Als ik hem zag lopen aan de overkant van de gracht, op weg naar huis, naar mij, bonsde mijn hele lijf. Als hij me voorlas uit de boeken van zijn geliefde schrijvers dronk ik de woorden, leek ik te zweven op zijn stem. Als we ergens onze opwachting maakten, of zomaar wandelden op een zonnige dag, pronkte ik net zo met hem als hij met mij. Los van elkaar waren we mooi, samen waren we prachtig. En dat viel op in de juiste kringen. Er ging zelden een dag voorbij zonder een diner of soiree bij hooggeplaatste Utrechters die Carel terloops kende en ik vaak helemaal niet. Veel van die gezichten zijn me bijgebleven – als ik de kunst machtig was zou ik ze ook nu nog kunnen uittekenen. En dat terwijl de mensen achter de gezichten vaak saai waren, niet eens de moeite van de herinnering waard. Slechts enkelen waren zo interessant dat ik graag in hun gezelschap verkeerde. Toch, als ik terugdenk aan die dagen wil ik alleen het gezicht van Carel zien, en zou ik ons willen tekenen zoals we waren na afloop van die avonden in de beslotenheid van de bedstee bij het licht van een enkele kaars.

Door hem ontdekte ik de werkelijke betekenis van het woord hartstocht. Hij was vele malen virieler en attenter – liever ook – dan Willem en Antonio in hun beste dagen. Ook mijn gedroomde Mauritiusminnaar moest het afleggen tegen hem.

Dat geluk – de kortste en toepasselijkste beschrijving van hoe het was – duurde drie maanden. Het was mijn ongeluk dat Carel niet genoeg had aan mij. Hij hield van mijn lijf en van mijn geld. Niet van mijn geest, niet van mij. Ik weet niet eens of mijn nieuwe man daartoe in staat was. In elk geval was hij niet uit op zielenliefde. Ik vermoed dat hij toen al een andere vrouw bezocht, want ons leven veranderde na die eerste twaalf weken bijna van de ene op de andere dag. We gingen nog wel uit en we ontvingen wekelijks gasten aan de Oude Gracht. Dat deden we goed; onze avonden waren geliefd tot in de hoogste Utrechtse kringen en bij onszelf. Tot de laatste gasten waren vertrokken, dan veranderde de stemming tussen ons en was er niet langer sprake van 'samen'. Hij bezocht mij minder, bleef 's nachts in zijn eigen kamer of bleef helemaal weg van huis.

Het beste bewijs dat ik een vergissing had begaan, dat de binnenkant van Carel Constant anders was dan de buitenkant, kreeg ik van hemzelf aangereikt. Het was op een ochtend in januari, zo'n typische winterochtend waarnaar ik in Batavia vaak had verlangd: koud en stralend. Het harde licht trok scherpe strepen om de daken aan de overkant van de Oude Gracht. Tegen mijn gewoonte was ik die dag langer in bed gebleven. Op normale dagen joeg het ingesleten Indische ritme mij tussen vijf en zes uur onder de warme dekens vandaan, die dag was ik wakker geworden met een zwaar hoofd en een ziek gevoel in mijn maag. Meisje kwam kijken, ik stuurde haar weg. Ze kwam even later terug met thee en Elisabeth.

'Kou,' zei Elisabeth, die het zelden bij het verkeerde eind had als het om mijn welzijn ging. Ze zei ook dat het haar niet verbaasde, het was immers mijn eerste winter na zoveel jaren intense hitte. Ze voerde mij twee lepels van een bittere drank.

Ik moet in een diepe slaap gevallen zijn, want ik hoorde de klok in de Domtoren – de 'stem', leerde ik later – pas weer toen die twaalf keer sloeg. In mijn huisjas, met een extra dikke omslagdoek om te voorkomen dat de kou naar binnen zou slaan, ging ik op zoek naar Carel. Later die middag werden wij verwacht bij een gelegenheid ten bate van het armenhuis. Hij moest weten dat ik hem niet kon vergezellen. Beleefdheden, daar deden we nog aan.

Ik vond hem in zijn kamer met zijn broek op zijn enkels en zijn pik recht vooruit. Op de rustbank zat Meisje, ineengedoken. Haar kleren lagen op de grond.

'Ik dacht dat je ziek was,' zei Carel.

Ik ging voor hem staan, trok mijn knie op, en terwijl hij vooroversloeg met zijn handen in zijn kruis, griste ik het boek van Bredero van zijn tafel en mepte hem met zijn favoriete schrijver op zijn kop. Zo hard ik kon.

Al ziet men de lui, men kent ze niet.

* * *

De dagen daarna fantaseerde ik meer dan eens hoe het zou zijn als ik me onder het ijs van de gracht liet glijden. Het vooruitzicht van alles af te zijn trok me bijna de diepte in. God was weliswaar minder aanwezig zonder Antonio in de buurt, maar ik wilde zijn toorn niet over me afroepen en dus liet ik het bij de fantasie. Bovendien wilde ik niet dat Carel zo makkelijk van mij af zou zijn.

Zonder de aantrekkingskracht van het zwarte water

hield ik alleen woede over. Razend was ik dat Carel zich zo anders had voorgedaan en, erger nog, dat ik me had laten verleiden door zijn mooie spel. Ik was ook razend om wat hij met Meisje had willen doen. Als de klok in de Domtoren mij niet had gewekt, was zij in de voetsporen getreden van haar moeder. Nee, er was niets gebeurd, zoals Carel mij voor de voeten wierp, en toch maakte dat niet-gebeurde alles anders.

Ik verhuisde Meisje naar een meidenkamer vlak naast Elisabeth, liet een grendel op mijn slaapkamerdeur maken en verbande Carel naar het achterhuis dat een eigen ingang aan het Predikherenkerkhof had. Voortaan zouden wij alleen voor het oog van de buitenwereld man en vrouw zijn. Mijn mooie echtgenoot kwam niet in opstand, zijn façade bleef zoals het altijd was: onbewogen en oogstrelend. Gezichtsverlies was het laatste wat hij wilde. Dat was wat hem te wachten stond als hij zich niet zou schikken: mijn vertrek, met zo veel mogelijk bombarie.

* * *

Om Elisabeth te ontzien – ze begon stram te worden – nam ik in het nieuwe jaar steeds vaker Meisje mee als ik naar buiten ging. Gek genoeg kon ik na de gebeurtenis in Carels kamer pas zien waarvoor ik eerder geen oog had gehad: Meisje is een mooi meisje. Als we door de stad liepen, draaiden de hoofden van mannen niet alleen naar mij. Met haar lichtbruine huid, rechte neus en priemend groene ogen werd ze aangezien voor een Spaanse of Portugese bediende, niet voor een slavin uit Bali. Niet voor de dochter van mijn tweede echtgenoot.

Ze deed het goed. Haar Hollands was nagenoeg vlekkeloos, haar manieren voorbeeldig. Elisabeth had haar een gedegen opvoeding gegeven. Ze vergezelde me op ritjes door de stad en naar moeder en Anna in Culemborg, zonder te laten merken hoe koud ze het had in het rijtuig. Ze was er als ik haar nodig had en deed wat ze moest doen, in stilte en bescheidenheid. Het is wrang en waar: zonder Carel waren mijn huishoudster en mijn slavin de belangrijkste mensen in mijn leven. Elisabeth was meer moeder dan mijn eigen moeder ooit had kunnen zijn nadat ze mij had weggestuurd, Meisje was het kind dat uit mij geboren had moeten worden.

Naar voren kijken, ik moest naar voren kijken. Daar lag de handel in edelstenen. Ik schreef aan Dirck de Vlieger – alleen al de gedachte aan een zending nieuwe stenen beurde me op. Pas toen ik de brief naar Amsterdam wilde laten sturen voor de Paasvloot naar de Oost, herinnerde ik me dat hij dood was. Dat klinkt harteloos, het is iets anders. Het is het lot van Indiëgangers. Als je daar bent, denk je aan het vaderland op zijn best. Eenmaal weer thuis, de heimwee weg, zie je Batavia zoals je haar wilt zien, niet zoals ze was. Dirck de Vlieger hoort bij mijn gouden jaren, waarin hij en ik en alle anderen die ertoe deden het eeuwige leven hadden. Hij ging pas echt dood in de Utrechtse winter. Daar verloor ik een koopman die mijn volste vertrouwen had gehad.

Mannen als De Vlieger vind je niet zomaar. Omdat Bartie mij niet meer wilde kennen – gedwongen door zijn vader, dat weet ik zeker – was ik genoodzaakt Carel te vragen mij in contact te brengen met Tavernier, de juwelier die naam had gemaakt met de vondst van bijzondere diamanten. Aankloppen bij Carel viel me zwaar, het duurde een paar dagen voor ik mijn trots kon inslikken. Een oud paard behoedde me voor een knieval, en meer.

Ik was op de terugweg van een theemiddag, georganiseerd

door nette, saaie vrouwen, toen onze koetsier het rijtuig stopte bij het park aan het Janskerkhof, van de bok sprong en even later kwam vertellen dat hij een ander paard moest laten komen omdat zijn oude schimmel geen voet meer kon verzetten. Hij stuurde zijn staljongen op pad, bond het hijgende paard aan een van de ringen in de kerkmuur, begeleidde mij naar de zijingang van de kerk en verzekerde me dat we onze tocht spoedig konden hervatten.

En daar gebeurde het. Onder het orgel van de kerk, waar het net zo koud was als buiten, stond Jacob van Eyck te fluiten. Naast hem leunde een man op een lessenaar, hij stak zijn hand op toen ik binnenkwam. Het was geen groet. Tot daar en niet verder, zei die hand. Meisje maakte zich onzichtbaar achter een pilaar, ik liet me zachtjes op het uiterste puntje van de kerkbank zakken en luisterde hoe Van Eyck steeds een serie noten speelde, stopte en dezelfde serie opnieuw speelde. Zo deed een blinde componist dat dus: hij speelde de klanken die hij in zijn hoofd hoorde, de man aan de lessenaar schreef de noten op papier.

Ik was al bijna versteend toen de fluitist zich omdraaide.

'Wie is daar?'

'Maria van Aelst, ik kwam vaak naar u luisteren toen het weer nog mooi was.'

Hij knikte. Uit niets bleek dat hij zich onze ontmoeting herinnerde.

Omdat mijn vingers intussen stijfbevroren waren en ik niet begreep hoe hij kon spelen in die kou, vroeg ik of hij daar geen last van had.

'Mevrouw,' zei hij, 'ik ben alle dagen van de week in kerken. Kou deert mij niet.'

Hij draaide zich naar zijn muziekschrijver om iets te zeggen. De man kwam achter de lessenaar vandaan, liep naar me toe, knikte beleefd en zei: 'Jonker van Eyck nodigt u uit om morgenmiddag rond drie uur naar de Domtoren te komen. Hij wil u graag voorstellen aan uw naamgenote.'

Een jonkheer maar liefst, met een goed geheugen. Ik glimlachte.

Twee treden hoger glimlachte Van Eyck terug. Zou zijn gehoor zo goed zijn?

Die nacht, na een eenzaam avondmaal, kon ik de slaap niet vatten. Zodra ik mijn ogen sloot zag ik de glimlach van Jacob van Eyck, wilde ik weten wie de naamgenote was die ik de volgende dag zou ontmoeten. Of ik zag de oude schimmel van onze koetsier, liggend op haar zij naast de kerk met een kogelgat in haar sierlijke voorhoofd, terwijl de laatste restjes leven haar stille lichaam verlieten als wolkjes in de schrale winterkou.

Van Eyck had helemaal geen tijd voor me. Zodra ik de Domtoren binnenliep, dik ingepakt dit keer, handen in een mof gestoken, wees hij me zonder woorden naar een bank tegen de muur. Hij stond in het midden van de toren en luisterde naar een enkele klok.

'BOING!' En nog een keer: 'BOING!' En opnieuw.

Ik had nog nooit een zware klok van zo dichtbij gehoord. Het geluid dreunde na in mijn buik en benen, mijn oren deden bijna pijn.

Zonder iets te zeggen liep Van Eyck naar de torentrap, zonder hulp, alsof hij kon zien. Ik hoorde zijn voeten op de stenen treden. Snel omhoog en even later nog sneller omlaag.

Hij blies een schelle G op zijn fluit. Dat bleek het sein voor de luider.

'BOING!' zei de klok.

Van Eyck knikte goedkeurend en blies drie harde G's die omhoog echoden.

'BOING!'

'Mevrouw,' zei Jacob van Eyck, terwijl zijn nietsziende ogen de mijne zochten, 'mag ik u voorstellen aan Maria, onze nieuwe klok in deze toren.'

* * *

De blinde jonkheer uit Heusden bleek directeur van de klokwerken van Utrecht. De Vroedschap benoemde hem rond de tijd dat ik op de Mauritius naar Batavia werd afgevoerd. Jacob – we noemden elkaar al snel bij de voornaam – was een uitzonderlijk getalenteerd man. Carel vertelde in een van de schaarse gesprekken die we hadden dat hij de Rembrandt van de muziek werd genoemd. Zo beroemd was hij, en niet alleen vanwege zijn fluitspel. De blinde edelman bleek de beste beiaardier van de Republiek. Zijn fabelachtige gehoor stelde hem in staat kerkklokken te stemmen. Dat was hij aan het doen toen hij mij aan Maria van de Domtoren voorstelde. Hij deed wat niemand voor hem had gedaan of voor mogelijk had gehouden: de luidklokken op toon brengen, zodat de stem van de toren zuiver klonk.

'Ik ben altijd hier te vinden, of in de Janskerk,' zei hij bij het afscheid.

Ik glimlachte om die nauwelijks verholen brutaliteit. Hij verstond me en glimlachte terug.

Zo begon een van de wonderlijkste, mooiste periodes uit mijn leven. Ik hoef de schaarse notities in mijn dagboek van dat jaar er maar op na te slaan of ik weet me weer gehuld in zijn muziek. Ik heb die aantekeningen niet echt nodig, mijn herinnering aan onze ontmoetingen is bijna net zo perfect als zijn gehoor. Dat teruglezen doe ik louter om zijn muziek weer in mijn hoofd te laten klinken – op mijn woorden loop ik zijn melodieën in. Ik schreef ze niet op, als ik dat al had gekund, want hij bedacht ze alleen voor mij, speelde alleen voor mij. Zonder noten op papier blijft zijn muziek van mij alleen.

Ik bezocht hem bijna dagelijks. Als ik daaraan terugdenk, ruik ik de binnenkant van de koets, zie ik het gezicht van Meisje tegenover me, hoor ik het ratelen van de wielen, het klippe-kloppe van de ijzers onder de voeten van de jonge schimmelruin, voel ik het deurtje van de Janskerk meegeven dat me rechtstreeks achter het koor bracht.

De eerste keer vond ik hem daar, in die kleine ruimte waar hij speciaal voor mij het vuur in de haard had aangemaakt. Hij vroeg me te vertellen over de Oost, wilde door mijn ogen zien waar hij nooit zou komen. Na afloop speelde hij, als beloning. Ik was het beste af in die ruil. Want zeg nou zelf: wat moest een blinde man met mij? Hij vulde mijn dagen, terwijl zijn dagen ook zonder mij al overvol waren. Hoewel ik hem de vraag nooit stelde, denk ik het antwoord te weten: hij wilde mijn geest bezitten. Ik liet hem.

Dat was wat er gebeurde als ik hem bezocht. Vaak genoeg liet hij me wachten, zat ik bij het vuur als hij het carillon bespeelde, of de torentrappen op en af liep als een van de luidklokken niet goed klonk. Als hij klaar was, ging hij tegenover mij zitten. Zwijgend, om in een andere gemoedstoestand te komen. Tenminste, zo heb ik dat altijd begrepen. Als ik dacht dat hij was waar hij wilde zijn, begon ik te vertellen over mijn leven in de Oost en genoot ik intussen van het vrije uitzicht op zijn gespierde benen, zijn lange vingers die altijd een beetje groezelig waren en zijn kastanjebruine haar dat onverzorgd onder zijn grote hoed uit stak. Hij zag er niet uit als een edelman, dat werd hij pas als hij zijn fluit pakte en speelde.

Het is heel verleidelijk om te zeggen dat hij iets goddelijks had, zeker in die omgeving. Maar, het was mooier en sterker dan dat. Je hoort het niet te zeggen en toch doe ik het: God is nooit zo dichtbij geweest als Jacob van Eyck en zijn muziek. Hij omhelsde me en drong bij me naar binnen zonder mij aan te raken.

Eén keer nam hij me mee naar boven, vierhonderdvijfenzestig treden naar de grote klokken in de Domtoren. Hij nam me bij de hand, in mijn tempo, zorgde ervoor dat ik niet buiten adem raakte en niet over mijn rokken struikelde: de blinde hielp de ziende. Na de laatste tree wachtte mij een prachtig geschenk. Niet het uitzicht, ook al wist Jacob feilloos aan te wijzen hoe de Lek stroomde en waar Culemborg lag. Eenmaal boven keek ik niet naar buiten. Ik keek naar de man die niet kon zien. Ik kon mijn ogen niet van hem afhouden toen hij zich naar een van de klokken boog, zijn lippen tuitte, het bronzen lichaam van Maria kuste zonder het aan te raken en zachtjes neuriede, net zo lang tot de klok diezelfde toon liet horen. Alleen voor mij.

Zodra ik merkte dat er een kind in mij groeide, stelde ik me voor dat hij de vader was. In elk geval de geestelijk vader. Carel had mij zwanger gemaakt, Jacob had ervoor gezorgd dat het kind wilde groeien. Hij deed wat Si Jagur niet voor elkaar had gekregen; aan hem had ik te danken dat ik mij weldra moeder kon noemen.

Ik was al behoorlijk rond van het kind toen hij het ter sprake bracht.

'Ik hoor het,' zei Jacob.

Daar was niets raadselachtigs aan. Zienden kun je foppen met bedekkende kleding, blinden niet. Jacob zat al bij de haard toen ik de kerk binnenkwam. Hij stond op, groette mij als gewoonlijk met een lichte buiging, deed twee stappen vooruit, legde zijn hand op mijn buik – de enige keer dat hij me heeft betast – en zei: 'Ik vermoedde het al een tijdje.'

Hij kon het horen aan mijn tred die steeds zwaarder werd.

* * *

Ik heb gegild van pijn en opluchting toen mijn kind uit mij gleed in de armen van de vroedvrouw. Na een dag en een halve nacht weeën was ik moeder. Elisabeth en Meisje hadden mij al die uren vastgehouden en verklapten, nog voor het kleine schepsel aan Carel werd getoond, dat het geen zoon was. Ik noemde haar Anna, naar mijn zusje, maar vooral naar Anna van de Mauritius. Carel voegde daar Maria aan toe. Drie dagen na haar geboorte werd zij gedoopt in de Catharijnekerk. Een etmaal later, op 30 augustus 1647, vond ik Anna Maria dood in haar bedje – vijf dagen oud.

* * *

Het duurde lang voor ik mijn leven weer het noteren waard vond. Mijn eerste aantekening na de dood van Anna is van mei 1648:

> We hebben vrede gesloten met de Spanjaarden. Is de oorlog uit mijn leven?

De volgende dateert van juni 1649. We woonden al bijna twee jaar in Culemborg, in het huis aan de Markt dat ik had gekocht toen Antonio en ik waren overgekomen en altijd mijn eigendom was gebleven. Ik lees:

De koperen kaarsenkroon hangt in de Barbarakerk.

Het was een geschenk van Carel en mij aan de kerk die ons liefdevol had opgenomen in die periode van rouw.

We hebben de kleine Anna begraven in de Domkerk, in het graf van Carels familie. Voorafgaand aan de plechtigheid liet Jacob van Eyck de Mariaklok luiden, zachtjes, fluweelachtig, zoals alleen hij dat kon. De dag daarna ben ik met Elisabeth en Meisje naar mijn moeder en stiefvader in Culemborg gegaan. Ik liet Utrecht achter me – ik wilde niet in die herinneringen leven, ook niet in de goede.

De eerste weken na haar dood kon ik mijn dochtertje nog voelen. In mijn lijf en in mijn armen, al had ik haar maar zo heel even kunnen vasthouden.

Moeder zei: 'Iedere vrouw verliest een kind, je komt er wel overheen.'

Ze bedoelde het goed.

Ze zei ook dat ik de natuur maar snel weer zijn gang moest laten gaan.

Dat deed ik niet, mijn bed bleef verboden gebied voor mijn man. Ook nadat hij het Utrechtse huis had laten leeghalen en we in mijn huis aan de Markt waren getrokken. Wie nu denkt dat de boosheid mij nog steeds in de tang had, heeft het mis. Dankzij Jacob van Eyck was ik anders naar de wereld gaan kijken en daardoor anders naar mijzelf. Door de kennismaking met zijn muziek had ik besloten voortaan de schoonheid van het leven te zoeken. Dat was de invloed van de man die een klok kon laten zingen door haar bijna te kussen.

Carel zelf zorgde voor een nieuwe, milde fase in ons leven samen. Zodra ik hem had verteld dat ik zijn kind droeg, beloofde hij dat hij een waardige echtgenoot zou zijn. Aan die belofte heeft hij zich gehouden, ook nadat we Anna hadden verloren. En al bleef hij vrouwen bezoeken, hij deed dat zonder dat ik daar iets van merkte.

Dankzij onze gemeenschappelijke interesse in stenen raakten we weer aan de praat. Ik had de handel vaarwelgezegd, Carel maakte dankbaar gebruik van mijn Amsterdamse slijper. Daardoor, en door het samen gevoelde verdriet, vonden we langzaam een beetje terug van wat we ooit hadden. In die kalmte, waarin we elkaar ook weer iets te zeggen hadden, heeft Carel ervoor gezorgd dat Bartie terugkwam in mijn leven.

* * *

Zodra ik me in Culemborg vestigde, keerde Bartie de stad aan de Lek de rug toe en ging terug naar zijn ouderlijk huis in Utrecht. Hij wilde mij niet zien. De erfenis van Antonio had een wig gedreven tussen ons. Het spreekt vanzelf dat ik de uitvoering van zijn testament allang in orde had gemaakt, met deskundige hulp van Willem Middachten. Waar het stak, althans bij de familie De Gruyter, was dat Barties vader Pieter meende recht te hebben op een deel van de gage van twintigduizend gulden die de Compagnie nog verschuldigd was aan Antonio. Ik vond dat dat bedrag geheel aan mij toekwam – ik was immers Mevrouw Generaal. Pieter de Gruyter vond dat hij voor al die jaren dat hij Antonio's zaakwaarnemer in het vaderland was geweest recht had op iets extra's, terwijl ik wist dat Toni hem altijd ruim had betaald voor zijn diensten.

Toen Carel en ik nog vol liefde waren, heb ik hem ooit verteld dat Bartie als een zoon voor me was en hoezeer ik hem miste. Ik vertelde hem ook dat hij aan de leiband van zijn vader zat, dat het niet in Barties aard lag mij zo de rug toe te keren. Na de dood van onze Anna Maria heeft Carel net zo lang op me ingepraat tot ik inzag dat afstand doen van dat kleine beetje geld mij heel veel zou brengen. Het duurde lang voor ik mijn eigen oordeel terzijde kon schuiven, maar ik deed het en daar was ik hem erg dankbaar voor. Pieter kreeg alsnog de helft van Toni's gage en Bartie kreeg de vrijheid om zich met mij te verzoenen.

Het aandeel in de Compagnie hield ik en verkocht ik later met veel winst.

* * *

Bartie trouwde in 1655, in de Nieuwe Kerk in Amsterdam. Niemand zou vermoeden dat er jaren waren gepasseerd waarin wij elkaar niet hadden gezien of gesproken op de dag dat ik Barties getuige was bij het huwelijk met zijn eigen Maria, Maria Specx – de negentienjarige dochter van Jacques Specx en Odilia Buys.

En zelf kon ik vijf jaar later nauwelijks geloven dat er ook maar iets tussen ons in had gestaan op de dag dat ik aan Barties arm de Domkerk uit liep waar we Carel hadden bijgezet in het familiegraf, naast het kistje met onze Anna.

Voor de vierde keer in mijn leven was ik weduwe. Het lot wilde dat ik nog geen twee weken eerder voor de eerste keer in mijn leven grootmoeder was geworden. Bartie en Maria waren naar Culemborg gekomen om formeel toestemming te vragen. Na het overlijden van Barties moeder, de lieve zuster van Antonio, wilden ze mij, tot mijn verbazing, op die plaats in de familie. Ik sta nou niet in de eerste plaats bekend vanwege mijn vriendelijkheid. Bij gebrek aan moederschap zou het grootmoederen mij bovendien niet komen aanwaaien. Toch waren die twee vastbesloten en ik zei ja, van harte.

Hun vraag ontroerde me meer dan ik had verwacht. Maria Specx was negen dagen oud toen haar moeder Odilia stierf. Haar vader Jacques was een paar jaar geleden overleden en ze had nooit veel opgehad met haar stiefmoeder, zijn tweede vrouw. Het was een wonderlijke situatie: ik kende ooit de moeder, die in Batavia mijn vriendin was geweest, en nu de dochter, terwijl moeder en dochter elkaar niet hebben gekend. Alleen al daarom was het een groot genoegen. Het vooruitzicht op hun drie kinderen in mijn leven (en eentje onderweg, getuige de bedekkende kleding van Maria) vervulde mij bovendien.

Dit is wat ik een week na de begrafenis van Carel opschreef:

> Als ik morgen doodga, heb ik ten volle geleefd.

Drieënvijftig was ik.

* * *

Carel liet mij niet bedroefd achter. Jacob van Eyck wel. Zijn dood sloeg een gat in mijn buik. Een deel daarvan was schuldgevoel. Ik kan niet verklaren waarom ik nooit meer contact met hem heb gezocht. Hem schrijven wilde ik niet, wetende dat een ander mijn brief aan hem zou voorlezen.

Nu begrijp ik dat dat geen reden was maar een uitvlucht. Zelfs nadat hij de doodsklok zo mooi sereen had geluid voor mijn kind nam ik niet de moeite hem te bedanken. Ik liet me pas weer zien toen hij me niet meer kon zien, ook niet op zijn manier. Ik had simpelweg de moed niet in zijn nabijheid te zijn en dan afscheid te moeten nemen.

Jacob was twee jaar ziek geweest. Hij overleed in het bijzijn van zijn hospita, de vrouw die hem ook had verzorgd. Ik weet niet of hij vaak bezoek kreeg aan zijn ziekbed, bij zijn dood had hij in elk geval veel aanloop. De Weeskerk zat op de zesde april 1657 tjokvol hoogwaardigheidsbekleders en muziekkenners die afscheid van hem kwamen nemen. We wilden allemaal gezien worden bij de nagedachtenis van die beroemde edelman. Bartie, die dag mijn begeleider omdat Carels gezondheid toen al te wensen overliet, keek zijn ogen uit. Ik had hem verteld over de blinde fluitist en klokkenist. En ik had verteld dat hij en ik elkaar hadden gekend – heel summier, zoals ik nooit iemand heb verteld hoe het was tussen Jacob en mij, anders dan in dit overzicht van mijn leven.

De kist kwam een halfuur te laat de kerk binnen, een teken van voornaamheid. Bij het afscheid heeft de klok in de Dom de dood van Jacob van Eyck anderhalf uur lang overluid.

Was het onze Maria? Hij had dat kunnen horen, ik niet.

Gijsbert

Het moet in het begin van de jaren zestig zijn geweest dat Elisabeth ophield mijn huishoudster te zijn. De dag ben ik vergeten, ik weet wel dat het gebeurde terwijl we samen theedronken in de kleine opkamer van mijn Culemborgse huis en herinneringen ophaalden aan Toni. Steeds vaker vroeg ik haar bij me te komen zitten en te praten over van alles en nog wat. Steeds vaker hoefde ik niet te vragen, was ze een vanzelfsprekende aanwezigheid. Sinds die tijd noem ik haar ook voor de buitenwereld mijn gezelschapsdame. Anders dan met een glimlach heeft ze er nooit op gereageerd, zo is zij. Wel kan ik merken dat ze erg tevreden is met deze status in mijn huishouden en dat die haar goed past. Om te beginnen kleedt ze zich anders. Nu ze meer verdient, kiest ze fijnere stoffen en andere modellen. Elisabeth heeft een goed oog voor kleding, altijd gehad, en dat laat ze graag zien nu haar jurken niet langer schuilgaan onder schorten. En ze spreekt over zaken die ze voorheen ongezegd zou hebben gelaten – zaken van persoonlijke aard. Bijvoorbeeld dat ik bekendstond als een van de rijkste weduwen van de Republiek. Elisabeth had me al eerder, op haar eigen onnadrukkelijke manier, laten weten dat er verhalen over mij de ronde deden. Hoewel ik wist dat ze nooit zomaar iets zou zeggen, dat er in haar woorden een boodschap verpakt moest zijn, besteedde ik er nauwelijks aandacht aan. Dat deed ik wel toen ze vertelde dat mijn naam in bepaalde kringen zelden genoemd werd zonder de omvang van mijn vermogen. Ze vond dat ik gewaarschuwd moest zijn. Ik kon wel raden dat er ook verhalen circuleerden over hoe ik aan al dat geld was gekomen. Elisabeth, die overal oren en ogen had, kende die vast en zeker. Ze heeft daar nooit iets over losgelaten.

De jonge Maria gaf aarzelend toe dat ook zij weleens iets hoorde. Anders dan Elisabeth vond zij dat ik me daar niet al te druk over moest maken.

'Opwinding is niet goed voor uw gezondheid,' zei ze.

Maria en haar kinderen bezochten mij geregeld. Soms, als het weer al te bar was, stuurde ik een koerier naar Bartie in Utrecht om hem te laten weten dat ze bleven overnachten. Dan leefde het huis op, met mij erbij, en was het net alsof ik een gezin had. Ik koesterde de aanwezigheid van de kinderen, genoot van hun hoge stemmetjes. Als ze moe en jengelig werden, stond Meisje klaar om ze naar de kamer te brengen die ik speciaal voor hen had laten inrichten met bedjes en kinderstoeltjes, en met rammelaars en poppen die ik in Amsterdam had laten maken.

Zo ging het ook die middag in april. Meisje had de drie kinderen onder haar hoede genomen, wij dronken thee en converseerden over de dingen die passeerden in ons leven. Maria sprak graag met mij. Dat kwam, had ze mij ooit verteld, doordat haar oom Antonio en ik destijds waren opgestaan tegen het onrecht dat haar halfzusje Sara, het buitenechtelijke kind van haar vader, was aangedaan.

'Je hebt haar niet eens gekend,' zei ik.

'Doet er niet toe. Zoiets vergt moed van een vrouw,' zei zij.

'Een vrouw kan hetzelfde zeggen als een man,' zei ik, 'ze hoeft alleen haar mond open te doen.' En daardoor, vertelde Maria later, was ze op haar gemak bij mij.

Wat ik destijds te zeggen had, maakte natuurlijk nog niet veel indruk. Toch weet ik zeker dat Coen inbond doordat Antonio weigerde het onmenselijke vonnis te tekenen, én dat er burgers als ik in opstand waren gekomen. Als wij ons niet hadden laten horen, was Saartje een gruwelijke dood gestorven. Desondanks is ze niet oud geworden; het lot had kennelijk nooit veel soeps voor haar in petto. Ze was vier toen ze bij haar moeder werd weggehaald, twaalf toen ze de gesel kreeg voor een jeugdzonde en nog maar negentien jaar oud toen ze stierf op Formosa, in het bijzijn van haar zendeling. Haar naam blijft voortleven in het werk van Jacob Cats, die zich het lot van Saartje heeft aangetrokken. Dat is, hoe schamel ook, een vorm van gerechtigheid.

Ik had verwacht dat de roddels in het koude, stijve vaderland wat meer achter gesloten deuren bleven en niet, zoals in Batavia, op straat zouden liggen. In die kleine gemeenschap was iedereen van alles op de hoogte en iedereen die ertoe deed en er niet toe deed, gedroeg zich ernaar. Ik wist daar goed gebruik van te maken. Zonder mijn theekransen – en wat daar allemaal werd onthuld – was het leven voor vrouwen dodelijk saai gebleven.

Ik had niet verwacht dat ik hier thuis zo over de tong zou gaan en vroeg me af wie de welingelichte leuteraar was. De enige die weet hoe rijk ik ben, was Bartie – mijn geheimschrijver en, sinds het overlijden van Willem Middachten, zaakwaarnemer. Bartie praat niet over mijn zaken, nooit. Zelfs zijn eigen Maria wist niet hoeveel geld en bezittingen ik heb. Anderen weten het blijkbaar wel, of denken het te weten.

Het bewijs daarvoor begon een jaar na Carels dood binnen te druppelen. Anders dan in de Oost – daar moest ik aan wennen – worden hier de regels van rouw de volle twaalf maanden nageleefd. Door de weduwe zelf en door de mensen om haar heen. Daarna mag het leven weer zijn loop hebben. En warempel, ik was nog niet uit het zwart of de eerste brief werd bezorgd. De afzender bleek een man uit Amsterdam (nee, ik noem zijn naam niet) die zich omstandig aan mij voorstelde en zijn woorden afsloot met de vraag of hij binnenkort zijn opwachting mocht maken. Hij was de eerste in een reeks van twaalf. Mannen (ik laat ze naamloos) die zichzelf per brief bij mij aanprezen, steeds gevolgd door een verzoek om kennismaking. De meeste brieven kwamen uit Utrecht en Culemborg – twee van mannen die ik bij mijn moeder en stiefvader had ontmoet – en er volgden nog twee Amsterdamse schrijvers. Of moet ik ze gelukzoekers noemen?

Bartie vond het raadzaam de briefschrijvers een paar weken in onzekerheid te laten. Daarna schreef hij ze terug met een antwoord dat het midden hield tussen een beleefd bedankje en een afwijzing die niets te raden liet. De brieven zijn ons uiteindelijk nog van pas gekomen. De jonge Maria verzon een spelletje: Meisje verstopte de brieven, de kinderen moesten ze zoeken. Daar waren ze wel even zoet mee, want Meisje wist op de gekste plaatsen geheime hoekjes te vinden. De brieven waren veilig bij haar, want ze kan toch niet lezen. Soms, als het vinden van de eerste brief te lang duurde, gaf ze kleine aanwijzingen, waarna de kinderen dan joelend verder zochten. Wie de eerste brief vond, kreeg lekkers, wie de tweede vond ook. En zo ging het door tot alle brieven op mijn schrijftafel lagen.

Wij Maria's hebben er veel om gelachen, al was het niet alleen maar leuk. 's Avonds, als ik alleen bij het vuur zat, dacht ik weleens terug aan de Grote School en hoe weinig er was veranderd: het gaat om het geld, het meisje krijg je toe.

* * *

Als alles zo was voortgegaan – en daar had ik veel voor overgehad – waren deze levensherinneringen niet geschreven. Dan had ik geen noodzaak gezien om te laten weten dat ik er ben geweest en hoe ik ben geweest. Het was de plotse wending in mijn leven, die ik niet heb gezocht, waardoor niets meer bij het oude bleef. De treurige waarheid is dat de bezoeken van de jonge Maria en haar kinderen al snel na die vrolijke spelletjesmiddagen minder werden en weldra helemaal uitbleven. Ik vermoedde niets, want zij had net een zoon gebaard: Bartholomeus, naar zijn vader.

Bartie had mij gevraagd mee te gaan naar een ontvangst ter ere van de vijfentwintigste jaardag van de Universiteit van Utrecht. Zijn eigen Maria voelde zich nog te zwak, anders was ik daar niet eens geweest. Gijsbert van der Hoolck was er ook en stond ineens voor me. Hij hoorde daar, ontdekte ik, hoewel het tot het einde van de middag duurde voor ik begreep dat Van der Hoolck een van de stichters was van wat destijds nog de Illustere School heette. Nadat wij al enige tijd met elkaar hadden gesproken, onder andere over de schilderkunst, begreep ik pas van de burgemeester, die in zijn voordracht het woord tot hem richtte, dat Van der Hoolck oud-burgemeester van Utrecht was en dat er zonder hem geen Illustere School geweest zou zijn die twee jaar later, ook dankzij zijn inspanningen, door de Gewestelijke Staten was verheven tot Universiteit. Alle reden dus om hem te prijzen, vonden de aanwezigen die het glas op hem hieven. Van der Hoolck wuifde dat weg.

Hij is een bescheiden man en bleef dat zolang ik hem kende.

Ik had geen vooropgezet plan, integendeel. Ik was waar ik wilde zijn en hoe ik wilde zijn. Ik hoefde niet langer maanden te varen om mijn familie te kunnen zien. Ik was, hoe kort en teleurstellend ook, moeder geweest, ik had mijn dochter kunnen proeven, en ik kon eindelijk toegeven aan de wil zelfstandig te zijn – niet meer afhankelijk van een man. Die wil is er altijd geweest, al voor vader en moeder mij wegstuurden naar de Oost. Dat zie ik nu wel. Zelfs toen ik verliefd werd op de mooie bakkerszoon probeerde die wil, die drang een uitweg te vinden, want ik wilde hem wel en ik wilde hem niet. Sinds ik weet dat hij mijn halfbroer was, vraag ik me af of vader niet beter gewoon had kunnen afwachten. Die liefde was waarschijnlijk snel vervlogen, zoals dat gaat met liefde. Ik trouwde met Johan Libener omdat ik niks te willen had en omdat ik niet eens wist dat ik ook zonder een man een goed leven kon hebben. Ik was nog zo jong. Het werd zo langzamerhand tijd om die wil vrij te laten. Ik kon mezelf al horen: *Mijn naam is Maria van Aelst, ik ben van niemand.* Ik had geld en kon doen wat ik wilde, laten wat ik niet wilde. Toegegeven, mijn stand was niet langer wat die ooit was. Daar stond tegenover dat ik onverwacht geluk had gevonden in het gezin van Bartie. Meer aanzien had ik niet nodig.

Ik was dus niet op zoek. Het gebeurde bovendien ongemerkt, althans voor mij. Gijsbert van der Hoolck hoor je niet en zie je niet tot je ineens oog in oog met hem staat. En dan blijkt dat hij al die tijd naast je liep, je in de gaten hield, op zachte voeten. Bijna als een Bataviase tijger, behalve dat Gijsbert geen roofdier is, geen vrouwenjager. Hij is wel een intelligente, erudiete man die uren kan vertellen over liefde voor dingen in de natuur en in de kunst.

'Hoe meer je ervan weet, hoe groter die liefde wordt,' zegt hij graag. Daarover en over alles wat hem verwonderde schreef hij met René Descartes, die hij in Utrecht had leren kennen en tot diens dood een correspondentievriend bleef.

Hij is ook een uitnemend regent. Zonder dat ik het wist had Gijsbert van der Hoolck al eerder, in 1648, grote invloed gehad op de loop van mijn leven. Bartie vertrouwde mij die middag toe dat hij betrokken is geweest bij de onderhandelingen in Münster die ons de zo lang gewilde vrede hadden geven. Dan ben je iemand, en dat is hij, zonder zich erop voor te staan. Daarom duurde het even voor ik wist wat voor vlees ik in de kuip had. Ik had ook tijd nodig om te begrijpen wat er gebeurde. In mijn achterhoofd knaagde het. Was deze man op mijn geld uit? Ik kon het me niet voorstellen en het was ook niet zo. En toch: voor de vleselijke lusten zou niemand meer bij mij aankloppen. Mijn laatste restjes schoonheid en begeerte waren met Carel teloorgegaan. Wat zocht een man dan in mij? Waaraan dankte ik de belangstelling van déze man?

Bij zijn eerste bezoek raakten wij niet uitgesproken. Hij kwam aanvankelijk niet verder dan de hal. Hoe vaak Elisabeth hem ook uitnodigde mij in mijn kamer te begroeten, Gijsbert was niet uit de hal weg te slaan. Daar stond hij nog toen ik besloot naar hem toe te komen. Hij merkte mijn aanwezigheid nauwelijks op omdat hij in beslag genomen was door mijn jongere zelf op het doek van Rembrandt.

Hij is een liefhebber van het werk van de Leidse schilder en een verzamelaar. Zijn beurs is niet toereikend voor veelvuldige aankopen nu Van Rijn zo beroemd is geworden dat de prijzen van zijn werk almaar stijgen. Het was meteen duidelijk dat Gijsbert wist waarover hij sprak. Hij vertelde mij dingen over mijn eigen portret die ik nooit eerder had gezien.

'Kijk, die ogen kunnen zien,' zei hij. 'Die vrouw leeft – ze geeft zich bloot.'

Hij schraapte zijn keel, alsof het pas toen tot hem doordrong dat diezelfde vrouw naast hem stond, en vertelde over de structuur die ook zo kenmerkend was voor het werk van de schilder.

'Dat zie ik liever dan een fijnschilder als Gerrit Douw.'

Daar spraken wij over, dat wil zeggen: hij sprak. Niet over zichzelf, over schilderkunst en muziekkunst, over het uitwisselen van gedachten met Descartes. Hij liet mij vertellen, geduldig en werkelijk geïnteresseerd, over Jacob van Eyck en hoe ik betoverd was geweest door zijn fluitspel, voor hij vertelde dat hij degene was geweest die Van Eyck had aangesteld als directeur van de Utrechtse klokken. Een paar weken later, we hadden al vele middagen en avonden pratend doorgebracht in mijn Culemborgse huis – en hij had me al ten huwelijk gevraagd – bekende hij dat hij me had gezien, toen. Meerdere keren zelfs.

'Was jij ook in de kerk?'

'Ik woon daar. Aan het Janskerkhof.'

Ik wilde weten of hij mij had bespied.

'Soms. Het was niet moeilijk.'

'Wat dacht je?' vroeg ik. 'Dat ik een vrome vrouw was?'

'Geen moment,' zei hij.

Gijsbert had de betovering van mijn gezicht kunnen aflezen, vertelde hij.

'Dat zie je niet vaak, daarom keek ik naar je uit.'

Daarna vroeg hij of ik, als we getrouwd waren, bij hem aan het Janskerkhof wilde komen wonen.

'Ja,' zei ik.

Ik zei ja tegen een man met een gepokt en gemazeld gezicht, een man met een pijnlijke, kreupele rechtervoet, een man die nooit het bed met mij zou delen omdat de jicht in zijn voet ook op zijn lid was geslagen. Ik zei ja tegen een man die daar geen geheim van had gemaakt en evenmin verzweeg dat hij mij niet het leven kon geven dat ik gewend was omdat zijn vermogen nietig was vergeleken bij het mijne. Ik zei ja tegen een man met een scherpe geest en een geoefend oog voor schone kunsten. Een man die simpelweg graag in mijn nabijheid wilde zijn.

* * *

We trouwden op 10 oktober van het jaar 1661. Iedereen was er. De burgemeesters van Utrecht, de leden van de Vroedschap, het bestuur van de Universiteit, de leden van de vereniging ter nagedachtenis van het werk van Jacob van Eyck, Gijsberts kinderen uiteraard, mijn zusje Anna en haar zoon, Elisabeth en Meisje. Bartie, Maria en hun kinderen waren er niet.

De jongen die ik beschouw als mijn eigen zoon heeft zich tegen mijn huwelijk gekeerd. Hij maakte geen bezwaar tegen de persoon Gijsbert – die achtte hij hoog – hij verzette zich tegen een juridische verbintenis tussen mij en een man met een gering vermogen. Dat was zijn plicht als mijn belangenbehartiger, vond hij. Zodra hij in de gaten kreeg dat er iets stond te gebeuren en ik mijn testament wilde aanpassen, heeft hij geprobeerd me op andere gedachten te brengen. Ik vond mijn eigen gedachten goed genoeg en dat liet ik hem weten. Het resultaat daarvan was dat ik in allerijl een nieuwe geheimschrijver en zaakwaarnemer moest vinden. Na mijn weigering heeft Bartie ontslag genomen. Ook van het deel van mijn leven dat buiten geld en goederen viel. Ik heb hem, zijn Maria en hun kinderen – naar verluidt zijn het er ondertussen dertien of veertien – nooit meer gezien. Mijn vele brieven bleven onbeantwoord.

Nee, ik heb nooit gedacht dat hun band met mij louter en alleen gesmeed was uit affectie. Ik ben niet gek. Toch wilde ik maar al te graag geloven dat mijn geld bijzaak was. Voor Bartie was dat ook zo, dat weet ik omdat ik hem ken. Hij heeft zich laten sturen. Eerst door zijn vader, daarna door zijn vrouw. Ik zal haar naam niet meer noemen.

Den Haag, 10 april 1674

Elisabeth is mij ontvallen. De dood heeft haar weggenomen op het moment dat ik haar het hardst nodig had. Daarom was ik boos – ik kon niet begrijpen waarom ze mij juist nu in de steek had gelaten. Dat is niet fraai van mij, hoewel Gijsbert zegt dat het een normale menselijke reactie is bij het verlies van een dierbare. Mijn lieve, lieve Elisabeth, die mij verzorgde na de dood van vier mannen, mij troostte en in leven hield na het verlies van mijn kleine Anna, die geen dag van mijn zijde was geweken toen ik ziek en zwak het bed moest houden. Tot een week geleden, de dag dat ik Meisje naast mijn bed trof bij het ontwaken en Gijsbert kwam vertellen dat Elisabeth die nacht in haar slaap was gehaald.

* * *

Ik moet eerst vertellen dat we gevlucht zijn. Het was in het voorjaar van 1672. We zaten in de voorkamer van het huis aan het Janskerkhof. Ik keek naar de deur van de kerk die mij allang niet meer deed denken aan Jacob van Eyck. Dat hoefde niet, de klank van zijn stem draag ik met me mee. Ik kan hem horen, of hij nou spreekt of fluit of de Maria laat klinken nadat hij haar net niet heeft gekust.

'We hebben geen verweer tegen de Fransen,' zei Gijsbert.

Ik wilde niet over oorlog spreken, niet horen hoeveel

mannen het leven hadden gelaten op het slagveld, niet weten dat er enorme vijandige legers in aantocht waren. Gijsbert honoreerde mijn verzoek, meestal. De vergaderingen met het stadsbestuur liet hij bijna altijd onbesproken als we samen waren. Die dag in maart, de grote bomen van het park rond de Janskerk nog kaal, zelfs geen zweempje groen te bekennen, zei hij dat we zo snel mogelijk moesten vertrekken.

'Als we hier blijven, gaan we eraan.' Duidelijker kon niet.

Zo zijn we hier in Den Haag terechtgekomen, een veilige plek achter de Hollandse waterlinies, waar de soldaten van Lodewijk de Veertiende niet kunnen komen. In mei hebben we onze intrek genomen in een mooi huis aan de Herengracht, vlak bij de Fluwelen Burgwal. Het huis en de achterliggende tuinen behoren toe aan Adriaan Pauw, de zoon van de raadpensionaris die het hoofd was van de delegatie die in Münster heeft onderhandeld over de vrede. Gijsbert leerde de oude Pauw kennen toen hij gecommitteerde was voor de Staten-Generaal. Mijn echtgenoot heeft goed gebruikgemaakt van zijn contacten met de familie. De jonge Adriaan stelde ons met plezier zijn Haagse huis ter beschikking. Hijzelf bewoont Huize Bennebroek.

Ongeveer een jaar geleden ben ik begonnen aan het schrijven van deze herinneringen. Hoewel ik in die dagen nog de kracht en de lust had om in de tuin te wandelen of met Gijsbert ritjes te maken door de stad wist ik dat mij niet meer veel tijd gegeven was. Ik heb het al eerder gezegd: mijn Bataviase jaren lieten in mij een stem achter. Gijsbert noemt het een zintuig, ikzelf vermoed dat de wegwijspad met mij is meegereisd en mij influistert waar ik moet gaan en hoe ik moet gaan.

Mijn verzoek aan de lezer is, wie u ook bent, deze beschrijvingen niet te beschouwen als het boek van mijn leven. Daarvoor heb ik te veel weggelaten. Het is geen nauwkeurig verslag van wie ik was en hoe ik was, het is wel een oprecht verslag. Wat hier staat is waar, wat ik weglaat is de moeite van het lezen niet waard. Sommige gebeurtenissen heb ik ongenoemd gelaten om mensen niet nodeloos te kwetsen. Het zijn maar enkele feiten. Weglating schaadt niemand en bevoordeelt niemand. Mijn enige doel is iets na te laten van mijzelf, aan een wereld waarin ik niet voortleef omdat ik nooit heb kunnen doen waarvoor ik was geroepen.

Ik dank God dat ik nog de kracht heb gehad getuige te zijn van het huwelijk tussen Theodora, Gijsberts dochter uit zijn eerdere huwelijk, en Aelst, de zoon van mijn zusje Anna. Wat een wonderlijke speling van het lot dat deze twee jonge mensen elkaar hebben gevonden in de liefde. Want dat is wat je ziet als je naar ze kijkt. Ik heb ervoor gezorgd dat ze na mijn dood een goed leven zullen hebben.

De opvolger van Willem Middachten en Bartie is een van de namen die ik onvermeld laat, althans in dit geschrift. Hij is een betrouwbaar en kundig zaakwaarnemer en geheimschrijver. Mijn enige band met hem is een zakelijke. Dat wil ik zo houden. Ik wil niet nodeloos worden herinnerd aan de dood van Willem en het verraad, want zo zie ik het, van Bartie de Gruyter en zijn vreselijke vrouw.

Die eerste Haagse maanden schreef ik aan mijn schrijftafel. Elisabeth was er nog. Zij zorgde dat er altijd voldoende papier was en scherpte mijn pennen zoals ik ze graag wilde hebben. Meisje hield mijn kamer warm en voorzag me van eten en drinken. Gijsbert, die mijn schrijven een 'groot en belangrijk werk' noemde – om mij te plezieren, ik weet het – haalde me aan het einde van de dag op. Bij het avondmaal waren we vrijwel altijd samen, tenzij hij een uitnodiging had geaccepteerd bij een van de leden van de Haagse Vroedschap of iemand uit de kunstkringen. Ik kon al niet meer mee, wilde niet meer.

Het was in die tijd, een klein jaar geleden, dat ik mijn haar begon te verliezen. Elke ochtend bleven er bij het opstaan meer grijze slierten achter op mijn kussen. Elisabeth heeft alles geprobeerd. Van drankjes tot kruidenoplossingen waarmee ze mijn hoofdhuid masseerde. Niets hielp. Mijn haar viel en viel. Tot ik kaal was. Daarna verloor ik mijn wenkbrauwen. Dat valt zelfs met diamanten niet goed te maken. Zonder mijn twee mooiste sieraden mocht niemand mij zien. Met uitzondering van Elisabeth, die mijn koude hoofd warm hield met mutsen voor de dag en de nacht, en Meisje die mijn naakte huid zacht hield met speciale olie.

Overdag kijk ik soms, als ik last heb van moedeloosheid, naar hoe Rembrandt mij zag. Het Haagse licht maakt mijn haar nog voller dan het was, kleurt mijn ogen blauwer. Het was Gijsberts idee om het portret uit zijn kamer naar de mijne te verplaatsen.

'Zodat je weet hoe mooi je bent,' zei hij. Tegenwoordige tijd.

De blik in de ogen van die Maria geeft me niet langer een schuldgevoel. Ik weet nu dat ik was zoals Rembrandt mij schilderde. Hij zag het goed. Door het vuur dat uit mijn ogen scheen ben ik zo ver gekomen. Een paar jaar geleden besloot ik de schilder te schrijven met late complimenten voor zijn werk. Te laat, ontdekte ik, want in de dagen dat mijn brief onderweg was naar Amsterdam is hij overleden.

Ik wil hier met nadruk zeggen dat Rembrandt van Rijn

geen enkele blaam treft voor het verloren portret van Antonio en mij. Toen we pas getrouwd waren heeft Gijsbert de zaak op mijn verzoek, en omdat hij het schilderij zelf graag zou willen hebben, tot op de bodem uitgezocht. Hij bracht een bezoek aan de schilder in Amsterdam en kwam terug met het officiële getekende en gestempelde document waarin vermeld stond dat het doek met de Paasvloot van 1635 was uitgevaren. Als alles goed was gegaan, zou het schilderij er zijn geweest op het moment dat Antonio werd beëdigd als de negende landvoogd. Iemand moet het gestolen hebben. Ik heb me lange tijd afgevraagd wie daarachter zat. Dat doe ik nu niet meer.

Het was een week of twee voor de dood van Elisabeth dat ik mijn bed niet meer uit kon. Zodra zij de gordijnen voor de bedstee openschoof, merkte ik dat mijn benen dienst weigerden. Dat is de reden waarom ik niet bij haar begrafenis ben geweest: ik kan niet meer lopen. Ik lig en ik schrijf. Gehaast opeens, in de overtuiging dat ik haar spoedig zal volgen naar dat andere leven aan gene zijde.

Meisje heeft haar plek ingenomen. Ze wijkt niet van mijn zijde, ze slaapt op een kleed voor de deur, zoals ze dat in Batavia deed. Aan deze kant van de deur, niet buiten op de gang. Alleen zo is ze meteen bij me als ik haar nodig heb, zegt ze. Ik vind het goed, Gijsbert vindt het goed, Meisje vindt het goed.

17 juni
Gisteren heb ik een brief aan haar geschreven die Gijsbert na mijn dood aan haar zal voorlezen. Ik laat haar een bedrag na dat groot genoeg is om een vrij leven te leiden, als ze dat zou willen. Mijn liefste wens is dat ze mij vergeeft voor wat

ik haar heb aangedaan. Dat ik haar nooit heb verteld dat ze vrij was op de dag dat ze met mij aankwam in Amsterdam. Ik vertel haar dat ik mijn andere slaven heel makkelijk kon laten gaan. Ik vertel haar ook dat ik haar de waarheid heb onthouden uit angst dat ze mij zou verlaten.

19 juni
Vannacht voelde ik een aanwezigheid in mijn bedstee. Ik word gehaald, dacht ik. Toch was het nog niet zover.

Nu ben ik alleen. Zojuist heb ik Meisje weggestuurd om Gijsbert te roepen. Ik wil afscheid van hem nemen. Hij is goed voor me geweest.

Dit wil ik ook nog gezegd hebben, voor het geval er geen morgen meer is: ik heb Meisje betrapt met mijn brief aan haar. Zij waande zich onbespied, ik begluurde haar door een spleet in het gordijn van mijn bed. Ze keek er lang en aandachtig naar. Daarna zag ik hoe ze een van mijn pennen in de inkt doopte en iets op een leeg vel noteerde. Mijn Meisje kan lezen en schrijven!

Ik heb haar woorden aan mij net gevonden.

Nawoord

Al de eerste keer dat ik Maria van Aelst tegenkwam in een proefschrift over een van haar mannen, dacht ik: waarom kennen wij deze vrouw niet? De summiere alinea's over wie zij was puilden uit van haar dadendrang. Zij was een vrouw die deed wat ze wilde doen in een eeuw die daarvoor geen ruimte bood. Het leven werd immers bepaald en gedomineerd door mannen. Toch ging ze haar eigen gang en koos ze haar eigen weg. Als de herinnering aan haar levend was gebleven, zou Maria van Aelst bekendstaan als de eerste vrouwelijke diamanthandelaar en de eerste, steenrijke, selfmade woman.

Na haar overlijden in Den Haag is haar lichaam op 22 juni 1674 bijgezet in de Utrechtse Nicolaïkerk, in het graf van de familie van haar laatste man, Gijsbert van der Hoolck. Ze raakte niet meteen in vergetelheid, dankzij haar vermogen. Maria van Aelst behoorde tot de honderd rijksten in de Republiek. Afhankelijk van de rekenmethode zou haar nalatenschap nu tussen de 10 en 35 miljoen euro waard zijn. Daar is ruim zestig jaar om gevochten door mannen die daarop aanspraak meenden te kunnen maken.

De mannen van Maria is een roman over haar leven, gebaseerd op historische gebeurtenissen en het weinige wat over haar bekend is gebleven. Ik had nooit van haar bestaan geweten zonder de biografie/dissertatie *Antonio van Die-*

men. De opkomst van de VOC in Azië van Menno Witteveen (Pallas Publications 2011).

Om mij verder te verdiepen in de tijd en omstandigheden van Maria van Aelst heb ik eveneens dankbaar gebruikgemaakt van onder meer:

Reggie Baay, *Daar werd wat gruwelijks verricht. Slavernij in Nederlands-Indië* (Athenaeum—Polak & Van Gennep 2015)

Marijke Barend-van Haeften, *Op reis met de VOC. Openhartige dagboeken van de zusters Lammens en Swellengrebel* (Walburgpers 2002)

Ulbe Bosma en Remco Raben, *De oude Indische wereld 1500-1920* (Bert Bakker 2003)

Erik van der Doe, Perry Moree en Dirk J. Tang (red.), *De dominee met het stenen hart en andere overzeese briefgeheimen. Sailing Letters Journaal 1* (Walburgpers 2008)

'Dutch-Asiatic Shipping in the 17th and 18th centuries' (resources.huygens.knaw.nl)

G.J. Engelsman, 'De olifantenhandel van de VOC op Ceylon. De invloed van de bevelhebbers op de verkoop en de prijzen in de periode 1658-1710' (doctoraalscriptie Rijksuniversiteit Leiden 1996)

F. de Haan, *Oud Batavia*, Deel 1 & 2 + Platenalbum (A.C. Nix & Co 1935)

F. de Haan, *Uit de nadagen van de 'Loffelijke Compagnie'. Een keuze uit geschriften*, red. Rob Nieuwenhuys (Querido 1984)

Michel Ketelaars, *Compagniesdochters. Vrouwen en de VOC [1602-1795]* (Balans 2014)

Herman Ketting, *Leven, werk en rebellie aan boord van Oost-Indiëvaarders [1595-1650]* (Het Spinhuis 2005)

Giles Milton, *Nathaliel's Nutmeg, or The True and Incre-*

dible Adventures of the Spice Trader Who Changed the Course of History (Penguin Books 1999)
Hendrik E. Niemeijer, *Batavia. Een koloniale samenleving in de 17de eeuw* (Balans 2005)
Vibeke Roeper, 'Een droevig verhaal over de ongelukkige reis van het schip "Batavia"', in: *Indische Letteren*, 1991
Vibeke Roeper en Roelof van Gelder, *In dienst van de Compagnie. Leven bij de VOC in honderd getuigenissen [1602-1799]* (Athenaeum—Polak & Van Gennep 2002)
Michiel Roscam Abbing, *Rembrandts olifant. Het verhaal van Hansken* (Leporello 2006)
René van Stipriaan, *De hartenjager. Leven, werk en roem van Gerbrandt Adriaensz. Bredero* (Querido 2018)
Jean Gelman Taylor, *Smeltkroes Batavia. Europeanen en Euraziaten in de Nederlandse vestigingen in Azië* (Wolters-Noordhoff 1988)
François Valentijn, *Beschrijving van oud en nieuw Oost-Indiën* (herdruk, Van Wijnen, 2002-2004)
Lodewijk Wagenaar, *Kaneel & olifanten. Sri Lanka sinds 1600* (Rijksmuseum/Vantilt 2016)
Marijke van der Wal (red.), *De voortvarende zeemansvrouw. Openhartige brieven aan geliefden op zee. Sailing Letters Journaal III* (Walburgpers 2010)
Menno Witteveen, *Een onderneming van landsbelang. De oprichting van de Verenigde Oost-Indische Compagnie in 1602* (Amsterdam University Press 2002)
Adrienne Zuiderweg, 'Sara en Pieter, een Bataviase liefdesaffaire', in: *Indische Letteren*, 2007

Voorts dank ik allen die mij met raad en daad hebben bijgestaan:

In de eerste plaats Menno Witteveen – grote dank, Menno! Zonder jouw werk was dit boek er niet geweest. En natuurlijk: de vrijwilligers en gidsen van de Bataviawerf in Lelystad, in het bijzonder Piet Ross, die de zee zo goed kent, Els van Eijck van Heslinga voor haar deskundige tips en literatuurverwijzingen, Pauline Willemse, die mij onderwees in diamanten, Marjo Hoedemaker en Sieny Engelsman, die hun kennis van olifantengedrag en olifantenhandel in het toenmalige Ceylon met mij wilden delen, Adrienne Zuiderweg, gespecialiseerde wegwijzer en geduldige vraagbaak, Norbert Kunst (zover wij weten geen familie van Bartholomeus) en Thiemo Wind voor Jacob van Eijck, Annegreet van Bergen voor haar dagelijkse post en Bert Paasman, die de moeite nam een eerdere versie van kritisch en gul commentaar te voorzien.

Een speciaal dankwoord richt ik aan mijn goede vriend Rudolf Smeets, beeldend kunstenaar en researcher, die het net als ik niet kon uitstaan dat er geen portret bewaard is gebleven van Maria van Aelst.

'Het is er wel,' zei hij drie jaar geleden, 'we weten alleen niet waar het hangt.'

Waarop ik zei: 'Schrijf ik het boek, zoek jij het doek.'

Het resultaat van die zoektocht siert de omslag van dit boek. Het schilderij is van Rembrandt van Rijn. Dat is zeker. In het Rembrandt Research Project (RRP) heeft het doek de code C67. Het staat ook bekend als *A Lady and Gentleman in Black*, het schilderij dat in 1990 werd gestolen uit het Isabella Stewart Gardner Museum in Boston, Massachusetts, tezamen met andere waardevolle werken, in wat bekendstaat als de grootste kunstroof aller tijden.

Wie 'the lady and gentleman' zijn is niet bekend. De man lijkt erg veel op Antonio van Diemen. Dan zou de vrouw eigenlijk niemand anders kunnen zijn dan Maria van Aelst. Vooral ook omdat Rembrandt het schilderde in 1632 – aangetoond met behulp van een röntgenfoto –, hetzelfde jaar dat Maria en Antonio in de Republiek waren. Dat alleen is uiteraard geen afdoend bewijs. Talloze uren onderzoek hebben vele aanwijzingen opgeleverd die zouden kunnen leiden naar de conclusie dat de vrouw en de man Maria en Antonio zijn, net zoals er vele aanwijzingen bestaan voor het tegendeel.

Kijken we hier naar Maria van Aelst, die op haar beurt kijkt alsof ze genoeg heeft van dat geposeer? Het zou kunnen.

Verantwoording

'Na negen maanden varen, waarin ik weinig anders zag dan water, lucht en verdriet' (p. 37) is een uitspraak van de zeevaarder Joris van Spilbergen (1568-1620).

Als Maria aan boord van de Mauritius vertelt over de vos die Reinaert heette, zijn dat niet de woorden van haar moeder, maar die van Paul Biegel in zijn hertaling van 1985.